रूहानी मोहब्बत

रूहानी मोहब्बत

नाज़रीन अंसारी 'राफी'

प्रतिभा प्रतिष्ठान, नई दिल्ली

प्रकाशक : प्रतिभा प्रतिष्ठान,
694–बी (निकट अजय मार्केट), चावड़ी बाजार, दिल्ली–110006

 / संस्करण : प्रथम, 2024 / पेपरबैक मूल्य : चार सौ रुपए
मुद्रक : आर–टेक ऑफसेट प्रिंटर्स, दिल्ली ISBN 978-81-19032-17-4

ROOHANI MOHABBAT

Novel by Smt. Naazrin Ansari 'Raafi' ₹ 400.00 (PB)

Published by **PRATIBHA PRATISHTHAN**

694-B (Near Ajay Market), Chawri Bazar, Delhi-110006

कुछ बातें आप पाठकों से

यह पुस्तक उपन्यास के रूप में मेरी ख़ुद (स्वयं) की लिखी काल्पनिक कहानी है, जिसका नाम है 'रूहानी मोहब्बत'। इससे पहले मेरी चार पुस्तकें प्रकाशित हो चुकी हैं, जो एहसासों, यादों, तज़ुर्बों और जज़्बात की रवानी से लबरेज़ (ओत-प्रोत) हैं। आप सबको तो पता ही है कि 'रूहानी मोहब्बत' क्या होती है। हम तो पहले की कहानियाँ ही जानते हैं, जो सुना है और जो फ़िल्मों में देखा है, लैला-मजनू, हीर-राँझा, शीरी-फ़रहाद, रोमियो-जूलिएट, जिनकी मोहब्बत की मिसालें ज़माना देता है। ऐसी 'रूहानी मोहब्बत' अब कहाँ है, कहाँ है ऐसी पाक बेपनाह मोहब्बत? आज की दुनिया में तो यह आसपास कहीं दिखाई नहीं देती।

मेरी कहानी तीन सहेलियों की है, जो मोहब्बत को अलग-अलग नज़रिए से देखती हैं। आइए, मेरे साथ पढ़िए और देखिए, क्या उनकी मोहब्बत की तलाश पूरी होती है। उनकी ख़्वाहिशें, उनके सपने उनको एक अलग दुनिया की सैर कराती रहती है। आज इस नए ज़माने में जहाँ सबकुछ नया है, वहीं मोहब्बत भी कुछ नई-सी हो गई है। लोग मोहब्बत की गहराई नहीं समझते, चार दिन किसी से दिल लगाया और फिर अलग हो गए। मोहब्बत तो कहीं दिखाई नहीं दे रही, बस हर तरफ़ दिल्लगी-ही-दिल्लगी है। मेरा मानना है, मोहब्बत किसी से करो तो दिल से करो, नहीं कर सकते तो पीछे हट जाओ, पर किसी के दिल के जज़्बात को कभी न कुचलो। मोहब्बत जो लफ़्ज़ है, वो बड़ा ही रूहानी है, जब हम प्यार, लव, इश्क बोलते हैं तो प्यार की गहराई

की वह कशिश इतनी शिद्दत से महसूस नहीं होती, जो कशिश 'मोहब्बत' बोलने में महसूस होती है। इस दुनिया में मोहब्बत जैसी तासीर ख़त्म हो गई है, रह गया है तो बस प्यार, इश्क और लव। हज़ारों में एक-दो लोग शायद ऐसे आज भी हैं, जो 'रूहानी मोहब्बत' में गिरफ़्तार होते हैं। कुछ तो ऐसे भी होते हैं, जिनकी मोहब्बत दिल से आँखों तक तो आती है, पर होंठों तक कभी नहीं आ पाती, वे मोहब्बत के एहसास के साथ ही इस दुनिया से रुख़सत (विदा) हो जाते हैं, पर ऐसा होना नहीं चाहिए, आपका दिल जिसकी मोहब्बत का कायल हो चुका है, उसको जताना भी ज़रूरी है और अपना हाल-ए-दिल उसे बताना भी ज़रूरी है। दुनियादारी और वफ़ादारी में न जाने कितनी मोहब्बतें क़ुर्बान हो गईं।

ख़ैर, मोहब्बत की बहुत सारी बातें हैं, लिखती रहूँगी तो लिखती ही जाऊँगी, बाक़ी बातें मेरे इस उपन्यास में पढ़िए।

'रूहानी मोहब्बत' एक ऐसी मोहब्बत, जो दिल से ही नहीं, हमारी रूह (आत्मा) से जुड़ी होती है, जो इतनी पाक (पवित्र) होती है कि हमारी रूह को भी भिगो जाती है। मोहब्बत के तलबगार तो सभी होते हैं, किसकी क़िस्मत में मोहब्बत के फूल खिलेंगे और किसकी दुनिया मोहब्बत के बग़ैर सूनी रहेगी, यह सब हमारा रब तय करता है। मैं यही दुआ करती हूँ, ए ख़ुदा! सबकी दुनिया मोहब्बत की ख़ुशबू से हमेशा महकती रहे। 'रूहानी मोहब्बत' के सफ़र पर चलते हुए ज़िंदगी में बहुत सी कसौटी आती है, पर जिनकी मोहब्बत में सच्चाई होती है, ख़ुदा उनकी मदद करता है। यही इस कहानी की भूमिका है।

अब मैं यह काल्पनिक कहानी शुरू कर रही हूँ।

रूहानी मोहब्बत

सीमा, शिफ़ा और ख़ुशी आपस में बहुत ही अच्छी सहेलियाँ हैं और दिल्ली में रहती हैं। ये तीनों अभी यूनिवर्सिटी में एम.बी.ए. की स्टूडेंट हैं और फाइनल ईयर में हैं। इनमें से कोई एक भी यूनिवर्सिटी नहीं आती तो इनका मन नहीं लगता।

शिफ़ा एक मुसलिम परिवार से थी। तीनों की दोस्ती के चर्चे पूरी यूनिवर्सिटी में थे। शिफ़ा का मिज़ाज (व्यवहार) शांत स्वभाव का था, शिफ़ा को शेरो-शायरी लिखने का बहुत शौक था। ख़ुशी अपने नाम की तरह ही हमेशा ख़ुश रहती थी और बहुत ही चंचल व बेबाक थी, वहीं सीमा सामान्य सी थी, न बहुत ज़्यादा बोलना, न बहुत कम, अपने काम को पूरी अहमियत देना और दोस्तों की मदद करने में हमेशा आगे रहती थी।

तीनों एक-दूसरे के लिए हमेशा ढाल बनकर खड़ी रहती थीं। तीनों का यूनिवर्सिटी में आख़िरी साल था और इनके घरों में इनकी शादियों के चर्चे भी ज़ोरों पर थी।

आज शिफ़ा सुबह यूनिवर्सिटी आई तो पता चला, दस बजे का लेक्चर कैंसिल हो गया है। वह यूनिवर्सिटी के लॉन में बैठ गई और अपनी डायरी निकालकर शायरी लिखने लगी।

क़रीब आधे घंटे बाद ख़ुशी उसे ढूँढ़ती हुई वहाँ पहुँची और शिफ़ा से बोली—

ख़ुशी : (शिफ़ा को घूरते हुए) तुम यहाँ बैठी हो, मुझे पता ही था, तुम

किसी कोने में ही मिलोगी, इसलिए मैं तुम्हें कोने-कोने में तलाश कर रही थी। तुम कभी इस कोने तो कभी उस कोने मिलती हो, एक जगह चुन लो यार, ताकि तुम्हें ढूँढ़ने में हमें परेशानी न हो।

शिफ़ा : अरे यार, एक ही जगह रोज़ बैठने से एहसास का ज़खीरा अपना दरवाज़ा नहीं खोलता, अलग-अलग जगह बैठती हूँ तो नए-नए जज़्बात का एहसास पाती हूँ और फिर अपनी डायरी के पन्नों पर उतारती हूँ।

इतने में सीमा भी वहाँ पर आ जाती है।

सीमा : क्या यार, तुम दोनों की वही बातें शुरू हो गईं! चलो, यहाँ बैठकर हम अपना बाक़ी का काम पूरा कर लेते हैं, क्योंकि आज के सारे लेक्चर कैंसिल हो गए हैं।

ठीक है, ये सही रहेगा, शिफ़ा बोली।

नहीं, बिल्कुल नहीं, तुम दोनों बहुत बोरिंग हो, ख़ुशी गुस्से का नाटक करते हुए बोली, "देखो, हमेशा पढ़ाई और काम ही नहीं होना चाहिए, चलो न, कोई अच्छी सी मूवी देखते हैं, थोड़ा फन करते हैं, ज़िंदगी को इतना क़ैद करके मत रखो मेरी जानो।"

सीमा कहती है, "ठीक है, ठीक है, मेरी माँ, जैसा तुम कहो, अब बताओ कौन सी मूवी देखनी है?"

तीनों ने मूवी का नाम डिसाइड किया और यूनिवर्सिटी से निकल गईं।

~

अगले दिन शिफ़ा यूनिवर्सिटी नहीं आई, उसकी तबीयत कुछ नासाज़ (ख़राब) थी, उसने आँखें खोली ही थीं कि फ़ोन बजने लगा।

सीमा का फ़ोन था, "कहाँ हो मेरी जान, लेक्चर का टाइम हो रहा है।"

शिफ़ा : आज मैं यूनिवर्सिटी नहीं आ रही हूँ, तबीयत ठीक नहीं है।

"कल तक तो तुम बिल्कुल ठीक थी, आज क्या हो गया?" सीमा पूछती है।

"बस ज़्यादा कुछ नहीं, हलका सा बुखार महसूस हो रहा है, दवा ले ली

है, आराम करूँगी तो ठीक हो जाऊँगी," शिफ़ा कहती है।

सीमा : ठीक है, आराम करो, कल मिलते हैं।

सीमा और ख़ुशी दु:खी हो गईं कि आज शिफ़ा नहीं आ रही है, तीनों में से एक भी नहीं आता तो ये ऐसे ही दु:खी हो जाती हैं। बेमन से लेक्चर अटेंड करतीं और तुरंत घर के लिए निकल जातीं।

~

अगले दिन शिफ़ा यूनिवर्सिटी पहुँच गई, सीमा और ख़ुशी भी आ गई थीं।

तीनों एक दिन नहीं मिलतीं तो उन्हें ऐसा लगता था, जैसे न जाने कब के बिछड़े हैं।

सीमा : कल पूरे दिन तुम घर पर रही, शेरो-शायरी तो ख़ूब लिखी होगी, चलो सुनाओ क्या लिखा है ?

"अरे छोड़ न, बाद में सुनाती हूँ," शिफ़ा कहती है।

"अरे मेरी जान, अभी वाली क्लास एक घंटे बाद है, दिखा न (यह कहते हुए ख़ुशी ने उसके बैग से डायरी निकाल ली), हाँ, तो देखती हूँ मेरी शिफ़ा ने क्या लिखा है," ख़ुशी, शिफ़ा के लिखे शेर पढ़ती है—

दिल के दरिया में अरमान बहुत हैं।
डूब न जाएँ जज़्बात, गहराई बहुत है।

'राफी' जैसी हूँ, कोई बर्फ़ न बना देना।
ज़िंदादिल हूँ, मुझे संगदिल न बना देना।

ख़्वाब नहीं हक़ीक़त माँगती हूँ, किसी अपने के दिल में रहना चाहती हूँ।
जिसकी रूह के हर गोसे में बसूँ, मैं ऐसी 'रूहानी मोहब्बत' चाहती हूँ।

~

"वाह वाह, वाह वाह," ख़ुशी चहकते हुए बोली, "क्या ख़ूब लिखा है, अच्छा यह बताओ, यह 'रूहानी मोहब्बत' इस यूनिवर्सिटी में तो नहीं है न, मैं भी क्या पूछ रही हूँ, अगर इस यूनिवर्सिटी में होता तो हमसे छुपा न होता, अब यह बताओ शिफ़ा मैडम! क्या तुम्हारी ज़िंदगी में ऐसा कोई है, जिसे हम नहीं जानते या फिर हमें बताया नहीं?

शिफ़ा : अरे नहीं मेरी जान, ऐसा कुछ नहीं है, होता तो तुम दोनों को पहले पता होता, पर यार! मैं ऐसा ही हमसफ़र चाहती हूँ, जो दिल की गहराइयों में बसे, मेरी रूह को छुए, ऐसी मोहब्बत की जुस्तज़ू (चाहत) है मुझे।

ख़ुशी : अब देखो क़िस्मत में क्या लिखा है, लेकिन हमारी दिल से दुआ है, तुम्हें तुम्हारी 'रूहानी मोहब्बत' ज़रूर मिले।

सीमा : आजकल का जो वातावरण (माहौल) है, मुझे नहीं लगता, ऐसा प्यार आज के ज़माने में कहीं रह गया है, इसलिए मैं तो ज़्यादा कुछ नहीं, बस इतना चाहती हूँ कि मेरा जीवन साथी, मेरी ख़ुशियों में ख़ुश और मेरे दुःख में दुःखी रहे। प्यार के साथ-साथ वह मेरा सम्मान भी करे।

ख़ुशी : देखो, मैं तो चाहती हूँ, मेरा वाला बिल्कुल मेरी तरह बिंदास बंदा हो, मुझे महीने में एक बार शॉपिंग, हफ्ते में एक बार बाहर डिनर, पंद्रह-बीस दिन में या महीने में ही, सही एक मूवी दिखाए और हाँ, कभी-कभी नहीं, बल्कि अकसर मुझे लॉन्ग ड्राइव पर ले जाए, बाक़ी प्यार-व्यार तो पति-पत्नी में हो ही जाता है।

सीमा : तू इतना बोलती है, वो कम बोलने वाला निकला तो?

ख़ुशी : तो उसके हिस्से का भी मैं बोल लूँगी, मेरा मुँह कौन सा बोलने से थक जाता है (और तीनों हँसने लगती हैं)।

शिफ़ा : हमारी दोस्ती पर एक शे'र पेश करती हूँ—

दोस्तों के साथ गुज़रे लम्हात सुकूँ में तब्दील हो जाती है।
बिन दोस्तों के रौनकें बज़्म की फ़िज़ा मायूस हो जाती है।

ख़ुशी : वाह ! क्या बात है, एक और, मेरे लिए सुना दो न, प्लीज़ शिफ़ा !

शिफ़ा : ठीक है, ठीक है, ये शे'र मेरी प्यारी ख़ुशी के लिए—

हँसती, खिलखिलाती 'ख़ुशी' उदासियों को दूर करती है।
अपनी ज़िंदादिली से दोस्ती के पलों को गुलज़ार करती है।

ख़ुशी : वाह शिफ़ा ! जब मन दुःखी हो तो तुम्हारी शायरी सुनकर ख़ुश हो जाता है। ऐसे ही लिखती रहो और हमारे दिल को ख़ुश करती रहो। जुग-जुग जियो मेरी शायरा ! यह कहकर शिफ़ा के सिर पर हाथ रखती है और फिर तीनों हँसने लगती हैं।

सीमा : अब मेरे लिए भी एक शे'र सुना दो, नहीं तो मेरे साथ नाइनसाफी हो जाएगी।

शिफा : नहीं, नहीं, मेरे होते हुए तुम्हारे साथ नाइनसाफी नहीं हो सकती, तो मैं हमारी सीमा के लिए भी एक शे'र अर्ज़ करती हूँ—

नाम है 'सीमा' ख़ुद को दायरे में समेटकर रखती है वो।
मासूम है, सबके साथ मिलनसार किरदार रखती है वो।

ख़ुशी और सीमा को जो भी उर्दू के लफ़्ज़ (शब्द) का अर्थ समझ में नहीं आता था, वह शिफ़ा से पूछ लेती थीं।

सीमा : वाह मेरी शायरा ! क्या लिखती हो तुम ! शिफ़ा, तुम्हारी शायरी में जादू है, मन ख़ुश हो जाता है। वैसे सच कहूँ यार, बिना दोस्तों के ज़िंदगी फीकी चाय सी होती है।

ख़ुशी : हाँ, और ऐसे शरबत के जैसी, जिसमें चीनी ही न हो (और फिर तीनों हँसती हैं)।

शिफ़ा : डर लगता है यार, हमें हमारे हमसफ़र कैसे मिलेंगे ? घर में तो रोज़ शादी की चर्चा हो रही है।

सीमा : तुम अपनी नज़र दौड़ाओ, देखो शायद कोई आसपास तुम्हें तुम्हारी मोहब्बत के पैमाने पर खरा उतरता हुआ लगे।

शिफ़ा : नहीं न, ऐसा कोई नहीं है, देख यार, अगर मुझे दिल से प्यार करने वाला नहीं मिला तो मेरे लिए उसके साथ ज़िंदगी बिताना मुश्किल हो जाएगा।

ख़ुशी : इसीलिए मैं कहती हूँ, इतनी गहराई में उतरने की ज़रूरत नहीं है, जितनी ज़्यादा गहराई, उतना ज़्यादा डर। अरे वो हमसे प्यार करे, यही काफ़ी है; 'रूहानी मोहब्बत' करने वाला इस ज़माने में मिलना बहुत मुश्किल है।

सीमा : चलो, लेक्चर का वक़्त हो गया, हमारी बातें तो कभी भी ख़त्म नहीं होंगी।

"हाँ, हाँ चलो," शिफ़ा ने कहा।

~

अगले दिन सीमा यूनिवर्सिटी नहीं आई।

सीमा ने ख़ुशी को मैसेज कर दिया था कि आज लड़के वाले मुझे देखने आ रहे हैं, माँ ने रोक लिया है।

(ख़ुशी शिफ़ा को बता रही थी) "यह देखो, सीमा का मैसेज, बोला था तुम्हें भी बता दूँ, उसने यह लिखा है, मुझे यह सब पता नहीं था, कल रात को ही अचानक से मेरे सिर पर बम फोड़ा गया।"

शिफ़ा : ओह! चलो, अब क्या कर सकते हैं, कल मिलेंगे, तभी बात होगी।

अगले दिन तीनों यूनिवर्सिटी में मिलती हैं।

ख़ुशी : जल्दी बता न सीमा! कल क्या-क्या हुआ, लड़के वालों ने तुम्हें पसंद कर लिया क्या और लड़का पसंद आया तुझे?

"रुक जा न ख़ुशी, थोड़ा आराम से," शिफ़ा ने कहा।

ख़ुशी : नहीं-नहीं, मुझसे रुका नहीं जा रहा है, प्लीज़ जल्दी बताओ।

सीमा : हाँ, रिश्ता अच्छा है, उनका व्यवसाय है, अच्छा कारोबार है,

एक संपन्न परिवार है। उन लोगों को मैं पसंद आ गई और मेरे घरवालों को भी यह रिश्ता बहुत पसंद आया।

"और लड़का कैसा है ?" ख़ुशी ने उत्सुकता से पूछा।

"हाँ-हाँ, लड़का भी अच्छा है," सीमा ने कहा।

ख़ुशी : रहने वाले कहाँ के हैं ?

सीमा : आगरा।

शिफ़ा : मतलब कि शादी पक्की ?

सीमा : हाँ, ऐसा ही लग रहा है, अब तो माँ ने बोल दिया है कि दो महीने के बाद फाइनल इम्तिहान हो जाने के बाद शादी करेंगे।

"तो क्या इम्तिहान के बाद तुरंत शादी होगी ?" ख़ुशी ने पूछा।

"नहीं, इम्तिहान के दो महीने बाद, यानी कि अब से चार महीने के बाद शादी होगी," सीमा ने बताया।

ख़ुशी : तू दिल्ली छोड़कर आगरा बस जाएगी ?

सीमा : हाँ, अब क्या कर सकते हैं ?

शिफ़ा : इतनी भी दूर नहीं जा रही सीमा, जब मन होगा, आ सकती है। आगरा इतना भी दूर नहीं है, सिर्फ दो घंटे का ही रास्ता है।

ख़ुशी : चलो, मोहब्बत की निशानी वाले शहर में जा रही हो, जीजू से तुम्हें ख़ूब सारा प्यार मिले। जीजू शाहजहाँ की तरह अपनी मुमताज सीमा को बहुत सारा प्यार करें। लेकिन यार! एक बात बता, फिर एम.बी.ए. करने का फायदा क्या हुआ ? अरे एक-दो साल नौकरी कर लेने देते, फिर करते शादी, ऐसी भी क्या जल्दी थी सीमा ?"

सीमा : हाँ सच यार, मैंने भी माँ से यही कहा था, लेकिन माँ ने कहा, रोज़-रोज़ ऐसे अच्छे रिश्ते नहीं आते और जब हमारे दरवाज़े पर इतना अच्छा रिश्ता चलकर आया है तो हमें मना नहीं करना चाहिए। माँ ने यह भी कहा, शादी तो होनी ही है, चाहे एक साल बाद हो या दो साल बाद, करनी तो है ही। मान लो, उस वक़्त अच्छा रिश्ता न मिले तो ? (यह बताते हुए सीमा थोड़ी रुआँसी हो गई)

शिफ़ा : तुमने अपनी बात रखी तो सही न, कम-से-कम तुम यह तो नहीं सोचोगी कि तुमने माँ को अपना पक्ष नहीं बताया कि तुम क्या चाहती हो, क्योंकि जिस तरह तुम हर चीज़ एडजस्ट कर लेती हो, मुझे तो लगा, तुम कुछ भी नहीं कह पाओगी।

सीमा : हाँ यार, मेरा भी मन था, अभी दो-तीन साल बाद शादी करूँगी, लेकिन हमारी कोई सुनता ही नहीं है। हम लड़कियों के भी कई सपने होते हैं, थोड़ा जी लेने दो, लेकिन नहीं, अभी से बंधन में बाँध दो, आगे और पढ़ाया ही क्यों? सीधा ग्रेजुएशन के बाद ही शादी कर देते (सीमा गुस्से में आ गई)।

शिफ़ा : नहीं सीमा, देखो पढ़ाई तो अच्छी चीज़ है यार, किसी वक़्त हमें ज़रूरत हो तो हम कोई भी नौकरी या व्यवसाय कर सकते हैं। शिक्षा कभी ज़ाया (बेकार) नहीं जाती, इसलिए ऐसे मत बोलो।

ख़ुशी : हाँ तो क्या करें सीमा, उसके घरवालों को थोड़ा सोचना तो चाहिए था।

शिफ़ा : बिल्कुल सोचना चाहिए, लेकिन हम अपने घरवालों को कह सकते हैं, समझा सकते हैं, पर उन लोगों पर अपना फैसला थोप नहीं सकते।

"क्यों नहीं थोप सकते? भले ही हमारे सपनों का गला घोंट दिया जाए," ख़ुशी भी गंभीर हो गई।

शिफ़ा : नहीं, ऐसा भी नहीं है, लेकिन यह फैसला भी सीमा को ही लेना पड़ेगा कि वो यह शादी करना चाहती है या नहीं?

सीमा : पता नहीं यार, थोड़ा असमंजस में हूँ, कभी लगता है माँ-पापा की नहीं सुनी और कल को अच्छा रिश्ता नहीं मिला तो सारी उम्र सुनना पड़ेगा।

शिफ़ा : कभी-कभी ज़िंदगी हमें कितना उलझा देती है, समझ में नहीं आता किधर जाएँ? ख़ैर, तुम ख़ूब सोच-समझ लो, तुम्हारी ज़िंदगी का सवाल है, तुम ख़ुश हो या नहीं, अच्छे से समझकर, फ़ैसला लो।

फिर तीनों क्लास के बाद अपने-अपने घर चली गईं।

दूसरे दिन सुबह बारिश हो रही थी, बहुत ही ख़ुशनुमा मौसम था।

शिफ़ा अपनी बालकनी में आराम से बैठ गई।

आज छुट्टी थी तो बस सारे काम निपटाकर अपनी क़लम और डायरी लेकर बैठ गई।

ए दिल-फ़रेब मौसम, मुझसे दिल्लगी न करना।
बरसकर आज मेरी रूह को थोड़ा फुहार दे देना।
बड़ी उलझनें हैं मन में, मेरे जज़्बात को समझना।
दिखाकर ख़ूबसूरत समा, बारिश से मुकर न जाना।

शिफ़ा की मम्मी आती हैं और कहती हैं, "शिफ़ा बेटी! आज रात को तुम्हारी चाची के मायके जाना है, उनके भाई की शादी का वलीमा (रिसेप्शन) है।"

शिफ़ा : मेरा मन नहीं है, आप लोग जाइए।

मम्मी : नहीं-नहीं बेटा, तुम्हारी चाची नाराज़ हो जाएँगी, उन्होंने बड़े प्यार से बुलाया है, हम सब चलेंगे।

शिफ़ा : अच्छा बाबा, ठीक है, चल लूँगी।

मम्मी : मेरा प्यारा बच्चा! (और शिफ़ा का माथा चूम लेती हैं)

शिफ़ा की मम्मी बहुत ही नेक व सादगी पसंद औरत थीं, उसके पापा कम बात करने वाले और रिज़र्व नेचर के थे, बस अपने काम-से-काम रखते थे। कभी-कभी शिफ़ा को अजीब सा लगता था कि मम्मी-पापा का रिश्ता इतना चुपचाप-सा क्यों है? लेकिन कभी मम्मी से पूछा नहीं, पर आज उसने हिम्मत की और मम्मी से पूछ ही लिया।

शिफ़ा : मम्मी, आपको और पापा को मैंने कभी एक मियाँ-बीवी (पति-पत्नी) की तरह हँसते-बोलते नहीं देखा, आप लोग ऐसे रहते हैं, जैसे दो पेइंग गेस्ट एक घर में रहते हों। आप दोनों के रिश्ते में कोई ज़िंदादिली नहीं दिखती, सब ठीक है न, मम्मी?

मम्मी की आँखों से झर-झर आँसू बहने लगे।

यह देखकर शिफ़ा परेशान हो गई और उठकर उनके गले लग गई।

शिफ़ा : क्या हुआ मम्मी? मुझे आपसे ऐसे सवाल नहीं करना चाहिए था। मुझे माफ़ कर दीजिए, आगे से मैं आपसे कुछ नहीं पूछूँगी।

मम्मी : नहीं बेटा, मैं यह सोच रही हूँ, मेरी बेटी बड़ी हो गई है और बहुत समझदार भी। मुझे अच्छा लगा बेटा तुमने मुझसे यह सवाल पूछा, बस ज़ख़्म हरे हो गए तो आँख भर आई। तुम्हारे पापा मेरे दूर के रिश्ते में थे, उनका रिश्ता पहले कहीं और हो रहा था, तुम्हारे पापा और वह लड़की एक-दूसरे को पसंद करते थे, पर किसी पारिवारिक अनबन की वजह से उनकी शादी नहीं हो पाई।

शिफ़ा : क्या शादी से पहले आपको यह बात पता थी?

मम्मी : मुझे बस इतना पता था कि तुम्हारे पापा की शादी कहीं और होने जा रही थी, किसी वजह से वह रिश्ता टूट गया, इससे ज़्यादा किसी ने मुझे कुछ नहीं बताया। बस एक महीने के अंदर मेरी शादी तुम्हारे पापा से हो गई। तब से आज तक तुम्हारे पापा मेरे साथ ऐसे ही रहे, काम-से-काम, बस यूँ ही ज़िंदगी गुज़रने लगी।

शिफ़ा : आपने पूछा नहीं, पापा आपके साथ ऐसे क्यों हैं?

मम्मी : मुझे शादी के कुछ दिनों बाद ही उड़ते-उड़ते ख़बर मिल गई थी कि ये उस लड़की से बेइंतहा मोहब्बत करते थे।

शिफ़ा : आपने इस बारे में पापा से बात की?

मम्मी : नहीं, हिम्मत ही नहीं हुई, मैंने अपनी तरफ़ से कोशिश की कि मैं इनके क़रीब जा पाऊँ, पर इन्होंने तो जैसे एक दायरा ही बना लिया था कि इससे आगे न मैं जाऊँगा, न किसी को आने दूँगा।

शिफ़ा : आपको घुटन महसूस नहीं हुई ऐसे रिश्ते में बँधकर, आपने यह सब अपना मुक़द्दर मान लिया और अपनी पूरी ज़िंदगी इस बेगाने प्यार के साथ चलती रहीं (शिफ़ा की आँखें नम हो गईं)।

मम्मी : क्या करती बेटा, एक साल के अंदर ही तुम पैदा हो गई और

तुम्हारे होने के डेढ़ साल के बाद इमरान भी इस दुनिया में आ गया था। एक औरत जब माँ बन जाती है तो उसे अपने बच्चे के नसीब (भविष्य) के सिवा कुछ नज़र नहीं आता और जाती भी तो कहाँ, मायका भी मेरा बहुत ग़रीब था। मेरे पापा बहुत पहले ही इस दुनिया से चले गए थे। अम्मी भाइयों के सहारे अपनी ज़िंदगी काट रही थीं।

शिफ़ा : हाँ, वो तो है मम्मी!

मम्मी : मेरी भाभी का रवैया हमारे साथ कभी अच्छा नहीं रहा। पढ़ाई-लिखाई इतनी भी नहीं थी कि कुछ कर पाती। अब तुम ही बताओ, ऐसे में मैं क्या करती?

शिफ़ा : हम्म (अफसोस भरा हुआ)।

मम्मी : आजकल इसलिए हर माँ-बाप बच्चों को अच्छी तालीम (शिक्षा) देते हैं, अच्छी तालीम आपको निखारती है, तालीम आपके बच्चों को सही रास्ता दिखाती है और जब कोई मुसीबत आए तो पैसे कमाने के क़ाबिल बनाती है।

शिफ़ा : हाँ मम्मी, यह बात बिल्कुल सही है, तालीम वह रोशनी है, जिसकी चमक से परिवार ही नहीं, बल्कि पूरा समाज निखरता है, ताक़तवर और क़ीमती बनता है।

मम्मी : खाने का वक़्त हो रहा है, चलो, तुम्हारी पसंद का कुछ बनाते हैं, क्या खाएगी मेरी बेटी?

शिफ़ा : शाम को फंक्शन में जाना है तो अभी कुछ हलका सा बना लीजिए।

मम्मी : हाँ, यह भी सही कहा तुमने और मम्मी किचन की तरफ़ रुख़ (मुड़) कर गईं।

~

सीमा ने अपनी माँ से बात की, लेकिन कोई नतीजा नहीं निकला, उसके घर में उसकी शादी की चर्चा ज़ोरों से चल रही थी। उसने भी हथियार डाल

दिए थे, क्योंकि लड़का कहीं-न-कहीं उसे भी पसंद था।

दो महीने बीत गए और इम्तिहान के दिन पास आ गए। इस वजह से इन तीनों का घंटों तक साथ बैठना कम हो गया था। इम्तिहान हो तो तीनों अपने-अपने मैदान में डटकर खड़ी रहती हैं।

इम्तिहान ख़त्म हो गए और ख़ुशी को एक महीने के बाद जॉब भी मिल गई।

ख़ुशी चहकते हुए घर में दाख़िल होती है।

ख़ुशी : मॉम, डैड, कहाँ हो आप लोग?

ख़ुशी अपनी मॉम-डैड की इकलौती बेटी थी, इसलिए मॉम-डैड की बहुत लाड़ली थी। ख़ुशी पढ़ने में भी काफी होशियार थी। आज़ाद ख़यालों वाली, मॉडर्न और हमेशा फ़ैशन के हिसाब से ख़ुद को उसमें रँगना, उसके व्यक्तित्व (वजूद) को और भी ख़ूबसूरत बना जाता है।

मॉम : क्या हुआ बेटा, इतना शोर क्यों मचा रखा है?

(ख़ुशी मॉम के गले में बाँहें डालकर)

ख़ुशी : मॉम! मुझे जॉब मिल गई! (और अपने साथ लाए मिठाई के डिब्बे से मॉम के मुँह में एक टुकड़ा रख दिया)

मॉम : कॉन्ग्रेचुलेशन माई डियर, आज मैं बहुत ख़ुश हूँ, बताओ क्या चाहिए तुम्हें? तुम जो भी चाहो, माँग सकती हो।

ख़ुशी : माँगने के लिए आपने और डैड ने मेरे लिए कुछ छोड़ा भी है, सबकुछ तो है मेरे पास, हाँ, और कुछ चाहिए होगा तो वक़्त आने पर माँग लूँगी, लेकिन यह तो बताओ, डैड कहाँ हैं?

मॉम : बेटा, डैड अभी नहीं आए, उनका फ़ोन आया था, आने में थोड़ी देर हो जाएगी।

ख़ुशी : आज ही देर होना था, मुझे उन्हें बताना था, अब मुझे उनके आने तक कंट्रोल रखना पड़ेगा।

मॉम : (हँसते हुए) मेरी परी कभी-कभी बिल्कुल छोटी बच्ची बन जाती है, कोई नहीं, अभी थोड़ी देर में आ जाएँगे, तब बता देना।

ख़ुशी : हाँ, और कोई चारा भी नहीं है।

मॉम : चलो, जॉब लग गई, यह बताओ, शादी के बारे में भी कुछ सोचा है क्या?

ख़ुशी : अभी-अभी जॉब लगी है मॉम, एक-दो साल जॉब के बाद सोचूँगी कि कब शादी करनी है; और हाँ, आप और डैड मुझे फोर्स नहीं करेंगे, आप दोनों ने मुझसे पहले ही यह प्रॉमिस किया है।

मॉम : हाँ, हाँ, मेरी गुड़िया! कोई फोर्स नहीं करेगा, मैंने तो यूँ ही पूछ लिया, जब तुम्हारी मर्ज़ी होगी, तभी हम तुम्हारी शादी करेंगे।

ख़ुशी : यह हुई न मेरी मॉम वाली बात (और मॉम के गालों को चूम लेती है)।

मॉम : हमारी क्या मजाल, जो हम अपनी बेटी की ख़ुशियों के आड़े आएँ, ऐसा तो हम सोच भी नहीं सकते। हमारे आँगन की रौनक़ हो तुम, हमारी ज़िंदगी की सबसे बड़ी ख़ुशी मेरी ख़ुशी बेटी ही तो है, जिसमें वो ख़ुश, उसी में हम भी ख़ुश।

तभी दरवाज़े पर बेल बजी।

ख़ुशी : मैं खोलती हूँ, डैड आ गए होंगे।

सामने डैड को पाकर वहीं लिपट गई।

डैड : अरे मेरा बच्चा, अंदर तो आने दो।

ख़ुशी : (हँसते हुए) क्या करूँ डैड! कब से आपका इंतज़ार कर रही हूँ, आइए, बैठिए (सोफ़े की तरफ़ इशारा करती है)!

मॉम पानी लेकर आती हैं।

ख़ुशी : अभी रुकिए! पहले डैड का मुँह मीठा करने दीजिए! (और मिठाई का एक टुकड़ा डैड के मुँह में रख दिया)

डैड : अब बताओ क्या ख़ुशख़बरी है?

मॉम : आपको कैसे पता कि ख़ुशख़बरी है?

डैड : अरे भाई, मेरी बेटी मिठाई खिला रही है तो ज़रूर कोई ख़ुशख़बरी ही होगी, क्यों बेटा?

ख़ुशी : और वह ख़ुशख़बरी यह है कि मुझे एक अच्छी कंपनी में एच.आर. की जॉब मिल गई है।

डैड : कॉन्ग्रेचुलेशन माई एंजल, कामयाबी की बुलंदी छुओ और हमेशा ऐसे ही ख़ुश रहो।

ख़ुशी : थैंक यू डैड, यू आर ग्रेट।

डैड : बताओ, मेरी डॉल को क्या गिफ्ट चाहिए?

ख़ुशी : गिफ्ट तो कुछ नहीं चाहिए और जब चाहिए होगा, तब माँग लूँगी।

डैड : सबकुछ आपका ही है मेरे बच्चे!

ख़ुशी : मॉम, कुछ अच्छा सा खाना ऑर्डर करते हैं और फिर डिनर करते हैं।

मॉम : (मुसकराते हुए) ठीक है।

~

सीमा के घर में शादी की तैयारियाँ ज़ोरों से चल रही थीं।

सीमा अपनी दोनों दोस्त ख़ुशी और शिफ़ा को बुला लेती थी और तीनों शॉपिंग के लिए जाती रहती थीं। सीमा दो बहनें हैं। उसकी छोटी बहन थी रीना, अभी वह बारहवीं क्लास में है और पढ़ाई में मसरूफ़ (व्यस्त) है। ये लोग हर इतवार को शॉपिंग के लिए जाते थे, क्योंकि ख़ुशी जॉब कर रही थी तो वह इतवार को ही फ्री होती थी।

शादी के दिन क़रीब आ रहे थे, वक़्त कम था तो कभी-कभी सीमा और शिफ़ा ही शॉपिंग के लिए चले जाते थे। सीमा का परिवार थोड़ा पुराने ख़यालों का था। उसने सबकुछ समझौता करके चलना सीखा है। उसके माँ-पापा एम.बी.ए. कराने के लिए बड़ी मुश्किल से तैयार हुए थे। उनका कहना था, ज़िंदगी में सबको सबकुछ नहीं मिलता, कोई कमी है तो अपनाना सीखो।

सीमा की जल्दी शादी करने की एक वजह यह भी है कि सीमा की एक और बहन है, छोटी है, मगर उसके घरवालों को लगता है कि एक की ज़िम्मेदारी से तो निपटेंगे, तभी तो दूसरी बेटी के लिए जोड़ना शुरू कर पाएँगे।

इतवार को तीनों शॉपिंग करके थक गई थीं और सारा सामान ख़ुशी की कार में रखकर मॉल में बैठ गईं। ख़ुशी की अपनी कार थी, ख़ुशी ऑफिस कार से ही जाती थी। उसकी जॉब की ख़ुशी में उसके पापा ने उसे कार गिफ्ट की थी।

सच में ख़ुशी बहुत लकी है, उसके मॉम-डैड के लिए वह उनकी पूरी दुनिया थी।

शिफ़ा कुछ उदास-सी लग रही थी।

सीमा : क्या हुआ? सब ठीक तो है, तुम कुछ उदास लग रही हो?

शिफ़ा : नहीं यार, कुछ ठीक नहीं है।

ख़ुशी : अरे बताओ तो सही, यह चाँद-सा मुखड़ा आज उतरा हुआ क्यों है?

ख़ुशी का ऐसा कहना शिफ़ा की आँखों में पानी ले आया।

सीमा : तो बात सीरियस है, इमरान और मम्मी-पापा सब ठीक तो हैं न?

शिफ़ा : हाँ, सब ठीक हैं, सब ख़ैरियत से हैं, बस मैं ठीक नहीं हूँ। कल मैंने मम्मी से जॉब के लिए पूछा तो उन्होंने कहा, तुम्हारे पापा ने पहले ही मना कर रखा है। वह कभी तुम्हारी जॉब के लिए राज़ी (सहमत) नहीं होंगे। पापा ने कहा, एक साल में कहीं अच्छा सा रिश्ता देखकर शादी करनी है। पापा ने यह भी कहा कि तालीमयाफ़्ता (शिक्षित) होना अच्छी बात है, तालीम (शिक्षा) हमें कई चीज़ें सिखाती है। तालीम से इनसान ज़िंदगी की बारीकियों को और अच्छी तरह सीखता है। हमने पढ़ा-लिखा दिया है, अब एक अच्छा घर बेटी के लिए मिल जाए तो शादी कर देंगे। वक़्त पर सारी चीज़ें हो जाएँ, वही ठीक होता है।

सीमा : ओह! तो मेरी शिफ़ू इसलिए दु:खी है।

ख़ुशी : हाँ, तो दु:खी होने की बात ही है। तुम अपनी मम्मी से एक बार बात करके देखो, शायद वो तुम्हारे पापा को समझा पाएँ।

शिफ़ा : नहीं यार, मम्मी की तो पापा से कुछ कहने की हिम्मत ही नहीं होती, पापा का जवाब, पापा का फ़ैसला, इतना सपाट और रूखे लहज़े में होता है कि मम्मी, मैं या इमरान हममें से कोई कुछ नहीं कह पाता।

ख़ुशी : मतलब जॉब नॉट अलाउड, अब सर्दी के इस मौसम में घर बैठकर क्या करोगी ?

शिफ़ा : डायरी भरूँगी, अपने जज़्बात की रवानी को शायरी और ग़ज़ल का शॉल पहनाऊँगी। मेरा लिखना ही मुझे सँभालता है, मेरे ख़ालीपन को भरता है।

ख़ुशी : तुम्हारी ज़िंदगी में ये ख़ालीपन कहाँ से आ गया मेरी जान ? अभी न किसी से मोहब्बत हुई, न किसी ने दिल तोड़ा, तो यह ख़ालीपन वाली बात समझ में नहीं आई ?

शिफ़ा : नहीं यार, बस ऐसे ही, वो मेरे घर का माहौल थोड़ा ऐसे ही रहता है ना, मम्मी–पापा का रिश्ता एकदम चुप–चुप सा है और इमरान अपनी पढ़ाई में बिज़ी रहता है। कभी–कभी पता नहीं क्यों एक अजीब–सा ख़ालीपन लगता है।

ख़ुशी : हम्म, तो ये बात है।

सीमा : और फिर तुम्हारी 'रूहानी मोहब्बत' की खोज कैसे होगी ?

ख़ुशी : हाँ, फिर तो शादी भी वहीं होगी, जहाँ तुम्हारे मम्मी–पापा करेंगे, तुम अपनी 'रूहानी मोहब्बत' को कैसे ढूँढ़ पाओगी मेरी जान ?

शिफ़ा : हाँ, सबसे ज़रूरी बात तो अभी बताई ही नहीं मैंने।

ख़ुशी : अब और क्या बम फोड़ना रह गया है ? (चक्कर खाने का नाटक करते हुए)

सीमा : इस बात से ज़रूरी और क्या बात हो गई ?

शिफ़ा : चार दिन पहले मैं अपनी चाची के भाई की शादी में गई थी।

ख़ुशी : (तपाक से बोली) वहाँ कोई मिला क्या ?

सीमा : अरे मेरी तूफ़ान मेल, पहले शिफ़ा की पूरी बात तो सुन लो।

ख़ुशी : हाँ, जल्दी बता, मैं सुनने के लिए बेताब हूँ।

शिफ़ा : वहाँ पर मेरी चाची की बहन की नंद का बेटा भी आया हुआ था।

ख़ुशी : कैसा है, हैंडसम तो है न?

शिफ़ा : (मुसकराती है) बहुत ज़्यादा।

सीमा : हाँ तो हमारी शिफ़ा भी ख़ूबसूरती में किसी अप्सरा से कम है क्या?

शिफ़ा : अरे तुम दोनों मेरी बात तो सुनो, वे लोग बहुत अमीर हैं, उनके ठाट-बाट बिल्कुल नवाबों की तरह हैं।

ख़ुशी : अच्छा, एक ही मुलाक़ात में सब पता चल गया।

शिफ़ा : देखो, हुआ क्या, वो जो लड़का था, उसकी मम्मी को मैं पसंद आ गई और उन लोगों ने रिश्ता भेज दिया।

ख़ुशी : इतनी जल्दी रिश्ता भी भेज दिया, कौन सी स्पीड है यार!

सीमा : बुलेट ट्रेन! (और तीनों हँसने लगती हैं।)

ख़ुशी : आगे बता फिर क्या हुआ?

शिफ़ा : पापा अपनी तरफ़ से उनके बारे में पता कर रहे हैं, उनकी तहक़ीक़ात (जाँच-पड़ताल) पर इत्मीनान की मुहर लग जाएगी तो शायद यह रिश्ता पक्का हो जाएगा।

सीमा : लड़के के बारे में और क्या-क्या पता चला?

शिफ़ा : मम्मी ने चाची से पूछा तो पता चला, उनके वालिद (पापा) तीन साल पहले इस दुनिया से रुख़सत (चले) हो गए थे। वे अपने माँ-बाप के इकलौते चिराग़ हैं, जनाब का बहुत बड़ा बिज़नेस है, सबकुछ वही सँभालते हैं।

ख़ुशी : नेचर वग़ैरह कैसा है, पूछा आंटी ने?

शिफ़ा : हाँ, चाची बता रही थीं बहुत सीधे-सादे हैं, कम बोलते हैं और बहुत समझदार हैं। एम.बी.ए. की पढ़ाई विदेश में जाकर की थी, उनकी मम्मी

के बारे में बताया कि बहुत नेकदिल हैं।

ख़ुशी : मतलब कि तुम्हारा भी विकेट गिर ही गया समझो।

सीमा : चलो चलते हैं, बहुत देर हो गई, बाक़ी बातें बाद में करते हैं।

ख़ुशी : एक मिनट, नाम क्या है बंदे का?

शिफ़ा : वसी मिर्ज़ा नाम है।

ख़ुशी : हम्म, चलो नाम में तो दम लग रहा है, काम में कितना दम है, यह तो बाद में ही पता चलेगा।

सीमा : हाँ-हाँ, अब चलो, मेरी माँ के दो-दो बार फ़ोन आ चुके हैं।

शिफ़ा : हाँ, चलते हैं (तीनों वहाँ से निकल पड़ीं)।

~

शिफ़ा को नींद नहीं आ रही थी, वह बहुत बेचैन थी।

सोच रही थी, जिसको मैं जानती नहीं, जिनके बारे में थोड़ी ही जानकारी मिली है, क्या वो मेरी मोहब्बत के मसीहा साबित होंगे? क्या मैं जैसा हमसफ़र चाहती हूँ, उनमें वे खूबियाँ होंगी? चाची ने बताया, कम बोलते हैं, कहीं वो मेरे पापा जैसे तो नहीं होंगे? मन में हज़ारों तूफ़ान चल रहे थे, अपनी मम्मी-पापा की ज़िंदगी का बेबसी भरा रिश्ता देखती आ रही थी। एक पल को डर गई, कहीं मेरे साथ ऐसा न हो? फिर सोचती है, नहीं-नहीं, हर इनसान एक जैसा नहीं होता है, जिसे मैं आँधी के थपेड़े समझ रही हूँ, हो सकता है, वो पुरसुकूँ करने वाली हलकी-हलकी ठंडी हवा के झोंके जैसे हों। मैं शायद कुछ ज़्यादा ही डर रही हूँ, पर डर तो लगता है, क्या करूँ? चाची से उनका नंबर लेकर बात करूँ? लेकिन डर भी लगता है, कहीं बुरा न मान जाएँ, इस दुनिया में अगर लड़कियाँ किसी चीज़ में पहल करें तो सबको अजीब लगता है और उस लड़की के बारे में अलग-अलग राय बनाने लगते हैं। बहुत तेज़ होगी, चालाक भी लग रही है, ऐसे कोई नंबर माँग के बात करता है भला! लेकिन कोई उस लड़की के दिल के डर को नहीं समझता, जिससे वह हर पल गुज़र रही होती है।

वह डायरी निकालकर लिखने बैठ गई।

कभी आँधियों से ख़ौफ़ लगता है,
कभी नाउम्मीदी से सहम जाता है।

किसी अनजान की गलियों में 'ख़ुदा',
रहबसर से मासूम मन घबराता है।

हर किसी के मुक़द्दर में शायद,
दर्द और ख़ुशी का बसेरा होता है।

अपने दामन में ख़ुशियों का मोती,
न जाने मेरा नसीब कितना भरता है।

आज़ाद हूँ, मगर बेबसी के आलम में,
दिल का पंछी पिंजरे में क़ैद रहता है।

मुश्किल है यूँ नए सफ़र पर चलना,
'राफी' ये दिल का फ़साना लगता है।

शिफ़ा पूरी रात करवटें बदलती रही, नींद अभी भी उसकी आँखों से कोसों दूर थी।

न जाने क्यों इतनी ख़ौफ़ज़दा थीं, न जाने क्या-क्या डर उसके मन को छू रहा था। वह चाहती थी, उसका होने वाला हमसफ़र जो भी हो, वह उससे दो-चार बार मिले-जुले, एक-दूसरे को जाने, एक-दूसरे की सोच, पसंद, नापसंद को जाने, ताकि साथ में ज़िंदगी बिताने में मज़ा आए, न कि नदी के दो किनारे जैसे रहें और कभी दिल मिल ही न पाएँ।

अपने मम्मी-पापा को देखते हुए उसे ये सब उलझनें कुछ ज़्यादा ही परेशान कर रही थीं और इसी उधेड़बुन में फिर से एक ग़ज़ल लिखने बैठ गई।

ऐ शब, तू ही बता किससे कहूँ मैं अपनी दास्तां,
तू चुप है, मैं भी चुप हूँ, उस पार एक परदा है।

किसकी सुनूँ, किस-किस को अनसुना करूँ,
दिल के हाथों जज़्बात भी जैसे कोई प्यादा है।

किस पहचान की गली में जाकर लगाऊँ फेरा,
उनके दिल में क्या प्यार का ख़ूबसूरत घरौंदा है।

कैसे पता लगाऊँ, किसी अपने से जाकर पूछूँ,
वे मोहब्बत के बादशाह हैं या इनसाँ पेचीदा हैं।

'राफी' किसी को कैसे बताऊँ दिल का राब्ता,
मेरी धड़कन ही आज बेताब कुछ ज़्यादा है।

शिफ़ा : कभी-कभी नहीं, हमेशा मेरे दिल को लिखकर बहुत सुकूँ मिलता है। अपने दिल की हर फेहरिस्त को कागज़ पर उतारकर सारे ग़मों से थोड़ी निज़ात मिलती है। न जाने ये वसी मिर्ज़ा साहब कैसी शख़्सियत (व्यक्तित्व) के मालिक़ हैं? एक औरत को लेकर उनकी सोच कैसी होगी? क्योंकि मुझे यह लगता है, जो इनसान आपसे प्यार करता है, वो आपकी इज़्ज़त भी करेगा और जो आपकी इज़्ज़त नहीं करता, वह कभी आपसे प्यार नहीं कर सकता।

एक लंबी साँस खींचते हुए, अँगड़ाई लेते हुए, फिर से कुछ लिखने के लिए क़लम उठाती है।

आज अपने मन के सारे तूफ़ानों को उड़ेल देना चाहती है, किसी और से नहीं अपने आप से ही सबकुछ कह देना चाहती है।

कितने ख़्वाब दिल के बाग़ में सजाए हैं मैंने,
मोहब्बत माँगी है, कुछ और चाहा नहीं मैंने।

डरती हूँ इस दिखावे की मतलबी दुनिया से,
ख़ुद को बुरे ख़यालों से डरा चाहा नहीं मैंने।

ये ज़िंदगी का कारवाँ न जाने क्या दिखाएगा,
हसरतों को छोड़ दूँ, ये तो चाहा नहीं मैंने।

मेरी तक़दीर हमेशा मुझे ख़ुशियों से भिगोना,
आँसुओं से भीगी पलकें कभी चाहा नहीं मैंने।

जिनके नूरानी दीदार से मेरा दिल धड़क जाए,
ऐसे दिलबर को नसीब में ग़ुम चाहा नहीं मैंने।

न ख़्वाहिश महलों की, न मलिका बनने की,
इश्क़ की पालकी 'राफी' ख़ाली चाहा नहीं मैंने।

सुबह आठ बजे इमरान उसके कमरे में आता है।

इमरान : आपी, आप उठी नहीं, तबीयत तो ठीक है? (मम्मी ने कहा) जाकर देखो, आज तुम्हारी आपी क्यों नहीं उठीं?

शिफ़ा : (नींद में बोलती है) सब ठीक है, बस अभी थोड़ी देर में उठती हूँ।

इमरान शिफ़ा को आपा नहीं, प्यार से आपी बोलता था।

इमरान अपनी इंजीनियरिंग की पढ़ाई में मशग़ूल (व्यस्त) था।

इतने में मम्मी भी आ गईं।

मम्मी : अरे क्या हुआ शिफ़ा, सब ख़ैरियत तो है बेटा?

शिफ़ा : जी मम्मी, सब ठीक है, आप नाहक (बेवजह) परेशान न हों, बस रात को नींद बहुत देर से आई तो सुबह उठ नहीं पाई।

मम्मी : ठीक है, नाश्ता तैयार है, आ जाओ, सब नाश्ता करते हैं।

शिफ़ा : आप लोग कर लें, मैं बाद में कर लूँगी।

मम्मी : बेटा, आज सीमा की हल्दी है, उसने तुम लोगों को जल्दी बुलाया है।

शिफ़ा : हाँ, मम्मी! इसलिए मैं अभी थोड़ा सोऊँगी, ताकि फ्रेश हो जाऊँ, नहीं तो मेरी सूजी आँखों को देखकर वो बेचैन हो जाएगी।

मम्मी : (आह भरते हुए) अच्छा चलो ठीक है, सो जाओ।

शिफ़ा यही सोच रही थी कि सीमा की हल्दी में चार बजे पहुँचना है, अभी जाने में काफ़ी वक़्त है, थोड़ा सो लेती हूँ।

इतने में फ़ोन बज उठा, सीमा का फ़ोन था।

सीमा : शिफ़ा, क्या कर रही हो?

शिफ़ा : बस यार, आज तो अभी बिस्तर पर हूँ।

सीमा : तुम तो हमेशा छह बजे उठने वाली लड़की हो, फिर आज क्या हो गया, तबीयत तो ठीक है न?

शिफ़ा : हाँ, तबीयत बिल्कुल ठीक है, बस रात को थोड़ी बेचैन थी, इसलिए नींद देर से आई।

सीमा : मैं समझ गई तुम अपने होने वाले रिश्ते को लेकर उलझन में होगी, ऐसा ही होता है यार, और सुनो, अभी उठो और तुरंत मेरे घर आ जाओ।

"अरे क्या हुआ, शाम को तो आना ही है," शिफ़ा हैरान होकर पूछती है।

सीमा : मैंने फ़ोन इसलिए किया है शिफ़ा, मुझे बहुत घबराहट हो रही है, मैंने ख़ुशी को भी बुलाया है, वो भी आ रही है।

शिफ़ा : हाँ, ख़ुशी ने आज छुट्टी ले रखी होगी, लेकिन ऐसा क्या हो गया मेरी जान?

सीमा : मुझे तुम दोनों से बिछड़ने का डर सता रहा है, वो भी बहुत ज़्यादा।

शिफ़ा : ओह! चलो मैं आती हूँ।

मम्मी : अरे शिफ़ा, उठ गई बेटा! क्या नींद नहीं आई?

शिफ़ा : (मम्मी के गले में बाँहें डालती हुई) मम्मी! सीमा के पास अभी जाना है।

मम्मी : क्या हुआ, फंक्शन तो शाम को है न?

शिफ़ा : हाँ, पर वह बहुत घबरा रही है। हम तीनों अलग हो रहे हैं, उसको यह बात परेशान कर रही है।

मम्मी : अच्छा (थोड़ी उदासी से), सीमा को अच्छे से समझा देना।

शिफ़ा : हाँ मम्मी, आप फ़िक्र न करें, मैं और ख़ुशी सीमा को समझा देंगे।

~

थोड़ी देर में शिफ़ा और ख़ुशी सीमा के पास मौजूद थीं।

दोनों को पाते ही सीमा उनसे लिपट गई और ज़ोर-ज़ोर से रोने लगी।

उसके इस तरह रोने से वे दोनों भी रोने लगीं।

उनका रोना सुनकर सीमा की माँ और कई लोग कमरे में आ गए। माँ तो समझ ही रही थीं कि इन तीनों की दोस्ती ऐसी है, जैसे तीन जिस्म और एक जान। एक-दूसरे से दूर होने के ख़याल से ये तीनों इस तरह रो रही हैं।

वहाँ पर मौजूद सभी लोगों ने बहुत समझाया, उनको पानी पिलाया।

सीमा की माँ—चलो, अब बहुत रो लिये तुम लोग, अब कोई नहीं रोएगा। अब तीनों बातें करो, मैं कुछ खाने को भिजवाती हूँ।

ख़ुशी : जी आंटी!

जहाँ एक तरफ़ सीमा की शादी की ख़ुशी थी, वहीं दूसरी तरफ़ सीमा से बिछड़ने का ग़म भी बहुत था।

शिफ़ा : तुम जा भी रही हो तो दूसरे शहर, अब हमारा मिलना तो बहुत कम हो जाएगा, लेकिन हम कर भी क्या सकते हैं।

सीमा : बस यह वादा कर सकते हैं, हम हमेशा एक-दूसरे के टच में रहेंगे। अपने हर दुःख-सुख एक-दूसरे से साझा करते रहेंगे।

शिफ़ा : ख़ुदा करे ग़म किसी की ज़िंदगी में कभी पास न आए, बस ख़ुशियाँ-ही-ख़ुशियाँ हम सबकी ज़िंदगी में बरसती रहें।

ख़ुशी : डरना तो मुझे और शिफ़ा को चाहिए कि तुम पति के प्यार में हम दोनों को भूल न जाओ और यहाँ देखो, रो-रोकर तुमने आँखें सुजा ली हैं।

शिफ़ा : हाँ यार, आज तुम्हारी हल्दी है, फोटो ख़राब आएगी। तुम ऐसा करो, आँखों में पानी के छींटे दो, मैं आंटी से गुलाब जल लेकर आती हूँ और तुम्हारी आँखों में डाल देती हूँ।

ख़ुशी : अब कोई बिल्कुल नहीं रोएगा, सूजी आँखों वाली फोटोज़ देखकर हमारे जीजू कहीं हमसे गुस्सा न हो जाएँ और शादी के बाद जीजू सज़ा के रूप में हमारी दोस्त से हमें मिलने ही न दें तो हम बेमौत मर जाएँगी (और फिर तीनों हँसने लगती हैं)।

सीमा : और तुम्हें क्या हुआ शिफ़ा ? तुम जब आई, तुम्हारी आँखें लाल हो रही थीं, तुमने बताया, कल रात तुम बहुत बेचैन थी।

शिफ़ा : छोड़ो यार फिर, कभी बात करेंगे।

सीमा : नहीं, नहीं, अभी बता, हमें कहाँ चैन पड़ने वाला है।

शिफ़ा : बस यार, सारी रात एक ही बात परेशान करती रही कि एक अजनबी से कैसे शादी कर लूँ, वह मेरी चाहत, मेरी ख़्वाहिश के हिसाब से नहीं हुए तो मेरे लिए ज़िंदगी एक सज़ा बन जाएगी।

ख़ुशी : हाँ, मैं तो कह रही थी, यूनिवर्सिटी में मोहसिन तुम्हें कितना चाहता था, उसकी आँखें तुझे देखते ही बहुत कुछ कह देती थीं, लेकिन तुम टस-से-मस नहीं हुई।

शिफ़ा : तुम जानती हो, पर्सनैलिटी वाइज वह मुझे बिल्कुल पसंद नहीं

था। वह मुझसे मोहब्बत करता था, बस उसकी आँखों में दिखता था, कभी होंठों पर तो आया नहीं।

ख़ुशी : अरे, वह बहुत सीधा-सादा लड़का था, शायद डर की वजह से कह नहीं पाया।

ख़ुशी : पर उसकी आँखों में तुम्हारे लिए 'रूहानी मोहब्बत' झलकती थी यार, मुझे तो ऐसा ही लगता था और हाँ, वो तुम्हारे घर पर तुम्हारे कोई कज़िन तीन महीने के लिए रुके थे, क्या नाम था उनका?

शिफ़ा : फ़राज़।

ख़ुशी : हाँ, फ़राज़ नाम था उनका, वह भी तुम्हें पसंद करते थे न?

शिफ़ा : हाँ, उन्होंने एक दिन अचानक से बोल दिया कि वो मुझे पसंद करते हैं, मैं तो शॉक्ड रह गई थी और बिना कुछ कहे वहाँ से चली गई थी।

सीमा : हाँ, तुमने बताया था और तुमने यह भी बताया था कि वह तुम्हें पसंद भी नहीं थे शायद?

शिफ़ा : मैंने उनको कभी उस नज़र से देखा नहीं था और हाँ, ऐसे कोई ख़ास थे भी नहीं कि एकदम से कोई पसंद कर ले।

ख़ुशी : फिर कभी उन्होंने कुछ नहीं पूछा?

शिफ़ा : नहीं, वो तीन महीने किसी ट्रेनिंग के सिलसिले में रुके थे और फिर चले गए थे। मैं उनके आसपास जाने से कतराने लगी थी, शायद वो समझ गए थे कि मैं उनमें इंटरेस्टेड नहीं थी।

सीमा : फिर तो कोई बात ही नहीं है, और ख़ुशी! तुम्हें तो अमन बहुत पसंद था और शायद वह भी तुम्हें पसंद करता था?

ख़ुशी : हाँ, पसंद था, लेकिन जब मुझे यह एहसास हुआ कि मैं उसे पसंद करती हूँ, यूनिवर्सिटी की पढ़ाई के कुछ ही दिन रह गए थे।

शिफ़ा : तुम कुछ और भी बता रही थी कि वो बहुत फ्लर्ट करता था।

ख़ुशी : हाँ, मुझे कुछ वक़्त के बाद यह पता चलने लगा था कि वह बहुत दिलफेंक टाइप का था, इसलिए मैंने अपने क़दम आगे बढ़ाएँ ही नहीं।

सीमा : जो क़िस्मत में होता है, वही मिलता है, गॉड सबकी क़िस्मत अच्छी बनाएँ।

सीमा की हल्दी का फंक्शन उसके घर के आँगन में ही हो रहा था।

शिफ़ा और ख़ुशी आँगन में हल्दी की सजावट देखने के लिए गईं।

उन दोनों को हल्दी की सजावट बहुत फीकी लगी। वे दोनों उदास हो गईं और अंदर आकर सीमा से कहती हैं।

शिफ़ा : सीमा, यह बताओ आज हल्दी के फंक्शन की सजावट कुछ फ़ीकी सी नहीं है ?

सीमा : (मुसकराते हुए), माँ–पापा को आदत है, हर काम में बस उतना ही पैसा लगाने की जितने में काम पूरा हो जाए (एक गहरी साँस लेते हुए)।

शिफ़ा : यह क्या बात हुई, शादी है यार, ज़िंदगी में एक ही बार होनी है।

सीमा : उनके पास एक और बेटी है, उसके लिए भी रखना है, अब क्या कह सकती हूँ मैं।

ख़ुशी : इसका मतलब अंकल–आंटी कंजूस हैं।

शिफ़ा : ऐसे मत बोलो ख़ुशी !

सीमा : अब मैं क्या कहूँ, मेरे माँ–पापा हैं, उनका मन, वह जैसे भी करना चाहें।

ख़ुशी : और तुम्हारे मन और ख़ुशी का क्या सीमा ?

सीमा : सब ठीक है, तुम लोग चिंता मत करो।

शिफ़ा : अच्छा देखो, अब तुम चुपचाप आँखें बंद करो, आँखों को आराम दो, मैं तुम्हारी पलकों पर खीरे का टुकड़ा रखती हूँ।

सीमा लेट जाती है, ख़ुशी उसकी आँखों में गुलाबजल डालती है और शिफ़ा, जो गुलाबजल के साथ खीरे का टुकड़ा भी काटकर लाई थी, उसकी आँखों पर रख देती है।

वे दोनों भी उसके साथ बेड पर लेट गईं। अपने दोस्त से बिछड़ने का दर्द दोनों शिद्दत से महसूस कर रही थीं।

हल्दी की सजावट देखकर शिफ़ा और ख़ुशी का मन थोड़ा भारी हो गया

था, लेकिन दोनों कर भी क्या सकती थीं।

सीमा को उसकी बुआ की बेटियाँ तैयार करने लगी थीं। उनमें से एक ने ब्यूटीशियन का कोर्स किया था, इसलिए यह पहले से तय था कि सीमा को हर फंक्शन के लिए यही लोग तैयार करेंगी।

ख़ुशी और शिफ़ा अपने कपड़े वगैरह साथ लेकर आई थीं। शिफ़ा और ख़ुशी भी तैयार हो गई थीं।

हल्दी की रस्म शुरू हुई, सादगी और शांति के साथ हल्दी की रस्म पूरी हो गई।

कल मेहँदी और संगीत है तो रात को सीमा और ख़ुशी को यहीं रुकना है, इसलिए आज रात दोनों वापस घर चली गई थीं।

~

शिफ़ा अगले दिन दोपहर के बाद सीमा के घर पहुँच गई।

ख़ुशी ने कहा था, वह पाँच बजे तक आ जाएगी।

सीमा के हाथ-पैर की मेहँदी क़रीब-क़रीब पूरी होने को थी, मेहँदी सुंदर लगी थी, उसकी सुंदर मेहँदी को देखकर शिफ़ा का मन ख़ुश हो गया।

ख़ुशी आ गई और आते ही कमरे में रखा स्पीकर तेज़ बजा दिया।

'मेहँदी है रचने वाली' गाना पूरे कमरे में गूँज गया, ख़ुशी डांस करने लगी और सबका हाथ पकड़-पकड़कर उठा दिया, सब डांस करने लगे।

अच्छा माहौल था, शादी की रौनक़ से घर का माहौल बहुत ही रोमांचक हो जाता है।

सीमा को मेहँदी फंक्शन की ड्रेस पहले ही पहना दी गई थी और अब मेकअप भी हो गया था।

सुंदर व नाज़ुक सी सीमा बहुत ही प्यारी लग रही थी।

ख़ुशी : अरे, जीजाजी को भी यहाँ बुलाना चाहिए था, ताकि मैं मेरी सीमा को थोड़ा जलाती यार!

शिफ़ा : अच्छा, वो कैसे?

ख़ुशी : मैं जीजू के साथ डांस करती और सीमा मुझे मन में बुरे-बुरे शब्द बोलती।

शिफ़ा : अच्छा तो अपने दोस्त के साथ ऐसा करके तुझे मज़ा आता?

ख़ुशी : जस्ट फन बेबी, जस्ट फन, वैसे जीजू आते तो सीमा और जीजू की भी एक परफॉरमेंस तो होती ही, है कि नहीं?

शिफ़ा : अगर जीजू आते तो ऐसा ज़रूर होता।

हँसी-ख़ुशी, नाच-गाने के साथ मेहँदी और संगीत का फंक्शन ख़त्म हुआ।

ख़ुशी, शिफ़ा और सीमा तीनों ने एक साथ डांस किया।

सबने कुछ-न-कुछ परफॉर्म किया, बहुत रौनक़ रही।

ख़ुशी : भई, अब शरीर में जान नहीं बची है, कोई मुझे गोद में उठा लो।

शिफ़ा : हाँ, क्यों नहीं, सीमा के ममेरे और चचेरे भाई यहाँ पर हैं, बुलाऊँ क्या?

ख़ुशी : हाँ-हाँ, बुला लो, मैं शरमाती हूँ क्या।

शिफ़ा : अच्छा मेरी शेरनी! रुको, अभी बुलाती हूँ।

शिफ़ा ने अजय और दीपक को आवाज़ देकर बुलाया, "अजय, ज़रा इधर आना। दीपक! तुम भी," अजय और दीपक उनके पास आते हैं।

अजय : जी बताइए, क्या हुआ?

शिफ़ा : मेरी सहेली ख़ुशी···

(तभी ख़ुशी तपाक से बोली) ख़ुशी : कुछ नहीं, जिस काम के लिए आपको बुला रहे थे वो हो गया, आप लोग जाइए।

वे दोनों वापस चले जाते हैं।

शिफ़ा : अरे मेरी, शेरनी डर गई।

ख़ुशी : शिफ़ा की बच्ची, तुझसे ऐसी उम्मीद नहीं थी।

शिफ़ा : हाँ, कभी-कभी जिनसे ऐसी-वैसी उम्मीद नहीं होती, वही ऐसा कुछ कर जाते हैं (और ज़ोर-ज़ोर से हँसती है)।

ख़ुशी : वैसे यार, ज़रूरत तो मुझे सच में है कि कोई मुझे अपने कंधे पर उठाकर ले जाए। (ख़ुशी, शिफ़ा की आँखों में आँखें डालकर कहती है बुला

लें क्या) (और फिर से दोनों हँसती हैं)।

शिफ़ा : आ जा, सीमा के पास चलते हैं।

ख़ुशी : यार, तूने ये क्या किया, अब तो दीपक और अजय ऐसे देख रहे हैं, जैसे हमने उनका मज़ाक बनाया है या हम उनसे कुछ छुपा रहे हैं।

शिफ़ा : चिल यार, यह एक छोटा सा फन था, इग्नोर कर, चल सोते हैं, रात बहुत हो गई है।

अगले दिन रात को बारात आनी थी।

सुबह हो गई, रात को सब बहुत थके थे, इसलिए देर तक सोते रहे।

सुबह ग्यारह बजे शिफ़ा की आँख खुल गई।

सीमा और ख़ुशी अभी भी सो रही थीं।

शिफ़ा खिड़की के पास बैठ गई और गुनगुनाने लगी।

आज की फिज़ा में न जाने क्यों हरारत है,
ख़ुशी की लहर में आँखों में नमी हो रही है।

ए दिल रुक जा यहीं या रोक ले दोस्त को,
हमारी एक परछाई हमसे दूर हो रही है।

यह दस्तूर बिदाई का जो बनाया गया है,
उस दर्द से रूह बेदर्दी से चाक हो रही है।

दिल में तेरे दीदार की हसरत लिये हुए हूँ,
मेरी धड़कनों की सदा कम हो रही है।

कुछ अजीब सा दर्द है, जो तड़पा रहा है,
मेरी एक साथी मुझसे अलग हो रही है।

इन रस्मों-रिवाज़ में हमें जो बाँधा गया है,
'राफी' दिल में अजीब सी उलझन हो रही है।

इतने में सीमा उठ गई और ख़ुशी को जगाने लगी।

ख़ुशी : सोने दो यार, आज तो पूरी रात जागना है।

सीमा : अच्छा बाबा, सो लो।

ख़ुशी : (नींद में) यार, यह शादी बहुत थकाने वाला काम है। सीधे कोर्ट मैरिज करो और काम ख़त्म।

सीमा : हाँ, जब तुम्हारी बारी आएगी, तब पूछूँगी।

शिफ़ा : यह कुंभकरण कितना सोएगी? (ख़ुशी की तरफ़ इशारा करते हुए)।

ख़ुशी : इसे बोलो चुप रहे या फिर मेरी मंडली में शामिल हो जाए और हाँ, कल का किस्सा बता दूँ, जो तुमने कांड किया था।

सीमा : ऐसा क्या कर दिया शिफ़ा ने?

शिफ़ा : अरे कुछ नहीं, एक छोटा सा फन था और शिफ़ा ने कल का पूरा वाक़या बताया तो सीमा भी ख़ूब हँसती रही।

~

इधर-उधर में बारात आने का वक़्त हो गया।

सब लोग शादी वाली जगह पर पहुँच गए।

थोड़ी ही दूर एक पार्क में शादी की सारी व्यवस्था थी, सजावट साधारण और सादगी भरी थी, पर आकर्षक थी।

सीमा बहुत ही ख़ूबसूरत लग रही थी, उसका लाल रंग का लहँगा उसकी सुंदरता को और मनमोहक बना रहा था।

बारात आई और एक-एक करके सभी रस्में शुरू हो गईं।

सारी रस्मों के बाद जूता चुराने की रस्म शुरू हुई।

निखिलजी ख़ूब बोल रहे थे। उन्होंने कहा, "मैं जूते नहीं उतारूँगा, जो

उतार सके, उतारकर ले जाए।" उनके दोस्त भी उनका साथ दे रहे थे।

ख़ुशी : जीजू, दिस इस नॉट फेयर, आप ऐसा नहीं कर सकते।

निखिल ने कहा, "आप ख़ुशी हैं न?"

सीमा ने उन्हें ख़ुशी और शिफ़ा के बारे में बताया था और फोटो भी दिखाई थी तो वे उन दोनों को पहचान गए।

ख़ुशी ने कहा, "जी मैं ख़ुशी हूँ (साथ में खड़ी शिफ़ा को दिखाते हुए बताती है) और ये शिफ़ा है। प्लीज़, आप जूते उतारने दीजिए।"

और फिर थोड़ी कोशिश के बाद सीमा की बहन रीना ने जूते उतार लिये थे।

जूते वापस देने के लिए जो पैसे देने की रस्म होती है, उसकी बार्गेनिंग चल रही थी।

ख़ुशी ने कहा, "एक नहीं, हम तीन सालियाँ हैं, हम तीनों को दस-दस हज़ार चाहिए, इसलिए तीस हज़ार से कम नहीं चलेगा।"

निखिल : जूते पर सोने की पॉलिश नहीं है, जो आप लोग इतने ज़्यादा की डिमांड कर रहे हैं।"

ख़ुशी : जीजू, एक तो आप हमारी सीमा को हमसे अलग कर रहे हैं और दूसरी तरफ़ आप हमारी डिमांड भी पूरी नहीं कर रहे हैं, ऐसे नहीं चलेगा।

निखिल : तो ठीक है, आप दोनों भी अपनी सीमा के साथ चलिए।

ख़ुशी : यही तो नहीं हो सकता है न।

निखिल : क्यों नहीं हो सकता, आप उनकी बहनें हैं, उनके साथ जा सकती हैं।

शिफ़ा ख़ुशी के कान में धीरे से कहती है, "बस करो, जो भी पैसे दें, लेकर चलो।"

बहुत कहने के बाद उन लोगों ने दस हज़ार दिए।

शिफ़ा और ख़ुशी ने वो पैसे रीना को दे दिए, ये हक़ उसी का था, बाकी तो ख़ुशी मस्ती कर रही थी।

और फिर वह दर्दनाक घड़ी भी आ गई, जिसमें हमारा एक साथी हमसे दूर चला गया।

सीमा की विदाई के बाद शिफ़ा और ख़ुशी भी सीधी अपने घर चली गईं।

उनके घरवाले शादी में आए हुए थे तो दोनों उनके साथ अपने-अपने घर चली गईं।

जाने से पहले ख़ुशी ने शिफ़ा से पूछा, "हमारे कपड़े और सारा सामान तो सीमा के घर पर ही है तो उनको कैसे लेंगे?"

शिफ़ा : कोई नहीं, मेरी आंटी से बात हो गई है, कल शाम को आकर ले लेंगे।

ख़ुशी : हाँ, थकावट भी इतनी हो रही है कि कुछ और करने की हिम्मत भी नहीं है (लंबी साँस छोड़ते हुए)।

शिफ़ा : चलो, कल मिलते हैं और दोनों गले लग गईं, दोनों की आँखें नम हो गईं।

सीमा के जाने से दोनों ग़मगीन (दु:खी) थीं।

~

अगले दिन दोपहर तक, उधर ख़ुशी और इधर शिफ़ा दोनों ही सो रही थीं।

मोबाइल की घंटी बजी और ख़ुशी ने फ़ोन उठाया, दोपहर का एक बज रहा था।

सीमा का फ़ोन था, उससे बात करके ख़ुशी चैन की साँस लेती है। सीमा की आवाज़ में खनक थी, ऐसा लग रहा था वह बहुत ख़ुश है, यह सोचकर ख़ुशी बहुत ख़ुश हो गई।

उधर शिफ़ा के पास भी सीमा का फ़ोन गया, उससे भी बात हुई।

शिफ़ा : मेरी जान, ऐसे ही हमेशा ख़ुश रहो।

ख़ुशी और शिफ़ा की सीमा से थोड़ी ही बात हुई, ज़्यादा बात नहीं हो सकती थी, क्योंकि वहाँ पर आसपास मेहमानों का जमघट था।

दूसरे दिन सीमा की ससुराल में रिसेप्शन था।

उसने शिफ़ा और ख़ुशी के परिवार वालों को भी इनवाइट किया था।

ख़ुशी की बहुत छुट्टियाँ हो गई थीं, इसलिए और छुट्टी मिलने की गुंजाइश नहीं थी।

शिफ़ा के पापा के रिज़र्व नेचर की वजह से वे शिफ़ा का कहीं आना-जाना पसंद नहीं करते थे। शिफ़ा ने सोचा, बात करने से कोई फायदा नहीं है, न जाएँगे न जाने देंगे। यहाँ तो एक ही शहर की बात थी और उनको यह भी पता था, ये तीनों बहुत ही जिगरी दोस्त हैं, इसलिए दो दिन रहने की इजाज़त दे दी थी।

~

उधर सीमा की ससुराल में रिसेप्शन बहुत अच्छे से हो गया।

सीमा के पति निखिल दो भाई थे, छोटा भाई विपिन अभी अपनी पढ़ाई पूरी कर रहा है। निखिल और उनके पापा का अच्छा व्यवसाय था, अच्छे खाते-पीते घराने में सीमा की शादी हुई थी।

निखिल स्वभाव से काफी बातूनी और मज़ाकिया थे। सीमा की सास भी अच्छी थीं, सब मिलाकर सीमा इस परिवार के लोगों में रचने-बसने लग गई थी।

सबका व्यवहार उसके प्रति अच्छा था, सीमा का मन लगने लगा था।

आज उसके हाथ से मीठा बनाने की रस्म हुई। उसने खीर बनाई, सबको बहुत पसंद आई। सास, ससुर और घर में आए कुछ मेहमान जैसे बुआ सास, मामी सास, सबने उसे नेग दिया।

हर दिन की बातें वह एक बार ख़ुशी और शिफ़ा को ज़रूर बताती थी।

शिफ़ा, ख़ुशी और सीमा की दोस्ती कॉलेज से ही थी। ये तीनों बी.कॉम. करने के दौरान मिली थीं और दोस्ती इतनी गहरी हुई कि एम.बी.ए. भी एक ही यूनिवर्सिटी से किया।

पढ़ाई में तीनों ही होनहार थीं।

~

चार दिन के बाद शिफ़ा ने ख़ुशी को फ़ोन किया।

शिफ़ा : ख़ुशी! वो लड़के वाले परसों आ रहे हैं रिश्ता पक्का करने और एक महीने बाद सगाई होगी। वे लोग सगाई बहुत धूमधाम से करेंगे।

ख़ुशी : अच्छा! वेरी गुड, मेरे लिए क्या हुक़्म है मेरे आक़ा?

शिफ़ा : तुम भी आ जाओ न परसों, मैं थोड़ा नर्वस हो रही हूँ।

ख़ुशी : ठीक है, मैं आती हूँ।

शिफ़ा : थैंक यू मेरी जान!

ख़ुशी : दोस्ती में नो थैंक यू, नो सॉरी (दोनों हँसती हैं)।

दो दिन के बाद वसी मिर्ज़ा की मम्मी, फूफी और मासी सब लोग आए और रिश्ता पक्का कर गए।

दस किलो मिठाई और न जाने कितनी तरह के फलों की टोकरी लेकर आए थे। शिफ़ा के हाथ में पचास हज़ार की गड्डी रखी और वसी की मम्मी बोलीं, "यह हमारी तरफ़ से एक छोटा सा नज़राना है हमारी बेटी के लिए!" और शिफ़ा के माथे पर बोसा (चूम) ले लिया और कहती हैं, "मैं बहू के रूप में बेटी ले जा रही हूँ। मेरी कोई बेटी नहीं है, बहुत मन था, मेरी बहू आएगी तो मैं उसे एक बेटी जैसा प्यार दूँगी और बेटी न होने की कमी बहू से पूरी हो जाएगी। ख़ुदा मेरी यह आरज़ू जल्द पूरी करे, (आमीन!)

सब ख़ुश थे कि सबकुछ अच्छे से हो गया, ख़ुशी वक़्त पर आ गई थी और पूरे वक़्त शिफ़ा के साथ थी।

ख़ुशी के आने से शिफ़ा को बहुत हिम्मत मिल गई थी।

शिफ़ा ख़ुश थी और ख़ुशी शिफ़ा की ख़ुशी में ख़ुश थी।

~

धीरे-धीरे वक़्त गुज़रता जा रहा था। सीमा की शादी को दो महीने बीत गए थे।

ख़ुशी के पास सीमा का मैसेज आया था कि कल संडे है, दोपहर में तीन बजे तुम लोग मुझे वीडियो कॉल करना, मुझे कुछ ज़रूरी बात करनी है।

अगले दिन शिफ़ा और ख़ुशी ने ग्रुप वीडियो कॉल किया।

शिफ़ा : क्या हुआ सीमा, तुम ठीक तो हो?

ख़ुशी : हाँ बताओ, ऐसा क्या हो गया, जो तुमने हमें मैसेज या फ़ोन करके नहीं बताया, सीधा वीडियो कॉल करने के लिए बोला?

सीमा : हाँ-हाँ, थोड़ा पेशेंस रखो, अभी बताती हूँ, वो क्या है न, मैं प्रेग्नेंट हूँ।

ख़ुशी : क्या? (ख़ुशी चौंकते हुए) इतनी जल्दी!

सीमा : (हँसती हुई) हाँ।

ख़ुशी : लेकिन यार, इतनी भी क्या जल्दी थी, अभी थोड़ा मस्ती करते।

शिफ़ा : और क्या, कम-से-कम दो साल के बाद सोचना चाहिए था, इतनी भी क्या जल्दी थी।

सीमा : हाँ, मुझे भी लग रहा था, पर अब हो गया तो क्या करें? निखिल ने कहा, कोई नहीं, एक होने दो, फिर थोड़ा गैप रखेंगे।

ख़ुशी : पर यार, अभी तो घूमने-फिरने के दिन थे, अभी से तुम बच्चे पालने लगोगी, तुम्हें थोड़ा सोचना चाहिए था।

सीमा : कोई बात नहीं, अब जो हो गया सो हो गया।

ख़ुशी : हाँ तो तुमने होने दिया न।

सीमा : अब छोड़ न ख़ुशी, इस बात की ख़ुशी मनाओ कि मैं माँ बनने वाली हूँ।

शिफ़ा : हाँ, वह तो है, कोई नहीं, तुम्हें और निखिल जीजू दोनों को बहुत-बहुत मुबारक हो।

ख़ुशी : मैनी-मैनी कॉन्ग्रेचुलेशन टू बोथ ऑफ यू डार्लिंग!

सीमा : थैंक यू सो मच माई डियरेस्ट ख़ुशी एंड शिफ़ा!

ख़ुशी : और बता फिर, तबीयत ठीक है न?

सीमा : हाँ, ठीक है।

शिफ़ा : डॉक्टर को दिखाया?

सीमा : हाँ, दिखा दिया।

ख़ुशी : डॉक्टर ने कहा न कि सबकुछ ओके है ?

सीमा : हाँ बाबा, सबकुछ ओके है, सब बढ़िया है। अब तुम दोनों मासी बनने वाली हो, इसलिए अपनी ज़िम्मेदारी उठाने के लिए तैयार हो जाओ।

शिफ़ा : हम तैयार हैं माई डियर!

ख़ुशी : हाँ, वह तो हम अपनी ज़िम्मेदारी उठाएँगे ही, यह कोई कहने वाली बात थोड़ी न है।

सीमा : चलो, तुम लोगों को बताने की मुझे बहुत जल्दी थी, पर मैंने कहा, वीडियो कॉल पर ही बताऊँगी, ताकि तुम दोनों का रिएक्शन देख पाऊँ। (सीमा हँसती है)।

ख़ुशी : सच, हम लोग बहुत ख़ुश हैं, बस हमें यह लग रहा था, अभी थोड़ी जल्दी है, पर कोई बात नहीं, जो आ रहा है, उसकी ख़ुशी मनाते हैं। तुम ख़ूब ख़ुश रहो सीमा!

शिफ़ा : हाँ, ख़ूब ख़ुश रहना और अपना अच्छे से ख़याल रखना।

सीमा : ठीक है मेरी बहनो!

~

एक दिन शिफ़ा चाची से मिलने गई और बातों-बातों में अपना डर ज़ाहिर किया।

शिफ़ा : (थोड़ा झिझकते हुए) चाची, आप वसी को अच्छे से जानती हैं न? मेरा कहने का मतलब है, उनका नेचर वगैरह अच्छा है न?

चाची : अरे शिफ़ा, तुम इतनी फ़िक्र मत करो, बहुत अच्छे हैं वसी मिर्ज़ा, लाखों में एक लड़का है, मैं ऐसे ही कहीं भी अपनी शिफ़ा का रिश्ता थोड़ी न करवा दूँगी।

शिफ़ा : हाँ चाची, बस थोड़ा डर रही थी। सोचा, आपसे बात कर लूँ।

चाची : तुम बिल्कुल बेफ़िक्र रहो, वसी और उनकी मम्मी दोनों ही बहुत सुलझे हुए इनसान हैं, सब बहुत अच्छा है।

शिफ़ा यह सुनकर थोड़ा मुतमइन (संतुष्ट) हुई और मुसकराने लगी।

~

एक महीने बाद शिफ़ा की सगाई का दिन भी आ गया।

सीमा से पहले ही बात हो गई थी कि वह ज़रूर आएगी।

सीमा अपने पति के साथ सगाई में पहुँच गई थी।

इतने दिनों बाद तीनों सहेलियाँ एक-दूसरे से मिलकर बहुत ख़ुश हुईं।

सगाई का फंक्शन इतना ज़्यादा ख़ूबसूरत और आलीशान तरीके से मनाया गया कि ऐसा लग रहा था, जैसे कोई शादी हो रही हो।

शिफ़ा बहुत ख़ुश थी।

उसके साथ ख़ुशी और सीमा भी उसकी क़िस्मत पर नाज़ कर रही थीं और बहुत सारी दुआएँ दे रही थीं।

सीमा अगले दिन चली गई।

भीड़भाड़ में उससे ज़्यादा बात नहीं हो पाई।

शिफ़ा की शादी आठ महीने बाद होनी थी।

~

अगले दिन…

ख़ुशी : मॉम, मेरा नीला वाला कुरता कहाँ है, जो डैड मुंबई से लाए थे, मिल नहीं रहा है।

मॉम : (कमरे में दाख़िल होते हुए) अलमारी में ही होगा बेटा!

ख़ुशी : आप निकाल दो न, मुझे बहुत लेट हो रहा है और हाँ मॉम, मैं परसों अपने ऑफिस के ग्रुप के साथ दो दिन के ट्रिप पर मसूरी जाऊँगी तो आप मेरे ठंड के कपड़े निकाल देना, मुझे क्या ले जाना है, क्या नहीं, मैं शाम को आकर देख लूँगी। (ख़ुशी मॉम को किस करते हुए निकल जाती है।)

मॉम : (अकेले में बड़बड़ाते हुए) मैं जानती हूँ, मना करूँगी, पर मानेगी तो है नहीं, इसलिए कहने का कोई फ़ायदा नहीं है। अभी ऑफिस जॉइन किए दिन ही कितने हुए हैं, इतनी जल्दी हर किसी को अच्छे से नहीं पहचाना जा सकता। कभी-कभी मुझे लगता है, इसके डैड ने इसे थोड़ा ज़्यादा ही बिगाड़

रखा है (और फिर हलकी मुसकान के साथ कमरे से बाहर आ जाती हैं)।

ख़ुशी को जॉब करते हुए क़रीब दो महीने बीत गए।

शिफ़ा के पास ख़ुशी का फ़ोन आता है।

ख़ुशी : कल संडे है, हम शिप्रा मॉल चलते हैं, तीन बजे तक वहाँ आ जाना, बहुत ज़रूरी बात करनी है।

शिफ़ा : ठीक है, कल मिलते हैं।

तय समय के अनुसार दोनों तीन बजे शिप्रा मॉल पहुँच जाती हैं।

ख़ुशी : कुछ खाओगी, कुछ ऑर्डर करूँ?

शिफ़ा : नहीं, मन नहीं है, मम्मी ने लंच करवा दिया था। ऐसा करते हैं, कुछ पीने के लिए मँगवा लेते हैं।

ख़ुशी : ठीक है।

ख़ुशी ने दो कोल्ड कॉफ़ी ऑर्डर कर दी, क्योंकि इन तीनों को ही कोल्ड कॉफ़ी बहुत पसंद है।

शिफ़ा : चलो बताओ, क्या ज़रूरी बात थी, जो बताने के लिए यहाँ बुलाया? मैंने फ़ोन पर तुमसे कितना पूछा, पर तुमने बताया नहीं।

ख़ुशी : मैंने तुम्हें राहुल के बारे में बताया था?

शिफ़ा : हाँ, बताया तो था, और यह भी बताया था कि तुम दोनों एक-दूसरे को पसंद करते हो।

ख़ुशी : शिफ़ा, मेरी जान! मुझे प्यार हो गया है और मैं दो महीने बाद शादी कर रही हूँ।

शिफ़ा : (चौंककर खड़ी हो गई) क्या? देखो ख़ुशी, कह दो तुम मज़ाक कर रही हो।

ख़ुशी : नहीं मेरी जान! यह मज़ाक नहीं है, इतनी बड़ी बात थी, तभी तो तुम्हें बताने के लिए यहाँ बुलाया है।

शिफ़ा : मुझे यक़ीन नहीं हो रहा है, तुम मुझे पाँच मिनट दो, पहले मैं यह एक्सेप्ट कर पाऊँ कि तुम जो कह रही हो, वह सच है।

ख़ुशी : ठीक है, ख़ुशी के इस ख़ुशी के मौक़े पर हम दोनों पाँच मिनट

का मौन रखते हैं, (हँसते हुए कहती है)। मैं मज़ाक नहीं कर रही हूँ शिफ़ा, मेरी जान! मैं जानती हूँ, तुम्हारे लिए बहुत सरप्राइजिंग है, पर सच है और ऐसी भी कोई अनोखी बात नहीं है, जिससे इतना हैरान हुआ जाए। मैंने पहले ही तुम्हें और सीमा को यह बात बताई थी कि एक लड़का है राहुल, जिसे मैं पसंद करने लगी हूँ।

शिफ़ा : हाँ, तुमने ये बताया था कि तुम दोनों एक-दूसरे को पसंद करने लगे हो। लेकिन ये बात इतनी जल्दी शादी तक पहुँच जाएगी, ये नहीं पता था।

ख़ुशी : जब सब सही है तो शादी करने में देरी क्यों करना?

शिफ़ा : तो मॉम-डैड को भी बता ही दिया होगा?

ख़ुशी : हाँ, मॉम-डैड को वैसे तो कोई प्रॉब्लम नहीं है, पर फैमिली बैकग्राउंड ज़्यादा स्ट्रॉन्ग नहीं है, इसलिए मॉम-डैड थोड़ा वरीड थे, मैंने समझाया, हम दोनों की जॉब अच्छी हैं, हम सँभाल लेंगे, बाक़ी आप लोग तो हैं ही मेरे साथ।

शिफ़ा : हाँ, अंकल-आंटी तुझसे बहुत प्यार करते हैं और तेरी ख़ुशी को ही पहले देखते हैं, यू आर सो लकी।

ख़ुशी : हाँ, यह तो है, मैं मॉम-डैड की जान हूँ।

शिफ़ा : आप अपने महाशय का नाम, पता, हुलिया बताने की कृपा करेंगी ख़ुशीजी।

ख़ुशी : (हँसते हुए) नाम तो मैंने तुम्हें और सीमा को पहले ही बताया था और अभी दो मिनट पहले भी मैंने उसका नाम लिया था, चलो कोई नहीं, फिर से एक बार बता देती हूँ। उसका नाम राहुल है, वह मेरी ही कंपनी में है, अच्छी पोस्ट है, स्मार्ट है, बातें बहुत अच्छी करता है। उसके बात करने का अंदाज़ मुझे कब उसकी तरफ़ खींच ले गया, पता ही नहीं चला।

शिफ़ा : परिवार में कौन-कौन है?

ख़ुशी : मम्मी-पापा बस; और कोई नहीं, मेरी ही तरह अपने घर का इकलौता चिराग़ है।

शिफ़ा : तुम लोग शादी का फ़ैसला जल्दबाज़ी में मत करना, तुम्हें तो

मौक़ा मिल रहा है, थोड़ा और एक-दूसरे को समझो, जानो। मुझे तो वसी को जानने-समझने का मौक़ा ही नहीं मिला कि मैं जिससे शादी करने जा रही हूँ, वे कैसे हैं? (उदास होते हुए)।

ख़ुशी : दो महीने से ज़्यादा हो गए हमें मिले हुए और अब हम प्यार में हैं, रोज़ मिलते हैं, रोज़ बातें होती हैं, सबकुछ जान लिया है, अब ऐसा कुछ भी नहीं है, जिसे जानने की ज़रूरत हो।

शिफ़ा : दिल्ली का ही है?

ख़ुशी : हाँ, गुरुग्राम में रहते हैं।

शिफ़ा : चलो, हम तीनों की क़िस्मत साथ-साथ चल रही है, हम तीनों की शादी भी कुछ-कुछ महीने के अंतर में हो जाएँगी। मुझे लगा था, तुम इतनी जल्दी शादी नहीं करोगी।

ख़ुशी : सोचा तो मैंने भी नहीं था, सोचा था, अभी आराम से तीन-चार साल जॉब करूँगी, घूमूँगी, फिरूँगी, उसके बाद ही शादी करूँगी, लेकिन यह प्यार हमें कुछ सोचने-समझने के क़ाबिल नहीं छोड़ता, लेकिन एक बात तो तय है।

शिफ़ा : वो क्या?

ख़ुशी : मैंने राहुल को साफ-साफ बोल दिया है कि मुझे बच्चे जल्दी नहीं चाहिए, कम-से-कम चार साल के बाद मैं बच्चे के लिए सोचूँगी।

शिफ़ा : राहुल मान गया?

ख़ुशी : हाँ, मान गया, क्योंकि इतनी जल्दी पैरेंट्स की ज़िम्मेदारी वह भी नहीं उठाना चाहता। अभी हम दोनों साथ रहकर बस अपनी लाइफ एन्जॉय करेंगे।

शिफ़ा : और अगर उसके मम्मी-पापा ने फोर्स किया तो?

ख़ुशी : वो भी बात हो गई है, मैंने कहा था, अपने मम्मी-पापा को बता देना।

उसने कहा, तुम टेंशन मत लो, मैंने सबकुछ मम्मी-पापा को बता दिया है।

शिफ़ा : वेरी गुड, सबकुछ क्लियर हो तो ही अच्छा रहता है, नहीं तो बाद में चिक-चिक होती है।

ख़ुशी : मैंने चिक-चिक, पिक-पिक, मिक-मिक की कोई जगह नहीं छोड़ी (दोनों हँसने लगती हैं)।

ख़ुशी : देख, अब हर संडे हम शॉपिंग करेंगे, समय कम है।

शिफ़ा : हाँ, ठीक है, यार ख़ुशी! एक-एक करके हम अलग होते जा रहे हैं।

ख़ुशी : अरे मैं तो यहीं हूँ, घबरा मत, तेरी शादी में भी हम हर संडे शॉपिंग करेंगे।

शिफ़ा : वो बात नहीं है यार, कहीं-न-कहीं हम थोड़े दूर तो हो ही जाएँगे। शादी के बाद फ़र्क़ पड़ता है यार!

ख़ुशी : अरे कुछ नहीं यार, हम तो मिलते रहेंगे। सीमा की बात और है, वह इस शहर से दूर है, इसलिए हम लोगों के बीच दूरी हो गई है और उसका आना भी जल्दी नहीं होता है।

शिफ़ा : हाँ, भले ही हम रोज़ फ़ोन पर बात कर लेते हैं, लेकिन मिलने का मज़ा ही कुछ और होता है। अच्छा यह बताओ, सीमा को यह सब बताया कि नहीं?

ख़ुशी : हाँ, बता दिया, वह भी तुम्हारी तरह हैरान हो रही थी और ख़ुश भी हो रही थी। मैंने उससे वादा ले लिया है कि शादी के सारे फंक्शन में तुम्हें रहना है।

शिफ़ा : यह तुमने बहुत अच्छा किया, मैनी-मैनी कॉन्ग्रेचुलेशन ख़ुशी, मेरी जान!

ख़ुशी : थैंक्यू वेरी मच शिफ़ा मेरी जान (और शिफ़ा के गाल खींचती है), चलो, अब चलते हैं और हाँ, तुम्हारी शादी को भी अब बहुत समय तो नहीं रह गया है, एक काम कर सकते हैं, हम साथ में तुम्हारी भी शॉपिंग कर सकते हैं, जो तुम्हें पसंद आए, तुम भी खरीदती जाना।

शिफ़ा : हाँ, देखती हूँ।

ख़ुशी : इसमें देखने वाली क्या बात है।

शिफ़ा : अच्छा बाबा, ठीक है। ख़ुश, अब चलो (दोनों एक-दूसरे से गले मिलती हैं, फिर अपने-अपने घर चली जाती हैं)।

~

दो महीने बीतने में वक़्त नहीं लगा और ख़ुशी की शादी भी क़रीब आ गई।

ख़ुशी के सारे फंक्शन बहुत ही हाई प्रोफाइल थे। डेकोरेशन, खाना, दिल को छूने वाला संगीत और मेहँदी का फंक्शन, ख़ुशी का परियों की तरह एंट्री करना, सबकुछ ख़्वाबों की दुनिया-सा लग रहा था।

सीमा भी आ गई थी, शिफ़ा और सीमा दोनों ख़ुशी की हर ख़ुशी में बड़ी ही ख़ुशी से शामिल थीं। ऐसी शादी कभी-कभी देखने को मिलती है, हर तरफ़ ख़ुशियों भरी जगमगाती लाइटें और फूलों की सजावट सबके मन को रोमांचित कर रही थी।

सीमा : कहाँ खो गई?

शिफ़ा : हाँ, बस तुम्हारे बारे में सोच रही थी।

सीमा : अभी ख़ुशी की शादी में हो तो बस यहीं रहो, वैसे यह तुम्हारा हर वक़्त का सोचना ही तुम्हें शायर बना गया।

शिफ़ा : हाँ, शायद, अच्छा यह बताओ, तुम ख़ुश तो हो न?

सीमा : हाँ, बहुत ख़ुश हूँ, निखिल अच्छे हैं और मेरा ख़याल भी रखते हैं, तुमने ऐसे क्यों सोचा, क्या मैं परेशान लग रही हूँ?

शिफ़ा : नहीं, बस ऐसे ही, तुम थोड़ा थकी-थकी लग रही हो।

सीमा : हाँ यार, यह प्रेगनेंसी में थोड़ा हो जाता है; और कोई बात नहीं है, सब बढ़िया है, देखो न, मैं मोटी हो रही हूँ।

शिफ़ा : हाँ, देख रही हूँ, गाल निकल आए हैं तुम्हारे।

सीमा : सारा दिन मेरी सास—बहू, यह खा लो, वह खा लो, नतीजा यह है कि मोटापा बढ़ रहा है।

शिफ़ा : मेरी शादी को भी सिर्फ छह महीने ही रह गए हैं, न जाने क्यों मुझे अभी भी एक अजीब-सा डर लग रहा है यार!

सीमा : यह डर अपने मन से निकाल दो, देखो, मैं ख़ुश हूँ, ख़ुशी भी ख़ुश है और तुम भी ख़ुश रहोगी, पॉजिटिव सोचो, पॉजिटिव ही होगा (और उसे पेट में गुदगुदी करने लगी, शिफ़ा ख़ूब हँस रही थी)।

ख़ुशी की शादी भी बीत गई, शादी के चार दिन बाद ही ख़ुशी हनीमून पर निकल गई।

सीमा आगरा वापस चली गई।

~

दिन, हफ्ते, महीने बीतते रहे।

शिफ़ा और ख़ुशी का मिलना कभी-कभी हो जाता था।

तीन महीने बाद वो ख़ुशख़बरी सुनने को मिली, जिसका ख़ुशी और शिफ़ा बहुत बेसब्री से इंतज़ार कर रही थीं।

सीमा ने एक प्यारी सी बेटी को जन्म दिया। यह ख़बर सुनते ही शिफ़ा और ख़ुशी ने अपने-अपने घरों में मिठाई मँगवाकर सबका मुँह मीठा करवाया।

शिफ़ा ने ख़ुशी को फ़ोन किया और कहा, "हैलो मासी कैसी हैं, बहुत-बहुत मुबारक़ हो, आप मासी बन गई।"

ख़ुशी : तुम्हें भी मासी बनने की ख़ुशी बहुत-बहुत मुबारक हो।

ख़ुशी : मासी बनने का एहसास ही बहुत ख़ूबसूरत है।

शिफ़ा : हाँ, सब्र नहीं हो रहा है, ऐसा करते हैं, कल दोनों ग्रुप में वीडियो कॉल करते हैं, बेबी को देख लेंगे और नई मम्मी को मुबारकबाद भी दे देंगे।

ख़ुशी : हाँ, बिल्कुल सही कहा तुमने, एक पल भी रुका नहीं जा रहा है, लेकिन आज बात करना ठीक नहीं होगा, आज ही डिलीवरी हुई है, निखिलजी ने हमें मैसेज करके बता दिया, अब बात तो कल ही करेंगे।

शिफ़ा : हाँ-हाँ, कल बात करेंगे तो सीमा भी थोड़ा रिलैक्स रहेगी, ओके, बाय!

ख़ुशी : बाय-बाय।

आज ख़ुशी और शिफ़ा की ख़ुशी का ठिकाना ही नहीं था।

शिफ़ा ने डायरी निकाली और लिखने बैठ गई—

दिल के आँगन में नन्ही मेहमान आई है,
ख़ुशियों में चार चाँद लगाने आई है।

एक परी नए रिश्तों का पैग़ाम लेकर,
हमें मासी बनाने की ख़ुशी देने आई है।

घर का सबसे चमकता सितारा बनकर,
कोने-कोने में उजियारा फैलाने आई है।

आँखों में ख़ुशियों का चिराग़ जलाकर,
हम सबकी मुसकराहट बनके आई है।

घर के गुलशन में अपनी ख़ुशबू से,
नन्ही कली सबकुछ महकाने आई है।

दुनिया में सबको एक नया नाम देकर,
नायाब रिश्तों से पहचान कराने आई है।

'राफी' वो ढेरों बरकत का ख़ज़ाना लेकर,
किसी को माँ, किसी को पापा बनाने आई है।

अगले दिन ख़ुशी और शिफ़ा ने वीडियो कॉल किया।

दोनों एक साथ बोलती हैं, कॉन्ग्रेचुलेशन नई मम्मी, चाँद-सी प्यारी बेटी

आप दोनों को बहुत–बहुत मुबारक हो।

सीमा : हाँ, तुम दोनों को भी बहुत–बहुत बधाई, मैं माँ बनी हूँ तो तुम दोनों भी तो मासी बनी हो, मासी का मतलब माँ जैसी, तुम दोनों की भी ज़िम्मेदारियाँ बढ़ गई हैं।

शिफ़ा : हाँ–हाँ, बिल्कुल, इतनी प्यारी ज़िम्मेदारी कौन नहीं उठाना चाहेगा ?

ख़ुशी : तुम कहो तो हम अभी आ जाएँ।

सीमा : अरे नहीं, अब तो एक–डेढ़ महीने बाद आना ही है।

ख़ुशी : हाँ, पर यार! इस छोटी सी क्यूट–सी बेबी को लेने का बहुत मन कर रहा है।

सीमा : हाँ, तो तुम दोनों ऐसे ही वीडियो कॉल करती रहना।

शिफ़ा : देखो, मेरी शादी में तुम्हें मेरे पास पूरे एक हफ़्ते रहना है, मुझे कोई सफ़ाई नहीं चाहिए।

सीमा : हाँ बिल्कुल, मैं अपने साथ अपनी छोटी बहन रीना को भी लाऊँगी, ताकि वह बेबी को सँभालने में मेरी मदद करे और मैं तुम्हें दुलहन बनाने में।

ख़ुशी : सीमा की शादी की तरह फिर से कितना मज़ा आएगा 'वाव'। शादी में मज़े तो बहुत आते हैं, पर थकान से बॉडी का भी बैंड बज जाता है, शिफ़ा यार! एक काम करना, प्लीज अपने ससुराल वालों को बोल देना, एक मसाज वाली भी रख लेंगे।

शिफ़ा और सीमा हँसने लगती हैं।

ख़ुशी : मैंने सीरियसली बोला है (गुस्से वाला फेस बनाती है)।

शिफ़ा : चलो, अब तुम आराम करो और बेबी की हर पहर की फोटो हमें भेजती रहना।

सीमा : जो हुक्म मेरे आक़ा!

~

एक महीने पहले वसी मिर्ज़ा की मम्मी का फ़ोन आया था, उन्होंने शिफ़ा के मम्मी-पापा को यही बोला था, "देखिए, बुरा मत मानिएगा, शादी के जितने भी फंक्शन हैं, वो सब फार्म हाउस में ही हो जाएँगे। हमने वेडिंग प्लानर हायर कर लिया है, आप अपने परिवार और सारे रिश्तेदारों को लेकर यहीं शिफ्ट हो जाइएगा। आपको कुछ करना नहीं है, बस शादी एन्जॉय करनी है। आप इसे मेरी इल्तिजा (निवेदन) समझें, सारे परिवार के लोग एक ही जगह फंक्शन करेंगे तो मज़ा दोगुना हो जाएगा। उन्होंने पहले ही फ़ोन स्पीकर पर रखने को कहा था और यह भी कहा था कि शिफ़ा के मम्मी और पापा दोनों से बात करनी है तो दोनों लोग मौजूद रहें।"

शिफ़ा के पापा : लेकिन ऐसे अच्छा नहीं लगेगा, हमारी बेटी हमारी ज़िम्मेदारी है, हम कुछ नहीं करेंगे तो हमें अच्छा नहीं लगेगा।

वसी की मम्मी : मैं समझ सकती हूँ, आप क्या कहना चाह रहे हैं। देखिए प्लीज़ हम आप लोगों की बहुत इज़्ज़त करते हैं। आप हमारी होने वाली बहू के माँ-बाप हैं, आपकी इज़्ज़त और ख़्वाहिश का एहतराम करना हमारा फ़र्ज़ है। ज़्यादा-से-ज़्यादा मैं यही कह सकती हूँ, आप अपनी तरफ़ से वहाँ जो भी करना चाहते हैं, कर लीजिए, अपनी बेटी को शगुन में ढेर सारी दुआओं का तोहफ़ा दीजिए। मैं बहुत दिल से यह कह रही हूँ, अब आपका और हमारा परिवार एक है। आप और हम साथ मिलकर शादी का सारा इंतज़ाम (व्यवस्था) देख लेंगे। सब साथ में इस ख़ुशी का इस्तक़बाल करेंगे, इसलिए बिना कुछ सोचे, बिना किसी झिझक के आप अपनी बेटी की शादी को एन्जॉय करिए (उनके इतने अपनेपन से कहने पर शिफ़ा के मम्मी-पापा ज़्यादा कुछ बोल नहीं पाए)।

~

डेढ़ महीना शादी की तैयारियों में यूँ ही निकल गया और आज वो दिन आ गया, जब शादी की ख़ूबसूरत रस्में शुरू होने जा रही थीं।

आज शिफ़ा की हल्दी है।

शिफ़ा के ससुराल वाले बहुत अमीर हैं तो उन्होंने अपने ख़ुद के फार्म हाउस पर शादी का सारा इंतजाम करवा रखा था। उनके फार्म हाउस में क्या नहीं था? बंग्लो से लेकर आराम की हर ज़रूरत थी, पिकनिक का फन, स्विमिंग पूल, घुड़सवारी, हर चीज़ वहाँ पर मौजूद थी।

फार्म हाउस में एक बहुत बड़ा बंग्लो था और उसी बंग्लो में सारे मेहमानों के रहने का इंतज़ाम था। शिफ़ा और उसके घर के सारे मेहमान, ख़ुशी, सीमा और सीमा की छोटी बहन रीना सभी फार्म हाउस पहुँच चुके थे।

फंक्शन वग़ैरह के लिए वहाँ पर बहुत अच्छे और बड़े हॉल भी बने हुए थे।

एक बहुत बड़े हॉल में हल्दी सेरेमनी की पूरी डेकोरेशन हुई थी, इतनी ज़बरदस्त डेकोरेशन कि सभी देखते रह गए।

पहले दुलहन की हल्दी हुई और फिर उसके बाद उसी हॉल में दूल्हे की भी हल्दी की रस्म पूरी की गई। हल्दी का फंक्शन ज़ोरदार था।

अगले दिन लगन का फंक्शन था, आज की सजावट अलग और बहुत ही शानदार थी।

इस फंक्शन में खाने की बहुत सारी चीज़ें सजाई जाती हैं और फिर एक-एक करके दुलहन को खिलाते हैं। दो घंटे में यह रस्म दुलहन के साथ पूरी हुई, फिर जो प्लेट ख़ाली हुई, उनको भरकर रखा गया और फिर दूल्हे के साथ उसी रस्म को शुरू किया गया।

पूरा फार्म हाउस जगमगा रहा था। दूल्हे को खिलाने के साथ यह रस्म ख़त्म हुई।

तीसरे दिन मेहँदी और संगीत का फंक्शन था।

दुलहन को मेहँदी दिन में लग गई थी और दूल्हे की चचेरी बहनों ने शाम को दूल्हे के हाथों पर शगुन की मेहँदी लगाई। बहुत देर तक डांस और गाने का फंक्शन चलता रहा।

संगीत का फंक्शन भी लाजवाब था।

वसी और शिफ़ा के सारे फंक्शन साथ में हुए।

वसी के दोस्तों ने वसी को दो-तीन बार डांस के लिए उठाना चाहा, लेकिन वसी नहीं उठे।

वसी की मम्मी ने कहा, "रहने दो बच्चो, वसी डांस बिल्कुल नहीं करता। उसे यह सब पसंद नहीं है।"

यह सुनकर उनके दोस्तों ने मायूस होकर उन्हें फोर्स करना छोड़ दिया।

ख़ुशी ने कहा : लेकिन आंटी, जब सारे फंक्शन साथ में हो रहे हैं तो शिफ़ा और वसी भाई का एक परफॉरमेंस तो बनता है।

वसी की मम्मी : हाँ बेटा, तुम बिल्कुल सही कह रही हो और मुझे भी बहुत अच्छा लगेगा, अगर वसी और शिफ़ा साथ में डांस करते, लेकिन बेटा, मुझे पता है, वसी बिल्कुल तैयार नहीं होगा।

ख़ुशी : कोई बात नहीं, जब वसी भाई को पसंद नहीं है तो फिर क्या कर सकते हैं।

वसी की मम्मी : हाँ बेटा!

शिफ़ा ने दो-तीन बार वसी की तरफ़ देखा, शिफ़ा को ऐसा लग रहा था, वसी ने तो शायद एक बार भी शिफ़ा की तरफ़ नज़र उठाकर नहीं देखा, उसे यह भी लग रहा था, अगर वसी उसको देखने के लिए उसकी तरफ़ नज़रें इनायत करते तो कम-से-कम एक-दो बार तो हमारी नज़रें आपस में मिलतीं।

एक लंबी साँस लेकर शिफ़ा ने सोचा, इतने सारे लोगों के बीच शायद उन्हें शर्म आ रही हो।

ख़ुशी और सीमा आपस में बात कर रही थीं।

ख़ुशी (थोड़ा दुःखी होकर) : सीमा, तुम आगरा चली गई। शिफ़ा मेरठ में रहेगी, आज मुझे एहसास हो रहा है, हम तीनों बिछड़ गए यार!

सीमा (उसके मुँह पर हाथ रखते हुए) : ऐसा मत कहो, बिछड़ें तो कभी हमारे दुश्मन भी नहीं, हाँ, अब हम अलग-अलग शहरों में हैं, पर हम वक़्त तय करके मिलते रहेंगे।

ख़ुशी : वैसे शिफ़ा के साथ रहकर हम लोग भी थोड़ी उर्दू बोलना सीख गए हैं।

सीमा : हाँ वो तो है, पर एक बात कहूँ, कुछ ख़ाली-ख़ाली सा महसूस हो रहा है।

ख़ुशी : हाँ, तुम आगरा चली गई, पर मैं और शिफ़ा यहीं थे तो मिलते रहते थे, लेकिन आज बहुत शिद्दत से अकेलेपन का एहसास हो रहा है।

सीमा : शायद यही ज़िंदगी है, मिलना-बिछड़ना, सब वक़्त के हालात होते हैं। देखो, हम हमेशा टच में रहेंगे, जैसे अभी तक रहते आए हैं।

कल रात भी शिफ़ा, सीमा और ख़ुशी काफ़ी देर तक एक-दूसरे के गले लगी रहीं। तीनों काफ़ी देर तक यही सब बातें कर रही थीं।

शिफ़ा : ऐसा लग रहा है, मेरी रूह तड़प रही है, हम तीनों की दोस्ती एक-दूसरे के बग़ैर एक रूहानी ख़ालीपन का एहसास भर रही है।

ख़ुशी : हमारा रिश्ता हमारे दिल तक ही नहीं, हमारा प्यार और लगाव सचमुच आत्मा (रूह) की गहराइयों तक बसा है।

सीमा : कोई कितना भी बिज़ी रहेगा, लेकिन एक-दूसरे को फ़ोन करना नहीं भूलेगा।

तीनों की आँखें नम थीं।

ख़ुशी और शिफ़ा ने सीमा की बेटी के लिए पहले से ही ढेर सारी शॉपिंग की थी, जिस दिन सीमा आई थी, उन्होंने वह सारा सामान उसी दिन दे दिया था।

सीमा की बेटी का नाम रिया था, वह बहुत क्यूट थी और नैन-नक्श बिल्कुल सीमा जैसे थे।

~

आज शादी का दिन है।

शाम को सात बजे निकाह हो गया।

शिफ़ा ऐसी लग रही थी, जैसे चाँद का सारा नूर आज उसके चेहरे पर उतर आया हो, बहुत ही ख़ूबसूरत और बला की हसीन लग रही थी।

सारा आलम किसी राजा के महल-सा दमक रहा था, सच में शिफ़ा को अपने घर की मलिका बनाने एक शहज़ादा ही तो आया था।

ख़ुशी : वसी मिर्ज़ा तो बहुत ही हैंडसम हैं यार, कोई भी इनको देखकर घायल हो जाए।

सीमा : सच में यार, न जाने कितने दिल आज टूट गए होंगे। सच में शिफ़ा बहुत क़िस्मतवाली है।

ख़ुशी : हाँ, बस ये मेरी शिफ़ा को बहुत सारा प्यार करें।

सीमा : हाँ और हमारी शिफ़ा है भी इतनी प्यारी कि कौन उसे प्यार नहीं करेगा, देखो कैसी अप्सरा-सी उसकी सुंदरता चमक रही है।

वसी मिर्ज़ा का पूरा फार्म हाउस सितारों भरे आसमाँ की तरह टिमटिमा रहा था।

भीड़ इतनी थी कि लग रहा था, सारे शहर वालों को दावत दी गई है। खाने की इतनी वैरायटी और उनकी तरफ़ से मेहमाननवाज़ी का जो तरीक़ा था, वह सबके दिलों को ख़ुशी से लबरेज़ कर रहा था। वहाँ का ख़ूबसूरत नज़ारा सबको अपनी गिरफ़्त में क़ैद कर रहा था।

शादी की सभी रस्मों के ख़त्म होने के बाद वह घड़ी भी आ गई, जब शिफ़ा विदा हो गई।

रात को सब होटल में ही रहे और सुबह अपने-अपने घर लौट गए।

~

शिफ़ा अपनी ससुराल मेरठ पहुँच गई।

लाइट की लड़ियाँ झिलमिल-झिलमिल दूर से ही चमकती दिखाई दे रही थीं। घर में कदम रखते ही बड़े ही शानदार तरीक़े से उसका वेलकम हुआ, जिस रास्ते से वह गुज़र रही थी, उस पर फूल बिछे हुए थे।

शिफ़ा को सबसे पहले वसी की मम्मी के कमरे में बिठाया गया और फिर उसका मुँह मीठा कराया गया। सब लोग बारी-बारी से शिफ़ा का घूँघट उठाकर उसका चेहरा देख रहे थे। सभी लोग यही कह रहे थे कि दुलहन बहुत ख़ूबसूरत है।

थोड़ी देर के बाद शिफ़ा को उसके कमरे में बैठाया गया और उसके बाद सब वहाँ से चले गए।

रात के तीन बज रहे थे, आँखों में नींद और थकान से शिफ़ा का जिस्म बेदम हो रहा था। क़रीब पंद्रह मिनट बाद वसी मिर्ज़ा कमरे में दाख़िल हुए और शिफ़ा को सलाम किया। उसके बाद बस इतना ही बोले, "आप बहुत थक गई होंगी, मैं भी बहुत थक गया हूँ, आप चेंज कर लें और आराम से सो जाएँ," यह कहकर वसी मिर्ज़ा चेंज करने चले गए। न घूँघट हटाया, न चेहरा देखा, यह कैसी पहली रात थी, शिफ़ा को उनका रवैया कुछ समझ में नहीं आया। फिर उसे यही लगा, शायद बहुत ज़्यादा ही थक गए होंगे, पर उसे अच्छा नहीं लगा। इतने में वसी मिर्ज़ा बाथरूम से बाहर आ गए और शिफ़ा चेंज करने बाथरूम में चली गई। थकान तो सचमुच इतनी ज़्यादा थी कि लेटते ही नींद आ गई। बेइंतेहा नींद के आलम में होने की वजह से उसकी सोच ज़्यादा गहराई में नहीं जा पाई।

~

सुबह देर से आँख खुली।

क़रीब दस बजे कुछ लड़कियाँ कमरे में आईं और 'भाभी-भाभी' कहकर पुकारने लगीं।

शिफ़ा उठकर बैठ गई। उनमें से एक ने कहा, "भाभी, आप फ्रेश हो लें, फिर आपका नाश्ता लगाया जाए।" शिफ़ा उठी और फ्रेश होने चली गई, जब तक वह फ्रेश होकर आई, नाश्ते की ट्रॉली सजकर आ गई थी।

शिफ़ा और सारी कजिन्स ने मिलकर नाश्ता किया।

उनमें से एक कहती है, "भाभी, मैं सबीहा, यह मारिया और सबा हैं, मैं वसी भाई की फूफी की बेटी हूँ और ये दोनों उनकी खाला (मासी) की बेटियाँ हैं।

सबीहा ने कहा : आपके कपड़े वग़ैरह यहाँ रखे हैं, आप अच्छे से दुलहन जैसी तैयार हो जाइए, अभी घर पर मेहमान हैं तो मामी ने आपको नीचे लाने को कहा है, हम आधा घंटे बाद आते हैं।"

शिफ़ा : ठीक है, मैं तैयार हो जाती हूँ।

सब वहाँ से चली गईं।

शिफ़ा यही सोच रही थी कि वसी एक बार भी कमरे में नहीं आए। शायद मेहमान घर में हैं, इसलिए आने में झिझक रहे होंगे। (एक लंबी आह भरते हुए) शिफ़ा तैयार होने लगी, शिफ़ा फ़िरोज़ी रंग का शरारा पहनकर, हलका सा मेकअप करके बेहद हसीन लग रही थी। इतने में मारिया आई और दरवाजा खटखटाया।

शिफ़ा ने दरवाज़ा खोला।

मारिया : चलिए भाभी, आंटी बुला रही हैं। आप कितनी प्यारी लग रही हैं, आप सचमुच बहुत ख़ूबसूरत हैं।

शिफ़ा बस मुसकराती रही।

नीचे आई तो सभी लोग बैठे थे, शिफ़ा ने सबको सलाम किया।

वसी की मम्मी ने कहा, "बैठो।"

शिफ़ा बैठ गई।

फूफी सास : जैसा मेरा वसी बेटा ख़ूबसूरत नौजवान है, वैसी ही बहू भी बहुत ख़ूबसूरत मिली है।

वसी की मम्मी : हाँ, मैं ख़ुदा का लाख-लाख शुक्र अदा करती हूँ।

शिफ़ा की निगाहें आसपास वसी की तलाश में भटक रही थीं।

वसी की मम्मी : बेटा शिफ़ा, तुम्हें यह बताना था कि आज सुबह वसी को तीन दिन के लिए सिटी से बाहर जाना पड़ा, बेटा! बुरा मत मानना, कुछ इमरजेंसी थी।

मामी सास : बेटा, तुम्हें थोड़ा अजीब तो लग रहा होगा, लेकिन इतना बड़ा कारोबार है और सँभालने वाला सिर्फ वसी ही है, तो मेरा बच्चा बेचारा क्या करता?

वसी की मम्मी : देखो बेटा, वसी को काम के सिलसिले में महीने में एक दो बार बाहर जाना होता रहता है। अपनी इतनी बड़ी मिल्कियत का भार उसके कंधों पर है तो उसे करना ही पड़ता है।

फूफी सास : कोई नहीं, अभी दो-तीन दिन हम लोग यहीं हैं, तुम्हारी यह सारी कजिन्स तुम्हें अकेलापन महसूस नहीं होने देंगी।

शिफ़ा के लिए वसी का आज इस तरह से चले जाना बहुत ही हैरान कर देने वाला था। वह समझ ही नहीं पा रही थी कि इतनी भी क्या इमरजेंसी थी कि वसी को मेरा ज़रा भी ख़याल नहीं आया। कम–से–कम जाने से पहले एक बार मिलकर तो जाते।

शिफ़ा के दिल के कुछ अरमान आज टूट–से गए थे।

वसी की फूफी (वसी की मम्मी को बोलती हैं) : चलो भाभी, आपका अकेलापन दूर हो गया।

वसी की मम्मी : हाँ, मेरी कोई बेटी नहीं थी, मैं कब से इस दिन का इंतज़ार कर रही थी कि एक दिन मेरी बहू आएगी और मेरी ज़िंदगी में बेटी की जो कमी है, वह पूरी हो जाएगी।

सब नीचे हॉल में ही बैठे रहे, लोगों का आना–जाना लगा रहा। दोपहर हो गई और सब खाने के लिए डाइनिंग टेबल पर बैठ गए। खाने के बाद सबने शिफ़ा को उसके कमरे में भेज दिया कि थोड़ा आराम कर ले। कमरे में पहुँचकर सबसे पहले शिफ़ा ने ख़ुशी और सीमा से बात की। जब उनको यह बताया कि वसी मेरे सोते हुए ही सुबह चले गए तो वे दोनों बहुत गुस्सा हो रही थीं। उन दोनों से काफी देर बात हुई।

उनसे बात करके शिफ़ा को बहुत अच्छा महसूस हुआ। शिफ़ा अपने मन में ग़ज़ल के तराने बनाने लगी—

आज दिल बहुत परेशान है ख़ुदा, मैं क्या करूँ,
तू ही बता अपना हाल–ए–दिल किससे कहूँ?

कल तक मन ख़ुशी से झूम रहा था बेसाख़्ता,
आज जज़्बात के घुँघरू टूटे हैं, किससे कहूँ?

ऐ चाँद, इतने तारों में रहकर भी तू चमकता है,
भीड़ में ख़ुद को अकेला पा रही हूँ, किससे कहूँ?

नए आशियाँ में कोई काँटा पाँव में चुभ न जाए,
बुरे ख़यालात बेइंतेहा डरा रहे हैं, किससे कहूँ?

मेरे दिल का वहम मेरा मुस्तक़बिल न बन जाए,
आईना तेरे सिवा अपना दर्द अब किससे कहूँ?

मेरे प्यार की कश्ती 'राफी' भँवर में डूब न जाए,
टूटती आस की नाउम्मीदी की दास्ताँ किससे कहूँ?

तीन दिन के बाद आज वसी वापस आ गए थे।

सबीहा और मारिया ने मुझे दुलहन की तरह सजाया और कमरे में छोड़कर चली गईं।

वसी आए, मेरी बहुत थोड़ी सी बात हुई और फिर इस रात की सुबह हो गई।

सुबह वसी तैयार हो रहे थे।

मैंने धीरे से पूछा, "आप किसी काम से गए थे, बहुत ज़रूरी काम था क्या?"

वसी : देखो शिफ़ा, मेरा काम ज़रूरी था, तभी मैं गया था। मम्मी ने शायद आपको बता दिया होगा तो आप बेफ़िक्र रहिएगा, मैं बहुत बिज़ी रहता हूँ। काम इतना है कि इसे सँभालने के लिए मुझे दिन-रात एक करना पड़ता है (यह कहते हुए वसी बाहर निकल गए। लहज़ा बिल्कुल सपाट था, न उसमें कोई नरमाई थी और न शिफ़ा को छोड़कर जाने की ज़रा भी गिल्ट। इस बात का तो ज़रा भी अफसोस ज़ाहिर नहीं किया कि उनको इस तरह अचानक जाना पड़ा)।

शिफ़ा एक लंबी साँस लेते हुए फ्रेश होने चली गई।

थोड़ी देर में नाश्ते के लिए बुलावा आया और वो नीचे आ गई।

आज सभी लोग जा रहे थे। नाश्ते के बाद सब अपने घर चले गए। वसी

तो शायद तभी चले गए थे। थोड़ी ही देर में घर बिल्कुल वीरान लगने लगा। इतनी बड़ी महलों जैसी हवेली में बिल्कुल सन्नाटा-सा पसर गया।

दोपहर में खाना खाने के बाद वह अपने कमरे में आई, थोड़ी देर लेटी रही, फिर आँख लग गई, इतने में फ़ोन बज गया।

ख़ुशी के पति राहुल का फ़ोन आ रहा था।

शिफ़ा : हैलो राहुल!

राहुल : हैलो शिफ़ा! एक बहुत ही बैड न्यूज़ है। अभी पंद्रह मिनट पहले यह ख़बर आई कि ख़ुशी के मम्मी-पापा की कार एक्सीडेंट में डेथ हो गई। हम लोग निकल रहे हैं, आप लोग भी आ जाइए। ख़ुशी को सँभालना मुश्किल हो रहा है।

शिफ़ा : सीमा को बता दिया आपने?

राहुल : नहीं, प्लीज़ आप फ़ोन कर दीजिए।

शिफ़ा : ठीक है, ठीक है, मैं कर देती हूँ।

शिफ़ा के हाथ-पैर ठंडे होने लगे।

उसने जल्दी से सीमा को फ़ोन लगाया, उसे बताया और फ़ोन पर ही दोनों सहेलियाँ रोने लगीं।

शिफ़ा का रोना सुनकर वसी की मम्मी कमरे में भागी-भागी सी आईं।

वसी की मम्मी : शिफ़ा, क्या हुआ मेरे बच्चे?

शिफ़ा ने रोते-रोते बताया कि ऐसा हो गया है और उसे जल्द-से-जल्द जाना होगा।

शिफ़ा : मम्मी, आप प्लीज़ वसी को फ़ोन करके बुला लीजिए, ताकि मैं उनके साथ जा सकूँ।

वसी की मम्मी : ठीक है बेटा, मैं फ़ोन करती हूँ।

वसी की मम्मी : बेटा, वसी कह रहा है, उसकी बहुत ज़रूरी मीटिंग है, वह नहीं आ पाएगा।

शिफ़ा : मम्मी, फिर मैं कैसे जाऊँगी?

मम्मी : बेटा, ड्राइवर तुम्हें ले जाएगा। हमारा बहुत पुराना ड्राइवर है,

ईमानदार और वफादार है और फिर भी तुम्हें अकेले जाने में डर या कुछ अजीब लग रहा हो तो मैं साथ चल लूँगी।

शिफ़ा : नहीं मम्मी, आप ख़्वाहमख़्वाह (बिना कारण) परेशान हो जाएँगी, मैं चली जाऊँगी और मैं अपनी ख़ुशी की ऐसी हालत में उसके पास दो-चार दिन रुककर आऊँगी।

वसी की मम्मी : ठीक है बेटा, मैं तुमसे बात करती रहूँगी। तुम्हें जब तक मुनासिब (ठीक) लगे, तुम रुक जाना।

शिफ़ा : मैं तैयार होती हूँ, आप ड्राइवर को बोल दीजिए, कार निकाल ले।

वसी की मम्मी : ठीक है बेटा!

क़रीब आधे घंटे के अंदर ही शिफ़ा निकल गई।

मेरठ से दिल्ली जाते हुए रास्ते में वसी के मोबाइल पर एक मैसेज कर दिया। आप आते तो अच्छा रहता, पर आप बिज़ी हैं, कोई बात नहीं, मैं एक हफ़्ते के बाद आऊँगी।

उधर सीमा भी आगरा से दिल्ली आने के लिए निकल गई। उसके साथ उसके पति निखिल भी थे।

~

दोनों ख़ुशी के घर पहुँच गईं।

जैसे ही ख़ुशी की नज़र दोनों पर पड़ी, वह दोनों से लिपटकर बुरी तरह रोई। साथ ही शिफ़ा और सीमा भी ख़ूब रो रही थीं। ख़ुशी की हालत तो देखी नहीं जा रही थी। कभी वह अपने मॉम को और कभी अपने डैड को छू-छूकर देखती और कहती, "आप दोनों ने मेरे साथ अच्छा नहीं किया, कोई ऐसे अपनी इकलौती बेटी को अकेले छोड़कर जाता है क्या? आप दोनों सेल्फिश हो, साथ ही चले गए, यह भी नहीं सोचा, मैं ये कैसे सह पाऊँगी?" उसका इस तरह से कहना, वहाँ पर मौजूद सभी की आँखों को भिगो गया। शाम को वह समय आया, जब ख़ुशी के मॉम-डैड की अर्थी एक साथ उठी तो ख़ुशी

इतना चीख-चीखकर रोई कि जैसे आज कोई सैलाब आ जाएगा।

सचमुच माँ-बाप में से कोई एक जाता है तो सहना मुश्किल हो जाता है। माँ, पापा में कोई एक जाते हैं तो लगता है, कम-से-कम एक तो हैं, लेकिन ख़ुशी के लिए तो सच में जैसे आज सारा संसार ही ख़ाली हो गया था। सब लोग अर्थी लेकर चले गए, ख़ुशी को भी ले गए।

शिफ़ा और सीमा घर पर ही रुकीं, सीमा की छोटी बच्ची थी और सीमा अकेली थी तो शिफ़ा घर पर ही रुक गई थी। ख़ुशी के साथ राहुल हर समय साथ थे। ख़ुशी की बुआ और मौसी भी साथ गए थे।

रात को सब वापस आए, ख़ुशी बिल्कुल बेजान लग रही थी, थकी-हारी सी, सूजी-सूजी आँखें, ऐसा लग रहा था कि अब बेहोश ही हो जाएगी। ख़ुशी को लिटा दिया गया। सबने बहुत कोशिश की कि ख़ुशी कुछ खा ले, पर ख़ुशी ने मना कर दिया। शिफ़ा और सीमा उसके साथ उसके कमरे में रुके रहे, जब तक कि वह सो नहीं गई।

तीन दिन शिफ़ा और सीमा वहीं रुके रहे, लोगों का आना-जाना लगा रहता था। ख़ुशी को सब बहुत समझाते, लेकिन देखा जाए तो उसका दुःख इतना बड़ा था कि उसे कम करना आसान नहीं था।

~

पाँचवें दिन सीमा आगरा चली गई और शिफ़ा अपनी मम्मी के पास अपने मायके चली गई। मम्मी के साथ उसे बहुत सारी बातें करनी थीं। शिफ़ा की सास का फ़ोन आता रहता था। उन्होंने कहा, "बेटा, अब दो दिन अपनी मम्मी के पास रह लो, मैं परसों ड्राइवर भेजूँगी, आप आ जाना।"

शिफ़ा ने हामी भर दी।

शिफा अपनी मम्मी की गोद में सिर रखकर लेटी हुई थी और पूछती है—

शिफ़ा : मम्मी, आपने मुझे कितना मिस किया?

मम्मी : बहुत-बहुत मिस किया मेरी बच्ची, यह बताओ, कैसी है मेरी बेटी, ख़ुश तो है न?

शिफ़ा : क्यों मम्मी, क्या मैं ख़ुश नहीं लग रही हूँ ?

मम्मी : अरे नहीं बेटा, मेरा वो मतलब नहीं था, मैंने तो बस ऐसे ही पूछ लिया, मेरी बेटी तो महलों में राज करने गई है।

शिफ़ा : सब ठीक है मम्मी, घर में इतने नौकर-चाकर हैं, कोई एक काम नहीं करने देता, लेकिन मम्मी अकेलापन बहुत लगता है। वसी सुबह के दस बजे गए हुए रात के दस बजे ही लौटते हैं।

मम्मी : हाँ, ये तो है, लेकिन वसी इतनी देर से क्यों आते हैं ?

शिफ़ा : वसी की मम्मी बता रही थीं, वसी का यही सिलसिला रहता है। काम ज़्यादा है तो वक़्त ज़्यादा देना पड़ता है।

मम्मी : कोई नहीं, देखा जाए तो काम है ही बहुत ज़्यादा, वैसे वसी की मम्मी तो बहुत ही नेकसीरत (अच्छे व्यवहार) हैं।

शिफ़ा : हाँ मम्मी, वो सच में बहुत नेकसीरत हैं।

मम्मी : अच्छा! (फिर कुछ सोचती हैं) वसी का नेचर वग़ैरह कैसा है बेटा ?

शिफ़ा : सच कहूँ तो मम्मी, मैं उनको अभी ज़्यादा अच्छे से जान नहीं पाई हूँ। वसी थोड़े रिज़र्व नेचर के लगते हैं, कम बात करने की आदत है। मुझे बहुत ज़्यादा वक़्त नहीं दे पाते, इसलिए हमारी बातचीत भी ज़्यादा नहीं हो पाती (यह बोलते-बोलते शिफ़ा के चेहरे पर एक उदासी-सी छा गई, जिसे वह चाहते हुए भी नहीं छुपा पाई। यही सोच रही थी कि अभी शादी को वक़्त ही कितना हुआ है। वह अभी किसी नतीजे पर पहुँचकर मम्मी को मायूस नहीं करना चाहती थी)।

शिफ़ा की मम्मी, शिफ़ा की इस उदासी को भाँपते हुए थोड़ी परेशान हो गईं।

शिफा की मम्मी : कोई परेशानी है बेटा, कोई बात है तो मुझे बताओ ?

शिफ़ा : नहीं मम्मी, कोई परेशानी नहीं है, सब ठीक है और ये जो मेरे चेहरे पर उदासी है, ये तो मेरी दोस्त ख़ुशी की वजह से है। इतने बड़े ग़म को वह कैसे सहेगी, यही सोचकर बार-बार मन उदास हो रहा है।

मम्मी : हाँ बेटा, ग़म तो बहुत बड़ा है, ख़ुशी के लिए सचमुच बहुत मुश्किल वक़्त है। इस ज़ख़्म का भरना आसान नहीं है, वक़्त लगेगा बेटा!

शिफ़ा और उसकी मम्मी काफी देर तक बात करती रहीं।

ख़ुशी के घर जाते हुए शिफ़ा ने वसी को जो मैसेज भेजा था, उसका जवाब सिर्फ़ 'ओके' लिखकर आया था।

~

शिफ़ा दो दिन के बाद ड्राइवर के साथ वापस चली गई थी।

उसके आते ही सास ने उसे गले लगा लिया।

सास : बेटा, मैंने एक हफ़्ता कैसे गुज़ारा, यह मैं ही जानती हूँ। अब तो यह घर आपके बग़ैर ख़ाली मकान लगता है।

(वे घर की मेड से बोलती हैं) देखो, मेरे घर का चाँद लौट आया है, आज घर की लाइट नहीं भी जलाओगी तो भी मेरे इस चाँद के नूर से पूरे घर में उजाला हो गया है।

वे शिफ़ा के माथे पर बोसा (चूम) लेती हैं।

रात दस बजे के क़रीब वसी आए, सबने साथ खाना खाया, खाते वक़्त एक लफ़्ज़ भी वसी ने कुछ नहीं बोला। जब कमरे में पहुँची, तब वसी चेंज करके लेट चुके थे।

उन्होंने इतना ही पूछा : वहाँ सब कैसा रहा?

शिफ़ा : सब ठीक कैसे हो सकता है, ख़ुशी की तो मानो दुनिया ही उजड़ गई है। वह बहुत ज़्यादा ग़मगीन (दुःखी) थी, उसको सँभालना मुश्किल हो रहा था।

वसी : वो तो है, माँ-बाप इस दुनिया के अनमोल ख़ज़ाना हैं और जब वो ख़ज़ाना ख़ाली हो जाता है तो हम उनके प्यार के बग़ैर रंक जैसे हो जाते हैं।

शिफ़ा : जी, बिल्कुल!

वसी : चलो सो जाओ, तुम भी सफ़र करके आई हो, गुड नाइट।

शिफ़ा : गुड नाइट।

शिफ़ा सोच रही थी, बस इतना ही पूछा, एक बार यह नहीं पूछा कि शिफ़ा, तुम कैसी हो? तुम्हारे बग़ैर एक हफ़्ता घर काटने को दौड़ रहा था। क्या वाकई वसी बहुत ही ज़्यादा सादे इनसान हैं या फिर रूखे हैं? अब तक उन्होंने मुझसे एक बार भी मोहब्बत भरी बातें की ही नहीं।

~

राहुल : ख़ुशी, मॉम–डैड को गए एक महीना हो गया, अब हमें अपने घर वापस चलना चाहिए।

ख़ुशी : लेकिन राहुल, मुझे तो लगता है, हम दोनों को यहीं रहना चाहिए। यह इतनी बड़ी कोठी ख़ाली रहेगी तो ख़राब ही होगी न।

राहुल : नहीं ख़ुशी, मैं मम्मी–पापा को छोड़कर यहाँ हमेशा के लिए नहीं रह सकता।

ख़ुशी : तो क्या हुआ राहुल, हम एक ही शहर में तो हैं। नोएडा और गुरुग्राम में ज़्यादा दूरी नहीं है। हम उनसे मिलते रहेंगे, कभी वो हमारे पास आ जाएँगे, कभी हम उनके पास चले जाया करेंगे।

राहुल : देखो ख़ुशी, मम्मी–पापा ग़ुस्सा हो जाएँगे, जहाँ तक इस घर के ख़राब होने का है, हम कुछ सोचेंगे कि क्या कर सकते हैं।

ख़ुशी : हम क्या करेंगे राहुल?

राहुल : हर महीने तुम दो–तीन दिन के लिए यहाँ आ जाना और घर की साफ–सफाई करवा लेना, बाक़ी हम बाद में सोचेंगे और क्या कर सकते हैं।

ख़ुशी : तुम एक बार मम्मी–पापा से बात करके तो देखो, हो सकता है, वो हमारी सिचुएशन समझें।

राहुल : अभी तो चलते हैं, बाद में मैं बात करने की कोशिश करूँगा।

ख़ुशी : (अनमने मन से) ठीक है, लेकिन बात ज़रूर करना।

राहुल : हाँ, श्योर।

ख़ुशी का मन मॉम–डैड के घर को छोड़कर जाने का बिल्कुल नहीं था। वह सोच रही थी, जिस घर को मॉम–डैड ने इतने प्यार से बनाया और सजाया

है, उसे छोड़कर वह कैसे जाए? पर इस वक़्त उसने राहुल का कहना इसी शर्त पर मान लिया कि राहुल अपने मम्मी–पापा से बात करेगा।

~

इतवार का दिन था। सीमा ने ख़ुशी को फ़ोन लगाया।

सीमा : ख़ुशी! मेरी बहन, कैसी हो?

ख़ुशी : ठीक नहीं हूँ मैं, हर वक़्त मॉम–डैड की याद मुझे तड़पा रही है, मैं क्या करूँ?

सीमा : तुम ऐसा करो, एक हफ़्ते के लिए कहीं थोड़ा बाहर जाओ, तुम्हें बदलाव मिलेगा तो शायद तुम्हें थोड़ा अच्छा महसूस हो।

ख़ुशी : अभी तो मॉम–डैड को गए सिर्फ डेढ़ महीना हुआ है। मेरा मन बिल्कुल नहीं मानेगा कि मैं कहीं घूमने के लिए जाऊँ।

सीमा : घूमने की बात नहीं है ख़ुशी, बात यह है कि तुम्हारे लिए बदलाव बहुत ज़रूरी है। इतना सोचती रहोगी तो बीमार हो जाओगी।

ख़ुशी : थोड़ा और समय बीत जाए, फिर सोचती हूँ और बता, रिया कैसी है?

सीमा : ठीक है, दाँत निकल रहे हैं तो थोड़ा परेशान कर रही है।

ख़ुशी (मुसकराते हुए) : यह तो अच्छी बात है, समय पर उसके दाँत निकल रहे हैं।

सीमा : हाँ, यह तो है।

ख़ुशी : और बताओ, क्या कर रही है?

सीमा : बस रात को निखिल के कुछ दोस्त खाने पर आ रहे हैं, उसी की तैयारी में लगने जा रही हूँ।

ख़ुशी : ये निखिल जीजू कुछ ज़्यादा ही सबको दावत नहीं देते?

सीमा : (हँसते हुए) हाँ वो तो है, सबको खाना पसंद आता है। लोगों को एक–दूसरे से पता चलता है तो सब पीछे पड़ जाते हैं कि हमें कब बुला रहे हो?

ख़ुशी : तुम ऐसा करो, अच्छा खाना बनाना बंद कर दो।

सीमा : (बहुत ज़ोर से हँसती है) ऐसा मैं कैसे कर सकती हूँ मेरी जान, तुम मेरी चिंता न करो, मेरी तो आदत हो गई है।

ख़ुशी : बस तुम्हारी यही अच्छाई ही तुम पर भारी पड़ जाती है और लोग तुम्हारी इसी अच्छाई का फ़ायदा उठाते हैं।

सीमा : अरे-अरे बस, इतना गुस्सा नहीं करते हैं।

ख़ुशी : हाँ तो गुस्सा नहीं तो क्या प्यार आएगा ऐसे लोगों पर, जो मेरी सीमा को परेशान करते हैं।

सीमा : नहीं, कोई परेशानी नहीं है। तुम्हें पता है, मेरी सास भी बहुत अच्छी हैं, वो मेरी बहुत हेल्प करती हैं।

ख़ुशी : उन्होंने भी तुम्हारी तरह झेला होगा, इसलिए वे बेचारी तुम्हारी मदद करने को आ जाती होंगी।

सीमा : चल छोड़ और बता ऑफिस में सब कैसा चल रहा है?

ख़ुशी : सब ठीक है, मैंने तो एक महीने बाद ऑफिस जॉइन किया है, पर कहीं भी मन नहीं लग रहा है यार!

सीमा : मन लगाने की कोशिश करो। अपने आप को और कामों में बिज़ी रखो। अब क्या करोगी? धैर्य तो रखना ही पड़ता है, जो आता है, वो एक दिन जाता भी है, यही जीवन की सच्चाई है मेरी बहन और हाँ, अपना ख़याल रखना।

ख़ुशी : हम्म…।

~

शिफ़ा की शादी को दो महीने बीत गए थे।

सुबह-सुबह शिफ़ा की आँख खुल गई और वह कमरे की बालकनी में आकर बैठ गई।

आज सुबह मौसम बहुत ख़ूबसूरत लग रहा था, कुछ गुनगुनाने का मन कर रहा था तो डायरी-क़लम लेकर आ गई और लिखने बैठ गई।

ऐ हसीन सुबह तू मुझे मदहोश कर रही है,
नींद से जगाकर ख़ुद से राब्ता करा रही है।

देखो न अँगड़ाई अभी मेरी टूटी नहीं है,
इस तरह क्यों अपनी पनाह में ले रही है।

सो रहा है बेख़बर मेरा नादान हमसफ़र,
इसलिए तू मुझसे यों दिल्लगी कर रही है।

आज की आब-ओ-हवा का रुख़ जुदा है,
न जाने किसकी धड़कनों की सदा बह रही है।

ये हरियाली और फूलों की फैली हुई ख़ुशबू,
मेरे मन की रागिनी में सितार बजा रही है।

ठंडी हवाओं ने छूकर ये एहसास दिया मुझे,
'राफी' ओस की बूँद बारिश-सी भिगो रही है।

इतने में आहट हुई, शायद वसी उठ गए थे। उसने देखा, वे नहा चुके थे और तैयार हो रहे थे।

वह कमरे में आई और उसने बड़े प्यार से पूछा! आपको खाने में क्या पसंद है? मैं सोच रही हूँ, आज रात को मैं आपके लिए आपका मनपसंद खाना बनाऊँ।

वसी : इसकी ज़रूरत नहीं है। घर में ख़ानसामा (शेफ) हैं, खाना वही लोग बनाते हैं, आपको खाने वग़ैरह के लिए बिल्कुल परेशान होने की ज़रूरत नहीं है और वैसे भी यह सब मम्मी को पता है, सबकुछ वही सँभालती हैं।

न जाने उनका लहज़ा इतना सपाट क्यों होता था कि शिफ़ा दोबारा पूछने

की ज़हमत (हिम्मत) नहीं करना चाहती थी। सुबह से शाम तक वह ऐसे ही अपने काम में बिज़ी रहते थे। सारा दिन शिफ़ा बोर हो जाती है। धीरे-धीरे शादी को पाँच महीने बीत गए, लेकिन एक चीज़ शिफ़ा अच्छे से समझ गई थी कि वसी का नेचर बहुत सख़्त और रूखा है।

अब शिफ़ा कहीं-न-कहीं टूट रही थी, बिखर रही थी और अपनी क़िस्मत भी अपनी मम्मी के जैसे ही देख रही थी और इस वजह से बेचैन रहने लगी थी। सोच रही थी, अभी तो सारी ज़िंदगी पड़ी है, ऐसे कैसे कटेगी?

शिफ़ा अब अंदर-ही-अंदर बहुत ग़मगीन (उदास) रहने लगी थी।

शिफ़ा के उदास मन ने अपनी डायरी को भरना शुरू किया।

जो चाहे रूहानियत की गहराई से,
तलाश थी ऐसे रहबर को पाने की।

न रो पा रही हूँ, न हँस पा रही हूँ,
शुबहा है, दर्द भरी परछाइयाँ छाने की।

प्यार के बग़ैर दिल ख़ाली रह गया,
ख़्वाहिश थी बेपनाह इश्क़ पाने की।

मेरा प्यार उनके दिल तक न पहुँचा,
और आरज़ू थी रूह में समा जाने की।

माँगा था क्या और क्या मिल गया मुझे,
डर है बहार में बेरंग ख़िज़ाँ आने की।

मोहब्बत की दुनिया हो मंज़िल 'राफी',
आरज़ू टूट गई इस चाहत को पाने की।

शिफ़ा ने एक–दो बार अपनी सास से बोला, "मैं किचन में जाकर खाना बनाना चाहती हूँ, मैं बैठे–बैठे बोर हो जाती हूँ, आप मेरे लिए कुछ काम तो बताइए?"

शिफ़ा की सास : नहीं बेटा, तुम मेरी वसी की दुलहन हो, तुम्हें काम करने की बिल्कुल ज़रूरत नहीं है, तुम्हारे और जो शौक हैं, वे पूरे करो, इस घर की ज़िम्मेदारियाँ अब तुम्हारी ही हैं। अब से इस घर के सारे काम की देखरेख तुम ही करो और अपने हिसाब से तमाम मुलाज़िमों (नौकरों) से काम करवाओ।

शिफ़ा ने सोचा, क्यों न वो ऑनलाइन जॉब कर ले। यही सोचकर उसने जॉब के लिए अप्लाई कर दिया, कुछ वक़्त के बाद उसे एक जॉब मिल गई। अब शिफ़ा अपने काम में बिज़ी हो गई। यह बात उसने घर में किसी को नहीं बताई।

एक दिन उसने वसी से कहा : आप थोड़ा वक़्त मुझे भी दिया करिए। कम–से–कम हफ़्ते में एक दिन की छुट्टी में मेरे लिए भी एक–दो घंटे तो निकालिए, मैं बहुत अकेलापन महसूस करती हूँ।

वसी : आपको पता है, मेरे पास कितना काम है? आपको समझना चाहिए।

शिफ़ा : समझती हूँ, लेकिन मैं भी आपकी बीवी हूँ, आपके साथ कुछ वक़्त गुज़ारने का हक़ तो मुझे मिलना ही चाहिए।

वसी : अगर आप समझतीं तो मुझसे शिकायत न करतीं, इस घर में सबकुछ है, मम्मी हैं और करने को बहुत कुछ किया जा सकता है और आपको तो लिखने का भी शौक़ है, आप वही कर लिया करो और हाँ, यह रोज़–रोज़ मुझसे शिकायत न किया करो, मुझे कोफ़्त (घुटन) होती है।

शिफ़ा : क्या मेरा कोई हक़ नहीं है कि मैं आपसे अपने दिल की बात कर सकूँ?

वसी : आपको जितना हक़ दिया है, मेरे ख़याल से काफ़ी है, इससे ज़्यादा की उम्मीद मुझसे न करना।

शिफ़ा अपना मन मसोसकर रह गई।

~

धीरे-धीरे शादी को एक साल होने जा रहा है। शिफ़ा अब यह समझ चुकी थी कि उसने एक इनसान से नहीं, बल्कि एक मशीन से शादी की है। उसे अपनी ज़िंदगी वीरान लग रही थी। वह सोच रही थी, मैं तो रूह से जुड़ी मोहब्बत पाना चाहती थी और यहाँ तो मोहब्बत का हलका सा भी सुरूर नज़र नहीं आ रहा है। शिफ़ा इसी सोच में ग़ुम थी कि वह पूरी ज़िंदगी इस तरह नहीं काट पाएगी, वह अपनी मम्मी की तरह घुटन भरी ज़िंदगी को हमेशा के लिए गले नहीं लगा पाएगी।

~

ख़ुशी : राहुल, मैं हर महीने मॉम-डैड के घर जाकर साफ-सफाई करवा देती हूँ। धीरे-धीरे आठ-नौ महीने बीत गए, लेकिन तुमने अभी तक अपने मम्मी-पापा से बात नहीं की।

राहुल : वो नहीं मानेंगे ख़ुशी!

ख़ुशी : तुमने तो लड़ाई लड़ने से पहले ही हार मान ली।

राहुल : तो क्या करूँ? ख़ुशी, वो मेरे मम्मी-पापा हैं।

ख़ुशी : हाँ, मैं समझती हूँ राहुल! इसीलिए तो इतने दिन से चुप हूँ, लेकिन मॉम-डैड का इतना अच्छा बँग्लो ख़राब हो जाएगा यार, एक काम करते हैं राहुल! मम्मी-पापा को भी बोलो, वो भी हमारे साथ वहीं शिफ्ट हो जाएँ, फिर तो कोई प्रॉब्लम नहीं होगी।

राहुल : और इस फ्लैट का क्या करेंगे?

ख़ुशी : इसे हम किराए पर दे देंगे, सिंपल।

राहुल : मुझे नहीं लगता मम्मी-पापा मानेंगे, लेकिन तुम्हारे लिए मैं बात करने की कोशिश करूँगा।

ख़ुशी : यू आर सो स्वीट राहुल!

~

शिफ़ा के पास ख़ुशी का फ़ोन आता है और ख़ुशी ने जो ख़बर सुनाई, उस ख़बर ने सबको बदहवास कर दिया।

सीमा के पति निखिल को हार्ट अटैक आया और सोते-सोते ही उनकी साँसें थम गईं।

ओह! मेरे मालिक! पल भर में ये क्या हो जाता है? कभी-कभी लगता है, यह ज़िंदगी भी कितनी सस्ती है, जब तक चलती रहती है तो बहुत क़ीमती लगती है और जब वक़्त से पहले बेवजह ख़त्म हो जाती है तो ऐसा लगता है कि बहुत ही सस्ती है। एक पल में दुनिया इतनी हसीन होती है और अगले पल में एकदम से वीरान और डरावनी हो जाती है।

शिफ़ा और ख़ुशी दोनों के तो मानो पैरों तले से ज़मीन ही खिसक गई।

दोनों तुरंत एक साथ आगरा के लिए निकल पड़ीं।

सीमा के घर पहुँचते ही दोनों यह सोच रही थीं कि वह सीमा को इस हाल में कैसे देख पाएँगी? कैसे इतने बड़े दुःख को सहने को कहेंगी, कैसे दिलासा दे पाएँगी? पर अंदर तो जाना था, उस वक़्त दोनों ने एक-दूसरे का हाथ पकड़ रखा था और दोनों के जिस्म में कँपकँपाहट सी हो रही थी।

जैसे ही सीमा पर नज़र पड़ी, दोनों दौड़कर उससे लिपट गईं, सीमा एकटक, अवाक्, मूर्ति-सी स्तब्ध बैठी थी। आँखों से एक भी आँसू नहीं बह रहा था।

सबने कहा, "यह रो नहीं रही है, पत्थर-सी हो गई है, इसे कहो, यह रोए, शायद तुम लोगों का ही कहना मान ले। ऐसे तो डर लग रहा है, इसकी तबीयत न ख़राब हो जाए।"

शिफ़ा : (बड़ी हिम्मत करके बोलती है) सीमा! यह सब क्या हो गया सीमा, कुछ तो बोलो मेरी बहन! अपने आँसुओं को मत रोको, उन्हें बह जाने दो।

ख़ुशी : हाँ, सीमा! जो हुआ, नहीं होना चाहिए था, लेकिन मालिक के आगे कब किसकी चलती है मेरी बहन, रो लो, प्लीज़ रो लो।

सीमा (निखिल से) : उठिए न, सुबह से सोए जा रहे हैं, चलिए उठिए, काम पर भी तो जाना है।

शिफ़ा : सीमा! मेरी बहन, अब निखिल कभी नहीं उठेंगे, प्लीज़ तुम इस बात को मान लो, निखिलजी अब इस दुनिया में नहीं हैं, तुम्हें समझना पड़ेगा (यह कहते-कहते शिफ़ा बेसाख़्ता रो पड़ी और साथ ही ख़ुशी भी ज़ोर-ज़ोर से रोने लगी)।

सीमा को इन लोगों ने पकड़कर झिंझोड़ा, तब जाकर सीमा को जैसे कुछ समझ में आया और वह धाड़ें मार-मारकर रोई, फिर तो घंटों तक रोती ही रही। उसको इस तरह रोते देखकर वहाँ पर मौजूद सभी की आँखों से आँसू बहने लगे।

ख़ुशी को आज अपने मम्मी-पापा के जाने का ज़ख़्म फिर से ताज़ा महसूस हो रहा था। शिफ़ा और ख़ुशी दो दिन वहीं रुके थे।

दो दिन के बाद जब दोनों आने लगीं तो सीमा को समझा रही थीं।

शिफ़ा : देखो सीमा मेरी बहन अपना और रिया बेबी का ख़याल तुम्हें ही रखना पड़ेगा। सीमा जैसे कुछ सुन ही नहीं रही थी, बस सोच में ग़ुमसुम (बेसुध) सी बैठी थी।

ख़ुशी : देखो सीमा! मैं और शिफ़ा जा रहे हैं, तुम अपने दुःख को समेटने की कोशिश करना, मैं जानती हूँ, दुःख बहुत बड़ा है, आसान नहीं है इस दुःख को कम करना, लेकिन देखो, रिया भी छोटी है, तुम्हें उसके लिए भी अपना ध्यान रखना पड़ेगा। तुम ठीक रहोगी, तभी तो उसका ध्यान रख पाओगी।

सीमा : (ख़ूब ज़ोर-ज़ोर से रोने लगती है) सब ख़त्म हो गया, मेरे जीवन में अब बचा क्या है ? बताओ, मैं कैसे बर्दाश्त करूँ ? कैसे आगे बढ़ने की हिम्मत करूँ (और चीखकर रोने लगती है)।

शिफ़ा और ख़ुशी ने उसे अपनी बाजुओं में छिपा लिया, रोते-रोते शिफ़ा और ख़ुशी सीमा को समझा भी रही थीं।

छोटी सी बच्ची रिया को देखकर दिल में तड़प-सी मच रही थी। शिफ़ा

और ख़ुशी यही सोच रही थी, इस बेचारी बच्ची को तो यह भी नहीं पता है, इसके पापा कहाँ चले गए?

रिया एक साल की हो गई थी। अभी पिछले महीने ही बहुत धूमधाम से उसका जन्मदिन मनाया गया था। शिफ़ा और ख़ुशी रिया के जन्मदिन पर भी गई थीं और एक दिन रुककर आई थीं।

ये तीनों सहेलियाँ भले ही दूर-दूर हो गई थीं, लेकिन आज भी हर सुख-दुःख में तीनों एक-दूसरे के साथ खड़ी रहती हैं। किसी ने यह सोचा भी नहीं था, जो निखिल एक महीने पहले अपनी बेटी का जन्मदिन इतनी धूमधाम से मना रहे थे, वो अगले महीने इस दुनिया से चले जाएँगे।

शिफ़ा और ख़ुशी बड़ी मुश्किल से सीमा को समझाकर वहाँ से निकलीं। वे दोनों भी कितने दिन रुकतीं? सीमा की ससुराल थी तो थोड़ा सोचना पड़ता है, बहुत सारे लोगों का आना-जाना लगा रहता है। आते वक़्त दोनों ने रिया को बहुत प्यार किया और सीमा से कहा, "यह तुम्हारी छोटी सी दुनिया है, इसकी मुसकराहट देखकर जीना सीखो।"

शिफ़ा ने कहा, "मैं और ख़ुशी आते-जाते रहेंगे।"

~

एक हफ़्ता बीत गया।

हर दिन सीमा से बात होती है, ख़ुशी और शिफ़ा उसके दर्द को कम करने की कोशिश करती रहती हैं। लेकिन यह ज़ख्म इतना गहरा है कि इसकी भरपाई न जाने कभी हो भी पाएगी या नहीं?

शिफ़ा बहुत ही उदास बैठी थी, कुछ लिखने का मन हो रहा था तो डायरी निकाल ली।

इस ज़िंदगी का इतना सितम हम पर क्यों होता है?
एक पल में सारी ख़ुशियों से नाता दूर क्यों होता है?

सिसकती रात का आलम और आँसुओं का पहरा,
हमारे लिए ग़मों का तंग पिंजरा बना क्यों होता है?

हर उम्मीद ख़त्म लगे, हर आरज़ू की हो जब मौत,
ऐसे में ज़िंदगी का सफ़र इतना लंबा क्यों होता है?

मुसकराया न जाए फिर भी लबों का हँसना ज़रूरी है,
हाल-ए-दिल पे इतने जुल्म का साया क्यों होता है?

हर तरफ़ मौत सा सन्नाटा जब फैला हो फ़िज़ाओं में,
उस पल साँसों में अजनबीपन महसूस क्यों होता है?

दर्द का मन भरता नहीं और ख़ुशियाँ भागती ही रहीं,
जवाब दिखता है 'राफी' फिर भी सवाल क्यों होता है?

आज इतवार था, ख़ुशी सीमा के बारे में सोचती हुई अपनी सोच में न जाने कितनी दूर निकल गई।

राहुल : ख़ुशी!

ख़ुशी : हम्म!

राहुल : क्या हुआ, कहाँ खोई हो?

ख़ुशी : बस, सीमा के बारे में सोचती रहती हूँ।

राहुल : हाँ, वो तो है, सीमा अकेली ज़िंदगी कैसे काटेगी?

ख़ुशी : हाँ, अब देखो, पहले तो इस दुःख से बाहर निकलने में ही न जाने कितना समय लग जाएगा। बाक़ी आगे का तो कुछ भी पता नहीं क्या होने वाला है (बड़े अफ़सोस में अपनी गरदन हिलाते हुए)।

राहुल : अच्छा, सुनो न, तुमसे एक बात करनी थी।

ख़ुशी : हाँ, बोलो न, क्या बात है?

राहुल : देखो ख़ुशी, मेरी बात को ग़लत न समझना, शायद यह वक़्त सही नहीं है इन बातों के लिए, लेकिन वह क्या है न कि कल मम्मी-पापा कह रहे थे, हमें दादा-दादी बनने का सुख दे दो बेटा! अब देखो, ज़िंदगी का कोई भरोसा तो होता नहीं है और तुम दोनों की शादी के भी दो साल होने को आ रहे हैं।

ख़ुशी (ग़ुस्से में) : देखो राहुल, जब मेरी-तुम्हारी यह बात हो चुकी है कि हम बच्चे के बारे में शादी के चार साल बाद ही सोचेंगे तो तुम अभी यह कैसे कह सकते हो?

राहुल : डार्लिंग! यह मैं नहीं कह रहा हूँ, यह मम्मी-पापा की चाहत है और ख़ुशी, इसमें ग़लत क्या है?

ख़ुशी : ग़लत और सही का तो मुझे पता नहीं, लेकिन अभी इस वक़्त मुझसे इस बारे में कोई बात मत करो। मेरा मूड पहले से ही बहुत ऑफ है।

राहुल : ठीक है, तुम आराम से सोचना, लेकिन थोड़ा मम्मी-पापा के लिए भी सोचना।

ख़ुशी : इतने दिनों से मैं तुम्हें मेरी मॉम-डैड के बंग्लो में शिफ्ट होने के लिए कह रही हूँ, वो तो तुम से हुआ नहीं और ये नई फरमाइश लेकर आ गए।

राहुल : ख़ुशी, ये तुम···

ख़ुशी (ख़ुशी ने राहुल की बात बीच में काट दी) : बस राहुल, सबकुछ मैं ही समझती रहूँ, कुछ तुम भी तो समझो और प्लीज़, अभी मुझे कुछ भी बात नहीं करनी है।

वह बेड पर बैठी थी और फिर दूसरी तरफ़ करवट लेकर लेट गई। उसे राहुल पर बहुत ग़ुस्सा आ रहा था, उसने सोचा, बोलूँगी तो बहस होगी, इससे अच्छा है कि इस समय बात ही नहीं करती हूँ।

राहुल भी चुपचाप कमरे से बाहर निकल गया।

शाम को ख़ुशी ने शिफ़ा को फ़ोन लगाया।

शिफ़ा : हाँ, ख़ुशी! कैसी हो यार?

ख़ुशी : पता नहीं यार! बस मूड बहुत ख़राब है।

शिफ़ा : अच्छा, अब बताओगी भी क्या हुआ?

ख़ुशी ने राहुल से हुई सुबह की सारी बात शिफ़ा को बता दी।

शिफ़ा : तो क्या सोचा तुमने?

ख़ुशी : पहले मॉम-डैड और अब निखिल के इस तरह दुनिया से जाने के दर्द से अंदर से हिल गई हूँ। इन सब बातों के लिए ये भी कोई वक़्त होता है, राहुल को इतना तो समझना चाहिए।

शिफ़ा : हाँ, ये तो है, इन सब बातों के लिए यह वक़्त ही ठीक नहीं था, कुछ और वक़्त बीतने के बाद ग़म की आँच कुछ कम हो जाए, तब उन्हें यह सब बोलना चाहिए।

ख़ुशी : ये मर्द ऐसे ही होते हैं, सेल्फिश, सिर्फ अपना और अपने परिवार की ख़ुशी दिखती है, सामने आपकी पत्नी कितने दुःख में है, इसका अंदाज़ा भी उन्हें पता नहीं होता भी है या नहीं?

शिफ़ा : पता नहीं ख़ुशी, मेरी दुनिया भी वसी जैसे इनसान के साथ वीरान ही लग रही है। मुझे भी कुछ समझ में नहीं आ रहा है। मेरी ज़िंदगी दर्द के समंदर में गोते लगा रही है। सोचा था, एक ऐसा हमसफ़र मिले, जो मुझे बेइंतेहा मोहब्बत करे, लेकिन यहाँ तो मोहब्बत का 'म' ही नहीं दिखता, रूह की मोहब्बत क्या ख़ाक़ मिलेगी।

ख़ुशी : बहुत टूटी हुई लग रही हो शिफ़ा!

शिफ़ा : टूटी हुई लग नहीं रही हूँ ख़ुशी, बल्कि टूट गई हूँ और बुरी तरह बिखर भी गई हूँ।

ख़ुशी : (दुःख भरे शब्दों में) तुम्हारा समय कैसे कटता होगा यार?

शिफ़ा : बस ऑनलाइन जॉब कर रही हूँ, किसी को पता नहीं है, नहीं तो कहेंगे, जॉब की क्या ज़रूरत है? यहाँ आपको किसी चीज़ की कमी तो है नहीं।

ख़ुशी : हाँ-हाँ, बताने की ज़रूरत भी नहीं है। एक अकेला इनसान इस तरह तो पागल ही हो जाएगा।

शिफ़ा : देखो, तुम भी ज़्यादा सोचो नहीं और हाँ, सीमा से रोज़ बात होती है, लेकिन आज नहीं हो पाई। सुबह फ़ोन लगाया था, पर सीमा ने नहीं

उठाया, शायद किसी काम में बिज़ी रही होगी?

ख़ुशी : हाँ, यही हुआ होगा। मैंने तो आज फ़ोन किया ही नहीं, सुबह-सुबह राहुल ने मेरा मूड ख़राब कर दिया। मैंने सोचा, तुमसे बात कर लूँ तो शायद दिल को थोड़ा चैन मिल जाए।

शिफ़ा : हाँ, बिल्कुल ऐसे ही बात करती रहा करो, तुम तो हम सबकी वो ख़ुशी हो, जो हर वक़्त हम सबको हँसाती रहती थी, लेकिन अंकल-आंटी के जाने के बाद तुम बहुत सैड हो गई हो और फिर सीमा के दुःख ने हम सबको तोड़कर रख दिया है।

ख़ुशी : सीमा का दुःख बहुत बड़ा है शिफ़ा, अब सीमा अपनी ज़िंदगी का सफ़र आगे कैसे तय करेगी?

शिफ़ा : हाँ, सच में, देखो क्या होता है, अभी तो ज़ख़्म ताज़ा है तो उसकी टीस भी ज़्यादा रहेगी। वक़्त ही दर्द देता है और वक़्त ही मरहम बनता है।

ख़ुशी : हम्म, चलो फिर बात करेंगे, लंच का समय हो रहा है, बाय एंड टेक केयर माई लव!

शिफ़ा : यू टू।

सुबह वसी तैयार हो रहे थे।

शिफ़ा ने वसी से कहा, "मैं बहुत बोर हो जाती हूँ!"

वसी : तो मैं क्या कर सकता हूँ?

शिफ़ा : आप क्यों नहीं कुछ कर सकते?

वसी : मैं कोई एंटरटेनर तो हूँ नहीं, जो हर वक़्त बैठकर तुम्हें यहाँ एंटरटेन करता रहूँगा।

शिफ़ा : यही तो बात है कि आपके पास वक़्त नहीं है।

वसी : हाँ, नहीं है वक़्त, मैं भी क्या करूँ? मुझे तो ख़ुद के लिए भी दो मिनट सुकून का नहीं मिलता।

शिफ़ा : आपको तो शादी करने की ज़रूरत ही नहीं थी (अब शिफ़ा का ग़ुस्सा थोड़ा-थोड़ा बाहर आने लगा था)। आप और आपका काम ही एक-दूसरे के अच्छे हमसफ़र हैं। मुझे तो ऐसा लग रहा है, मैं ही आप और आपके

काम के बीच में कबाब में हड्डी बनकर बैठी हूँ। (यह बोलते हुए शिफ़ा का चेहरा तमतमा रहा था)।

वसी : देखो, ऐसे फ़िज़ूल (फ़ालतू) बातों के लिए मेरे पास वक़्त नहीं है, मैं निकल रहा हूँ और हाँ, मम्मी हैं, उनके पास बैठो।

शिफ़ा कुछ नहीं बोली, बस मन-ही-मन में बुदबुदा रही थी। मम्मी के पास कितना बैठूँ, कितना इस घर में इधर-से-उधर घूमूँ, कैसे हैं आप, इतने संगदिल, इतने अजनबी-से कि मेरा दम घुटने लगा है।

शिफ़ा ने सोचा, क्या मेरा और मेरी मम्मी का मुक़द्दर एक जैसा है? जिस बात के लिए मैं इतना डर रही थी, क्या वही मेरे साथ हो गया। क्या मेरा दिल शादी को लेकर इतना इसलिए डर रहा था, मेरे मन का शोर मुझे बार-बार कह रहा था कि बिना जाने-समझे मैं जिससे शादी कर रही हूँ, कहीं वो मेरे पापा जैसे तो नहीं होंगे और मेरे मन का वह डर सचमुच सच हो गया।

पापा को तो किसी और से मोहब्बत थी, इसलिए वे मेरी मम्मी से इतनी बेरुखी से बरताव करते थे, जबकि बहुत ग़लत बात है। अगर इतना ही प्यार था तो किसी और से शादी करके किसी की ज़िंदगी लोग क्यों तबाह करते हैं। कैसी है दुनिया, दिखावा करना है, अच्छे बने रहना है, फिर चाहे किसी का दिल टूटे या किसी की दुनिया बेरंग हो जाए। मेरी मम्मी ने तो यह सब सह लिया है, लेकिन मैं नहीं सह पाऊँगी। मैं इस तरह बिना मोहब्बत के अपनी ज़िंदगी नहीं गुज़ार पाऊँगी, बिल्कुल नहीं गुज़ार पाऊँगी और ये वसी मेरे साथ इतना बेगाना बरताव क्यों करते हैं? क्या उनके भी दिल में कोई और है, जिसके बारे में मुझे पता नहीं है? नहीं, ऐसा होता तो चाची मुझे ज़रूर बतातीं। वसी ऐसे ही हैं, बिल्कुल अनरोमांटिक, बस काम-से-काम; और कुछ नहीं।

शिफ़ा को यह सब सोचकर उलझन होने लगी और उसका दिल कर रहा था, वह कहीं भाग जाए। अपने अंदर की घुटन से वह घुट रही थी, जल रही थी, सिसक रही थी और दिल का दर्द डायरी के पन्नों पर उड़ेल रही थी।

मेरी मोहब्बत का दयार मुझे पीछे छोड़ गया,
मेरे ख़यालों में जो था, वह मुझे तन्हा कर गया।

बाद मुद्दत के आज मैं अँधेरी गुफ़ाओं में हूँ,
क़िस्मत का सितारा रूठ के अपने घर गया।

मेरा हमसफ़र कुछ अजनबी-सा लग रहा है,
दिल मेरा, बदनसीबी के ग़मों से भर गया।

दिल के चिराग़ में इश्क़ की बाती बुझ गई,
मेरी ख़ुशक़िस्मती किसी अनजाने दर गया।

हौसला है, लेकिन साथ डर का साया भी है,
मेरे अंजुमन में मेरा वजूद बेमौत मर गया।

दिल के जज़्बात 'राफी' मेरे क़ाबू में नहीं हैं,
मेरा साया भी शायद मेरे नसीब से डर गया।

शिफ़ा मन-ही-मन कुछ फैसला लेने की सोच रही थी। यूँ अपनी ज़िंदगी को बरबाद नहीं होने दूँगी। ज़िंदगी एक बार मिलती है, ग़म की सिसकियाँ भरते-भरते ख़ुद को ख़त्म हरगिज़ नहीं होने दूँगी।

~

एक रात को शिफ़ा सोने से पहले बाथरूम गई और बाथरूम का दरवाज़ा लॉक हो गया। वह काफ़ी देर तक आवाज़ देती रही। दरवाज़े को खटखटाया और काफ़ी तेज़-तेज़ हिलाया, पर उसकी आवाज़ नहीं सुनी गई।

वसी कमरे में ही थे और ईयरफ़ोन लगाकर काम कर रहे थे। मैं फ़ोन

लेकर नहीं गई थी। मैंने बहुत आवाज़ लगाई, बार-बार आवाज़ लगाई, पर वसी को कोई ख़बर ही नहीं थी। क़रीब एक घंटा बीत जाने के बाद जब वसी को बाथरूम जाना हुआ, तब वे बाथरूम की तरफ़ आए और तब मेरी आवाज़ उन तक पहुँची।

शिफ़ा : मैं लॉक हो गई हूँ, आप बाहर से चाबी से खोलने की कोशिश कीजिए।

फिर वसी ने चाबी से लॉक खोला, तब जाकर दरवाज़ा खुला।

शिफ़ा बाहर आकर बेतहाशा रोने लगी।

वसी : अरे, इसमें रोने वाली कौन सी बात है? कभी-कभी डोर लॉक हो जाता है।

शिफ़ा : डोर लॉक हो जाता है, यह तो मुझे भी पता है, पर मैं कितनी आवाज़ें दे रही थी, कितनी बार दरवाज़ा खटखटा रही थी, पर आपको ज़रा भी यह एहसास नहीं हुआ कि मैं एक घंटे से इस कमरे में नहीं हूँ, आप कमरे में नज़र उठाकर देखने की भी ज़रूरत महसूस नहीं करते। क्या आपको एहसास भी है कि इस कमरे में आपके साथ और भी कोई रहता है? एक घंटे से मैं बाथरूम में बंद हूँ, कुछ भी हो सकता था, मेरी तबीयत ख़राब हो सकती थी, मैं बेहोश हो सकती थी। अगर आपको बाथरूम नहीं जाना होता तो मैं सारी रात इस बाथरूम में बंद रहती, यह कैसा बेगानापन है आपका? आज तो आपने हद कर दी।

वसी : देखो, इसमें मेरी कोई ग़लती नहीं है, मैंने कान में ईयरफोन लगा रखा था। मुझे आवाज़ नहीं आई। मुझ पर ग़ुस्सा करना बंद करो।

शिफ़ा : आवाज़ नहीं आई, पर आपकी नज़रें वो मुझे कभी ढूँढ़ती भी नहीं हैं कि मैं कमरे में हूँ या नहीं हूँ, मैं एक घंटे से कमरे में नहीं हूँ, इससे आपको कोई फ़र्क़ नहीं पड़ता। मैं कहाँ हूँ, कहाँ गई, आपको कोई परवाह ही नहीं है?

वसी : देखो शिफ़ा, अब तुम ज़बरदस्ती का ग़ुस्सा कर रही हो।

शिफ़ा : यह ज़बरदस्ती का ग़ुस्सा नहीं है वसी, मेरा ग़ुस्सा बिल्कुल

जायज़ (सही) है। आपको रियलाइज़ ही नहीं होता है कि आपका बिहेवियर मेरे साथ कैसा है।

वसी : अब तुम बात को बढ़ाओ मत, जो होना था, हो गया।

शिफ़ा : जो होना था, वह हो गया, मैं भी समझती हूँ, लेकिन आपका रवैया (व्यवहार) मेरी समझ में नहीं आता।

वसी : रवैया मतलब, क्या कहना चाहती हो?

शिफ़ा : यही कि आप मुझसे इतने कटे-कटे से क्यों रहते हैं?

वसी : मैं तुमसे बिल्कुल कटा-सा नहीं रहता हूँ। मेरे पास वक़्त नहीं होता है। मेरे पास इतना काम होता है कि मैं कुछ और सोच भी नहीं पाता।

शिफ़ा : पर सोचना तो चाहिए, मैं आपकी बीवी हूँ, मुझे भी आपकी ज़रूरत है। क्या आपको यह सोचना नहीं चाहिए?

वसी : मुझे लगता नहीं है कि इस घर में तुम्हें किसी चीज़ की दिक़्क़त है, तुम आराम से रह रही हो; और क्या चाहिए तुम्हें?

शिफ़ा : आप और आपका मोहब्बत भरा साथ चाहिए। मैं कहीं भी जाती हूँ, मुझे अकेले ही जाना पड़ता है, ख़ुशी हो या ग़म, मुझे अकेले ही सफ़र करना पड़ता है। मुझे अकसर शर्मिंदगी झेलनी पड़ती है, पर आपको कोई फ़र्क़ ही नहीं पड़ता।

वसी : मैं जैसा हूँ, वैसा ही रहूँगा। अब मैं बदल तो नहीं सकता।

शिफ़ा : कभी-कभी इनसान को बदल जाना चाहिए, कोई आपकी कमी बता रहा है तो उसे दूर करना चाहिए।

वसी : मैं ऐसा ही हूँ, तुम्हें मेरे साथ ऐसे ही रहना होगा।

यह कहकर वसी अपने कान में हेडफोन लगाकर वापस अपने काम में बिज़ी हो गए।

शिफ़ा ने मन-ही-मन सोचा, इनसे बहस करके कोई फ़ायदा नहीं है। ये इनसान अपनी ग़लती कभी नहीं मानेंगे। न जाने किस मिट्टी के बने हुए हैं?

शिफ़ा बिस्तर पर लेट गई और उसकी आँखों से काफ़ी देर तक आँसू बहते रहे।

वसी अपने काम में काफ़ी देर तक मशग़ूल (व्यस्त) रहे, उन्होंने शिफ़ा की तरफ़ एक बार देखा तक नहीं। सचमुच वसी ऐसे ही थे—सख़्त, रूखे और जज़्बातों से उदासीन (विमुख)।

~

धीरे-धीरे वक़्त बीत रहा था। ऐसे ही छह महीने और बीत गए।

राहुल : ख़ुशी अब तो इतना समय बीत गया, बेबी के बारे में क्या सोचा है तुमने?

ख़ुशी : पहले हम लोग मॉम-डैड के घर में शिफ्ट हो जाते हैं, फिर सोचेंगे।

राहुल : तुमने तो एक ही रट लगा रखी है, क्या हो गया है तुम्हें, देखो, मेरे मम्मी-पापा नहीं जाना चाह रहे हैं और मैं उन्हें छोड़कर नहीं जा सकता यार (राहुल इरिटेट होते हुए कहता है)!

ख़ुशी : तो ठीक है, मैं अकेले ही शिफ्ट हो जाती हूँ।

राहुल : आर यू मैड?

ख़ुशी : तुम्हें जो सही लगे, सोच सकते हो, सोच पर तो किसी का पहरा नहीं होता है।

राहुल : तुमसे तो बात करना ही बेकार है।

ख़ुशी : हाँ तो मत करो, तुम मेरी बात नहीं मान सकते तो मैं तुम्हारी बात क्यों मानूँ।

राहुल : तुमको मैं समझा-समझाकर थक गया हूँ, लेकिन तुम्हारे भेजे में न जाने क्या बैठा है?

ख़ुशी : माइंड योर लैंग्वेज, तुम इस तरह मुझसे बात नहीं कर सकते।

राहुल : ओके, डन (राहुल ग़ुस्से से कमरे से बाहर निकल गया)।

क़रीब एक हफ़्ते बाद ख़ुशी अपने मॉम-डैड के बँगले में अकेले ही रहने चली गई।

आने से पहले उसने अपनी सास से बात की थी कि मम्मी, हम सब वहीं

चल कर रहते हैं, मॉम का घर ख़ाली पड़े–पड़े ख़राब हो रहा है और इस फ्लैट को हम किराए पर दे देंगे, पर राहुल की मम्मी ने बस इतना कहा था, "बेटा, तुम और राहुल शिफ्ट हो जाओ, हम लोग आते–जाते रहेंगे। एक ही शहर में हैं, अगर कोई परेशानी होगी तो राहुल आ ही जाएगा। यह बात उसने राहुल को बताई, पर राहुल तैयार नहीं हुआ। राहुल का व्यवहार काफ़ी बदल रहा था।

आजकल ठीक से बात भी नहीं कर रहा था।

~

सीमा : हैलो ख़ुशी! कैसी हो?

ख़ुशी : ठीक हूँ, तुम बताओ कैसी हो और मेरी प्यारी रिया कैसी है?

सीमा : सब ठीक है और रिया भी ठीक है। कल शिफ़ा ने बताया, तुम अकेली ही मॉम के घर में रहने आ गई हो।

ख़ुशी : क्या करूँ यार! राहुल को बहुत बार हर तरीके से समझाया, पर वह समझने को तैयार ही नहीं था।

सीमा : पर ख़ुशी, इस तरह तुम दोनों का अलग रहना सही नहीं है यार!

ख़ुशी : देखते हैं यार, हो सकता है, राहुल मेरे बिना न रह पाए, और जल्दी ही वह मेरे साथ रहने आ जाए!

सीमा : बस यही होना चाहिए, क्योंकि ऐसे रिश्तों की डोर कमज़ोर होती है मेरी जान!

ख़ुशी : यार, काफ़ी दिनों से हमारे बीच बस इन्हीं सब वजह से नोकझोंक हो जाती है।

सीमा : देखो, जितनी जल्दी हो, बात को सँभाल लो। इससे पहले कि बात ज़्यादा बिगड़ जाए।

ख़ुशी : सबकुछ मैं ही समझूँ, वो कुछ न समझें, यह कैसा तरीका हुआ?

सीमा : रिश्ते बहुत कोमल होते हैं, उन्हें पकड़कर, सँभालकर चलना पड़ता है।

ख़ुशी : अभी देखना, कुछ दिनों में ख़ुद ही भागा–भागा आएगा।

सीमा : बाई द वे, सुना है, राहुल किसी और कंपनी में जॉब के लिए ट्राई कर रहा था और वो जॉब उसे मिल भी गई है?

ख़ुशी : हाँ, मिल गई है। अपॉर्चुनिटी अच्छी थी तो उसने अचीव कर लिया।

सीमा : देखो ख़ुशी, घर अलग, ऑफिस अलग, मुझे कुछ सही नहीं लग रहा है।

ख़ुशी : चिल यार सब ठीक है, तुम परेशान मत हो।

सीमा : कम-से-कम तुम लोग एक ऑफिस में थे तो सारा दिन एक ही जगह पर मिलते तो रहते थे, लेकिन तुम दोनों ऐसे अलग रह रहे हो, मुझे सच में बहुत फ़िक्र हो रही है।

ख़ुशी : सीमा, मेरी जान! इतना कुछ सीरियस नहीं है, तुम कुछ ज़्यादा ही सोच रही हो।

सीमा : आई होप सो, ऐसा ही हो, चल रखती हूँ, बाय!

ख़ुशी : बाय!

~

सीमा से बात करने के बाद उसने राहुल को फ़ोन लगाया, पर राहुल ने फ़ोन नहीं उठाया। क़रीब आधे घंटे बाद उसका फ़ोन आया।

ख़ुशी : क्या बात है, आजकल तुम जल्दी फ़ोन नहीं करते, मुझसे मिलने भी बहुत कम आते हो।

राहुल : तुम्हें तो पता है, नई जॉब है तो समझने में थोड़ा ज़्यादा बिज़ी हो गया।

ख़ुशी : तुम एक्सपीरियंस्ड हो राहुल, तुम्हें तो कोई परेशानी नहीं होनी चाहिए।

राहुल : आई नो, लेकिन ज़िम्मेदारियाँ भी तो ज़्यादा हो गई हैं न!

ख़ुशी : हाँ, वो तो है, जितनी बड़ी पोस्ट, उतनी बड़ी ज़िम्मेदारी।

राहुल : चलो रखता हूँ, शाम को देखता हूँ, समय मिलेगा तो आता हूँ।

ख़ुशी : जिसकी परवाह होती है, उसके लिए समय निकालना पड़ता है राहुल!

राहुल : देखो, तुम फिर से शुरू मत हो जाओ, ओके, बाय!

ख़ुशी बहुत प्रैक्टिकल लड़की थी, पर ऐसा नहीं था कि वह रिश्तों को निभाना नहीं जानती थी। एक पल को सोचने लगी, कहीं यहाँ आकर मैंने सच में कोई ग़लती तो नहीं कर दी?

ख़ुशी को यहाँ आए एक महीना हो गया था। एक महीने में राहुल सिर्फ संडे-संडे आता था, वो भी शाम को दो-तीन घंटे रहकर चला जाता था।

न जाने क्यों ख़ुशी को राहुल बेगाना-बेगाना सा महसूस हो रहा था। दो संडे ख़ुशी अपनी ससुराल चली गई थी और काफ़ी समय तक वहाँ रुकी थी, पर दोनों संडे राहुल घर पर नहीं था, ये सब बातें ख़ुशी की चिंता बढ़ा रही थीं।

~

ख़ुशी के ऑफिस की कुलीग का फ़ोन आया।

ख़ुशी : हाँ, प्रियंका! बोलो, आज कैसे याद किया?

प्रियंका : ख़ुशी! कल मैं डिनर के लिए बाहर गई थी, वहाँ पर मैंने राहुल को किसी लड़की के साथ देखा।

ख़ुशी : हो सकता है उनके ऑफिस की कोई कुलीग होगी।

प्रियंका : वे दोनों इतना हँस-हँसकर बात कर रहे थे कि उनको देखकर तो कुछ और ही लग रहा था, और तो और, दोनों एक ही प्लेट में खाना भी खा रहे थे।

(ख़ुशी बैठी थी, एकाएक वह खड़ी हो गई)।

ख़ुशी : क्या सच में तुमने ऐसा देखा?

प्रियंका : हाँ ख़ुशी, मुझे तुम्हारी चिंता हुई यार, इसलिए मैंने सोचा, तुम्हें बता दूँ।

ख़ुशी : ओह! चलो थैंक यू प्रियंका, मैं बाद में बात करती हूँ।

प्रियंका : ओके! टेक केयर ख़ुशी!

ख़ुशी प्रियंका को अच्छे से जानती थी, प्रियंका एक सुलझी हुई और समझदार लड़की थी। उसने जो देखा होगा, वही बताया होगा। ख़ुशी का पूरा दिमाग झन्ना गया। समझ में नहीं आ रहा था, वह क्या करे? राहुल से बात करना मतलब झगड़ा होना। आज उसे सचमुच अपने यहाँ अकेले रहने का पछतावा हो रहा था।

उसने सोचा, इसका यह मतलब तो नहीं है न कि तुम किसी और से अफेयर कर लोगे। आजकल लोग शादी को भी इतने हलके में लेने लगे हैं, जब चाहे साथ रहते हैं और जब मन न चाहे बड़ी आसानी से रिश्ता तोड़ देते हैं। शादी जैसा बंधन इतना कमज़ोर कभी नहीं था, जिस तरह आजकल का माहौल बनता जा रहा है, बहुत से लोग इस पवित्र बंधन का सम्मान करना ही छोड़ते जा रहे हैं। आज की जनरेशन ऐसी क्यों होती जा रही है? जबकि ज़्यादातर लोग एक-दूसरे को जान, समझकर शादी जैसे बंधन में बँधते हैं, फिर भी अपनी शादी निभा नहीं पाते हैं।

~

अगले दिन ख़ुशी ने राहुल को फ़ोन किया और बोला, मिलना बहुत ज़रूरी है।

राहुल : ठीक है, कहाँ मिलना है?

ख़ुशी : तुम घर आ जाओगे तो अच्छा रहेगा।

राहुल : ठीक है, मैं ऑफिस के बाद तुमसे मिलने आ जाऊँगा।

क़रीब आठ बजे राहुल ख़ुशी के पास पहुँचता है।

ख़ुशी : चलो, तुम आए तो सही, नहीं तो तुम्हारी बात का क्या भरोसा, कितनी बार मैं बुलाती हूँ, लेकिन तुम बोल तो देते हो, पर आते नहीं हो।

राहुल : तुमने ज़रूरी बोला था तो मुझे लगा, शायद कोई सीरियस बात होगी।

ख़ुशी : ज़रूरी बात नहीं हो तो मुझसे मिलने की ज़रूरत भी नहीं है।

राहुल : अच्छा छोड़ो, क्या ज़रूरी बात है?

ख़ुशी : देखो, मुझे घुमा-फिराकर बात करने की आदत नहीं है, मैं सीधे-सीधे पूछ रही हूँ। क्या तुम्हारा किसी के साथ अफेयर चल रहा है?

राहुल : ये किसने कहा तुमसे?

ख़ुशी : किसने कहा वो मैटर नहीं करता। यह बात सच है या नहीं? मुझसे झूठ मत बोलना। अगर सच है तो एक्सेप्ट करो।

राहुल : (लंबी साँस लेते हुए) हाँ, सच है।

ख़ुशी : कितनी आसानी से तुम कह रहे हो, ये सच है।

राहुल : तुमने ही मुझसे दूरियाँ बना ली थीं तो मैं क्या करता?

ख़ुशी : जहाँ प्यार होता है, वहाँ कोई दूरियाँ नहीं होतीं मिस्टर राहुल!

राहुल : और जहाँ प्यार होता है, वहाँ एडजस्टमेंट भी होते हैं।

ख़ुशी : इस वक़्त मैं कुछ भी कहूँगी तो तुम्हारी समझ में नहीं आएगा। अब यह बताओ, क्या करना है, तुम इस नए रिश्ते में कितने प्रतिशत श्योर हो, तुम्हें इसे रखना है?

राहुल : मैं अपने नए रिश्ते को लेकर हंड्रेड परसेंट सीरियस हूँ। मैं बहुत जल्दी तुमसे बात करने वाला था कि मुझे डिवोर्स चाहिए।

ख़ुशी : (ख़ुशी के दिल पर एक चोट-सी महसूस हुई) यही अंजाम होना था हमारी शादी का, तुम लड़के प्यार और शादी को मज़ाक समझते हो। जब मैं यहाँ आई तो यही सोच रही थी कि मैं अकेले रहने आ गई हूँ तो तुम दो-चार दिन में मेरे पास भागते हुए आओगे और बोलोगे, ख़ुशी, मैं तुम्हारे बिना नहीं रह सकता, लेकिन तुमने तो मुझे छोड़ने का ही मन बना लिया।

राहुल : मैं तुमसे ज़्यादा बहस नहीं करना चाहता, मैंने मम्मी-पापा को बता दिया है, मैं तुमसे तलाक़ ले रहा हूँ।

ख़ुशी : क्या कहा मम्मी-पापा ने?

राहुल : उन्होंने मुझे समझाने की बहुत कोशिश की, लेकिन जब मुझे ही इस रिश्ते में अब नहीं रहना है तो वे भी क्या कर सकते हैं।

ख़ुशी) : (अपने आप को टूटा हुआ महसूस करती हुई तुम जाओ, मेरी नज़रों से दूर हो जाओ, तलाक़ के पेपर भेज देना, मैं साइन कर दूँगी।

राहुल : ओके (इसके अलावा उसने कुछ भी नहीं कहा और वहाँ से चला गया)।

ख़ुशी फफक-फफककर रो पड़ी।

ख़ुशी : (रोते हुए) मॉम-डैड, यह सब क्या हो गया? आप लोग तो मुझे पहले ही छोड़कर चले गए, अब राहुल भी मुझे छोड़कर चला गया। मैं कितनी अभागी हूँ। मेरी ज़िंदगी कहाँ से कहाँ पहुँच गई, अपनी टूटी हुई शादी का दोष किसको दूँ, अपने को या राहुल को? या फिर हम दोनों ही ज़िम्मेदार हैं? बिस्तर पर लेटी-लेटी काफ़ी देर तक रोती रही। उसकी समझ में नहीं आ रहा था कि क्या अब वह कभी किसी पर भरोसा कर पाएगी? शायद नहीं, दोबारा किसी को ज़िंदगी में लाना या किसी की ज़िंदगी में जाना बहुत मुश्किल है। एक बार जब भरोसा टूट जाता है तो दुबारा किसी पर भरोसा करना बहुत मुश्किल हो जाता है।

अगले दिन ख़ुशी ऑफिस नहीं गई, इमरजेंसी बताकर छुट्टी ले ली।

एक हफ़्ते के बाद उसे तलाक़ के पेपर मिल गए थे और तलाक़ का प्रॉसेस शुरू हो गया था।

~

शिफ़ा और सीमा को जब यह बात पता चली तो दोनों को बहुत धक्का लगा।

सीमा शिफ़ा से बात करती है।

सीमा : हम तीनों की ज़िंदगी तीन अलग-अलग किनारों की तरह क्यों हो गई है? ऐसा किनारा जहाँ कोई हमारा साथी ही नहीं है, कोई हाथ पकड़ने वाला नहीं है, सिर्फ सहरा है, जहाँ हम तीनों अपनी-अपनी ज़िंदगी के सफ़र में अकेले ही भटक रहे हैं।

शिफ़ा : तुम अकेली हो गई और अब ख़ुशी भी, लेकिन मैं शादी के बाद भी हमेशा अकेली ही हूँ, अपना साथी कभी अपना नहीं लगा। अपने साथी के प्यार की चाहत में इंतज़ार करते-करते थक गई हूँ, बहुत थक गई हूँ सीमा!

इतना कहकर शिफ़ा और सीमा दोनों रोने लगीं।

शिफ़ा : मैं इस शादी को ख़त्म करना चाहती हूँ, एक ऐसी शादी, जिसमें प्यार नहीं, लगाव नहीं, फ़िक्र नहीं, ख़याल नहीं, ऐसी अनमनी शादी के बंधन से मैं निकलना चाहती हूँ।

सीमा : अब मैं क्या कहूँ शिफ़ा! मेरी बहन, ख़ुशी और मेरी शादी अपने-अपने हाल पर ख़त्म हो गई और अब तुम्हारा भी यही हाल है।

शिफ़ा : न जाने ज़िंदगी कितनी है, कितनी नहीं है, मैं अपनी ज़िंदगी को और बरबाद नहीं करना चाहती।

सीमा : देख लो, जो भी करना सोच-समझकर करना।

शिफ़ा : मैं सोच-समझकर ही कह रही हूँ मेरी जान, अब और बर्दाश्त नहीं हो रहा है। मैंने बहुत कोशिश कर ली, अपनी तरफ़ से कई बार बात करने की कोशिश कर ली, लेकिन वसी में कोई बदलाव नहीं आया।

सीमा : हम तीनों पर बहुत ही मुश्किल समय आन पड़ा है।

शिफ़ा : हाँ, सच यार! यह वक़्त मुश्किल तो बहुत है, सबकुछ ज़िंदगी में इतना आसान होता तो हमसे ऐसे इम्तिहान न लिया जाता।

शिफ़ा : सीमा! चलो रखती हूँ, बाद में बात करती हूँ।

~

छह महीने के बाद ख़ुशी का तलाक़ हो गया।

इस तरह वक़्त अपनी रफ़्तार पकड़कर कुछ और आगे बढ़ गया।

उधर शिफ़ा की मम्मी की तबीयत बहुत ख़राब हो गई और शिफ़ा उनको देखने के लिए जा रही थी।

शिफ़ा ने अपना सूटकेस पैक कर लिया। शिफ़ा अब यह ठान चुकी थी कि वापस इस घर में नहीं आएगी, इसलिए उसने अपने मायके से मिले कपड़ों को ही अपने पास रखा। इसके अलावा कुछ भी नहीं लिया। यहाँ तक कि उसने यहाँ की जो ज्वेलरी पहन रखी थी, वो सब उतारकर रख दी।

जाते-जाते ग़म की स्याही से कुछ लिखने बैठ गई।

सोचा था मोहब्बत भरा आशियाँ बनाऊँगी,
प्यार के महकते फूलों का शज़र पाऊँगी।

न मोहब्बत मिली, न मंज़िल का कोई पता,
न जाने किस मुक़ाम पे अब ठहर पाऊँगी।

मेरे जज़्बात को हर शै रुसवाइयाँ मिलेंगी,
सबकी नज़र का अब बेसबब कहर पाऊँगी।

घर की दर–व–दीवार से कितनी बात करूँ,
मालूम न था बेरहम तन्हाई का असर पाऊँगी।

जा रही हूँ नए सफ़र पर मंज़िल की तलाश में
न जाने ज़िंदगी के तूफाँ में कितनी लहर पाऊँगी।

लड़खड़ाकर गिर न जाऊँ, रास्ता आसाँ नहीं है,
'राफी' हर दिन नई चुनौती भरे डगर पाऊँगी।

शिफ़ा ने डायरी बंद की और बिल्कुल सादा–सा कॉटन का सूट पहना, कान में छोटा सा बुंदा और गले में पतली सी चेन पहनकर वह नीचे आ गई।

वसी की मम्मी : बेटा, ऐसे कैसे तुमने अपना हुलिया बना रखा है? इतने सादे लिबास में क्यों जा रही हो?

शिफ़ा ने मन में सोचा, जब ज़िंदगी ही बेरंग हो गई है तो रंगीन कपड़े भी मुझे क्या ही रँग पाएँगे।

शिफ़ा (अपने को सँभालते हुए) : मम्मी को देखने जा रही हूँ, मम्मी अस्पताल में हैं तो ऐसे में मेरा इस तरह जाना ही ठीक है। बाक़ी मैंने कपड़े रख लिये हैं, आप फ़िक्र न करें।

वसी की मम्मी : ठीक है, जैसी तुम्हारी मर्ज़ी, जल्दी आने की कोशिश करना बेटा!

शिफ़ा : मैं चलती हूँ, आप अपना ख़याल रखिएगा। (ये बोलकर शिफ़ा जल्द-से-जल्द वहाँ से निकल गई। उसके जज़्बात कहीं उसके काबू से बाहर न हो जाएँ इसलिए वह एक पल भी वहाँ रुकना नहीं चाहती थी)।

पूरे रास्ते बस यही सोच रही थी, अब वापस नहीं आना है। मम्मी को कैसे बताऊँगी, पर बताना तो पड़ेगा। जैसे ही मम्मी ठीक होंगी, मैं मम्मी को सब सच-सच बता दूँगी।

~

शिफ़ा सीधे अस्पताल पहुँची।

शिफ़ा की मम्मी की साँसें जैसे शिफ़ा को देखने के लिए ही अटकी हुई थीं। मुश्किल से आधे घंटे में ही शिफ़ा की मम्मी इस दुनिया से रुख़सत हो गईं।

शिफ़ा और उसका भाई दोनों माँ से लिपटकर रोए ही जा रहे थे। थोड़ी देर बाद और रिश्तेदार आ गए। सबने मुश्किल से दोनों को चुप कराया।

शिफ़ा की मम्मी को गए दो दिन हो गए।

शिफ़ा अपने पापा को देखते हुए यही सोच रही थी कि ख़ुदा ने पापा को सज़ा दी है। वे अपनी पूरी ज़िंदगी उस बीवी के बग़ैर गुज़ारेंगे, जो उनके हर इशारे पर उनका हुक्म बजाती थीं और बदले में उन्हें क्या मिला, कुछ भी नहीं, न प्यार, न ही इज़्ज़त। अब तन्हाई में पापा को समझ में आएगा कि उन्होंने क्या खोया है।

ख़ुशी और सीमा भी आई थीं और एक दिन रुककर अगले दिन वापस चली गई थीं।

इस बार तो शिफ़ा पूरा मन बनाकर आई थी कि मम्मी ठीक हो जाएँगी तो मम्मी को बताएगी कि वसी के साथ वह अब और एडजस्ट नहीं कर पा रही है। वह बताना चाह रही थी कि मम्मी, मैं आपकी तरह इतनी मज़बूत नहीं हूँ, लेकिन मम्मी तो चली गईं, अब मैं क्या करूँ? पापा से तो बात नहीं कर

सकती, उसने सोचा, इमरान को बताती हूँ, क्योंकि मैं अब वापस उस घर में नहीं जाना चाहती। उस दिन मम्मी की मय्यत (अंतिम संस्कार) में भी सिर्फ मेरी सास आई थीं, वसी उस दिन भी नहीं आए। वसी आज तक मेरे साथ कहीं नहीं गए, कम-से-कम मेरी मम्मी की मय्यत में तो आ जाते।

उस दिन के बाद मेरे दिल में इनसानियत के नाते भी जो कुछ उनके लिए था, वो भी ख़त्म हो गया।

शिफ़ा यही सोच रही थी कि इमरान भी उसकी बात समझेगा या नहीं, लेकिन उसने ठान लिया था कि अब कोई उसको समझे या न समझे, वह इस रिश्ते में और नहीं रह पाएगी। शादी के इन दो सालों में मैं तिल-तिल घुटी हूँ, पल-पल प्यार के लिए तरसी हूँ, एक ऐसे हमसफर के लिए, जो मुझसे मोहब्बत करे, इज़्ज़त दे, लेकिन यहाँ तो मेरी ज़िंदगी काँटों के बिस्तर जैसी हो गई थी, जो हर पल मुझे चुभ रही थी, मेरे पाँव के नीचे मख़मल ज़रूर था, पर दिल हर पल ख़ंजर का वार सह रहे थे। उनके महल में मुझे ऐसा लग रहा था, जैसे किसी शहज़ादी को पिंजरे में क़ैद कर दिया गया हो और शहज़ादा अपनी अलग दुनिया में जी रहा है।

क्या इनसान इतनी भी ख़्वाहिश नहीं रख सकता कि उसका शौहर (पति) उसे बेपनाह मोहब्बत करे। क्या यह आरज़ू करना ग़लत है, क्या मैं मोहब्बत के लायक नहीं हूँ? क्या मैंने वसी को पूरे दिल से नहीं चाहा? नहीं, ऐसा नहीं है, मैंने पूरी मोहब्बत के साथ उन्हें अपनाया था, लेकिन उनके दिल की तिजोरी में मोहब्बत नाम का कोई ख़ज़ाना ही नहीं था। वे पैसे से बहुत अमीर हैं, पर मोहब्बत के नाम पर बिल्कुल रंक हैं। वे एक खड़ूस, संगदिल और जज़्बात से ख़ाली इनसान हैं।

सोचते-सोचते शिफ़ा नींद के आगोश में चली गई।

अगले दिन इमरान को कमरे में बुलाया और सारी दास्ताँ बताई।

इमरान : मम्मी को आपने पहले कुछ बताया होगा, मम्मी ने एक दिन

बताया था, मुझे बेहद अफ़्सोस हुआ था आपी, पर मैंने सोचा, शायद धीरे-धीरे आपके और वसी भाई के रिश्ते ठीक हो जाएँ, लेकिन आज आपकी बातें सुनकर मैं समझ नहीं पा रहा हूँ कि मैं क्या कहूँ और यह बात पापा को पता चली तो आपको कभी भी वसी भाई से अलग नहीं होने देंगे।

शिफ़ा : मैं जानती हूँ, वे नहीं मानेंगे। उन्होंने मेरी मम्मी की ज़िंदगी तो बरबाद कर दी, जिसका उन्हें शायद रत्ती भर भी पछतावा नहीं है और अब मैं किसी को भी अपनी ज़िंदगी बरबाद नहीं करने दूँगी। पता है इमरान, पापा भी उन मर्दों में से हैं, जो औरतों को सिर्फ घर का एक सामान समझते हैं। वसी भी बिल्कुल पापा जैसे ही निकले (यह बोलते-बोलते शिफ़ा की साँसें तेज़ हो गईं)।

इमरान : मैं आपको यही कहूँगा, जो आपको सही लगे, वही कीजिए, इस घर में तो आप रह नहीं पाएँगी, पापा आपको यहाँ रहने नहीं देंगे, वो हर हाल में आपको वसी भाई के पास भेजने की कोशिश करेंगे।

शिफ़ा : मैं जानती हूँ भाई!

इमरान : मेरा भी बाहर जाने का सब फाइनल हो गया है। अगले महीने मैं एम.टेक. के लिए बाहर जा रहा हूँ।

शिफ़ा : हाँ, मुझे पता है इमरान, मम्मी ने बताया था।

इमरान : मम्मी ने जब आपके बारे में मुझे बताया था तो मम्मी बहुत उदास हो गई थीं और कह रही थीं, याख़ुदा! मेरी ज़िंदगी में ग़म के काले बादल पूरी ज़िंदगी छाए रहे, लेकिन मेरी बेटी की ज़िंदगी में ऐसी डरावनी काली घटा मत छाने दो मालिक़! मेरी बेटी की ज़िंदगी में मोहब्बत की ख़ुशियों की बारिश कर दो मालिक! और ये कहते-कहते मम्मी रोने लगी थीं।

शिफ़ा : (मम्मी को याद करते हुए) हाँ, जबकि मम्मी को मैंने बहुत थोड़ा सा ही बताया था, लेकिन माँ हैं न, हमारी ज़रा सी तकलीफ़ से डर जाती हैं, सहम जाती हैं और सबकुछ समझ जाती हैं।

इमरान : फिर क्या सोचा आपी आपने?

शिफ़ा : मैंने गर्ल्स हॉस्टल में अपना कमरा ले लिया है। मैं कल वहाँ

शिफ्ट हो जाऊँगी। मेरे जाने के बाद पापा को बता देना और एक बात ज़रूर बोलना, मुझे वसी के पास जाने के लिए ज़बरदस्ती नहीं करेंगे, क्योंकि मेरा यह फ़ैसला अटल है।

इमरान : आप ऐसे ज़िंदगी कैसे काटेंगी ? मैं भी शहर में नहीं रहूँगा, मुझे आपकी फ़िक्र हो रही है।

शिफ़ा : तुम इतना मत सोचो, ख़ुशी यहीं है, कोई प्रॉब्लम होगी तो हम तीनों सहेलियाँ इकट्ठी हो जाती हैं।

इमरान : मैं बाहर रहूँगा, लेकिन हमेशा आपके टच में रहूँगा और यहाँ मेरे कुछ दोस्त हैं, जो बहुत अच्छे हैं, आपको कभी कोई ज़रूरत हो तो मुझे बताइएगा, वो सब आपकी हेल्प कर देंगे। वैसे आपी, फ़राज़ भाई आपका हालचाल पूछते रहते हैं।

शिफ़ा : अच्छा ! उन्होंने शादी की या नहीं ?

इमरान : वे अभी फॉरेन में हैं, आपकी शादी की ख़बर सुनकर टूट गए थे, जहाँ तक शादी की बात है, अगर शादी करते हैं तो हमें बुलाते ही, आखिर हमारे खाला (मासी) के बेटे हैं।

शिफ़ा : मेरा तो शादी और मोहब्बत दोनों से एतबार ख़ाली हो चुका है। मैं इस बारे में सोचना ही नहीं चाहती। और हाँ, देखो, मेरे पास पैसे हैं। मैंने ऑनलाइन जॉब करके इतने पैसे कमा लिये हैं कि मुझे कोई परेशानी नहीं होगी।

इमरान : बहुत बढ़िया, आप ऑनलाइन जॉब करके फाइनेंशियली सेफ हैं। मैं बस यही कहूँगा, आगे आपकी ज़िंदगी में बेहतरीन मौक़े आएँ और आप हमेशा ख़ुश रहें।

दोनों भाई-बहन एक-दूसरे का हाथ पकड़कर बैठे थे और दोनों की आँखें नम थीं।

शिफ़ा मम्मी को बहुत याद कर रही थी और मम्मी के लिए कुछ लिखने बैठ जाती है।

ज़िंदगी के अँधेरे उजालों में बदल दो न माँ,
फूटी क़िस्मत दुआओं से सँवार दो न माँ!

मेरे ग़म को हलका करने आ जाओ एक बार,
तन्हा हूँ बोझिल सफ़र में, मेरा साथ दो न माँ!

मुक़द्दर कोसों दूर बहा ले जा रही है बेपरवाह,
मेरे हिस्से के ग़म, मुसकान में बदल दो न माँ!

मेरे हर नासूर ज़ख़्म की तीमारदार हो आप,
आकर अपने बाजुओं में पनाह दे दो न माँ!

'राफी' मेरी ख़ुशियों को नज़र लग गई शायद,
बिखरी हूँ, अपनी गोद में सुला दो न माँ!

अगले दिन शिफ़ा हॉस्टल में शिफ्ट हो गई।

ख़ुशी का फ़ोन आता है।

ख़ुशी : शिफ़ा, क्या मैं मर गई थी, जो तुम हॉस्टल में रहने चली गई, मेरा इतना बड़ा यह बंग्लो है और मैं अकेली हूँ, एक बार मुझे बताती तो सही, हम दोनों यहाँ साथ रह लेते यार, मेरा भी अकेलापन कम हो जाता।

शिफ़ा : बहुत ग़मगीन हूँ यार, कुछ वक़्त अकेले रहना चाहती हूँ।

ख़ुशी : इतना भी क्या है, अकेला क्यों रहना, शिफ़ा! इस तरह तुम और घुटोगी। यहाँ कम-से-कम हम एक-दूसरे के आँसू तो पोंछते, मेरे पास ही आ जाओ न प्लीज़!

शिफ़ा : देखती हूँ, अभी तो एक महीने का किराया दे दिया है, अगले महीने देखती हूँ।

ख़ुशी : यह तुमने सही नहीं किया, तुमने मुझे पराया कर दिया।

शिफ़ा : हम कभी एक-दूसरे से पराए नहीं हो सकते ख़ुशी, कभी ख़यालों में भी नहीं, हक़ीक़त में तो बहुत दूर की बात है।

ख़ुशी : हाँ, यह तो है, पर यार! ज़िंदगी में बहुत अकेलापन है।

शिफ़ा : हाँ, वो तो है, हम तीनों अपनी-अपनी ज़िंदगी में एक ऐसी जगह पर खड़े हैं, जहाँ न मंज़िल का पता है, न रास्ते का, पर एक बात है ख़ुशी, मंज़िल क्या होगी, कब होगी, यह तो नहीं पता, मगर रास्ते तो हम अपने लिए बना ही सकते हैं।

ख़ुशी : हाँ, बिल्कुल बना सकते हैं और हम बनाएँगे भी, अपने लिए ख़ूबसूरत और मनपसंद रास्ता बनाएँगे।

शिफ़ा : हाँ, ऐसा ही होगा, आज भले ही ग़म की लंबी रातें हों, पर इन रातों की नूरानी सुबह कभी-न-कभी ज़रूर होगी।

ख़ुशी : अब हम एक ही शहर में हैं तो मिलते रहेंगे।

शिफ़ा : हाँ, इसमें कहने वाली तो कोई बात ही नहीं है और हाँ ख़ुशी, अपने लिए कोई अच्छे हमसफ़र की तलाश जारी रखना। इसके साथ ही अपनी हर ख़्वाहिश को पूरी करने की ख़ातिर पंख लगाकर उड़ जाओ, जो करना है, कर जाओ।

ख़ुशी : हाँ, मूव ऑन होने की कोशिश कर रही हूँ, अभी मैंने शनिवार, रविवार को जुम्बा क्लास भी जॉइन कर ली है, बहुत मज़ा आ रहा है।

शिफ़ा : अच्छा किया, अपने को ख़ुश रखने का कोई भी मौक़ा मत जाने दो, ये ज़िंदगी हमारी है, हम अपनी ज़िंदगी ऐसे इनसान के लिए ज़ाया (बेकार) नहीं करेंगे, जिसको हमारी राई बराबर भी फ़िक्र नहीं है।

ख़ुशी : हाँ, इस बार सीमा आ जाए तो हम एक छोटा सा ट्रिप प्लान करते हैं। हम सबके लिए चेंज हो जाएगा।

शिफ़ा : हाँ और हम तीनों तीन-चार दिन ख़ूब एन्जॉय करेंगे, कम-से-कम उन कुछ लम्हात पर हम अपने अतीत की परछाई भी नहीं पड़ने देंगे।

ख़ुशी : बिल्कुल मेरी जान, मिलते हैं, बाय!

शिफ़ा : बाय।

सीमा का फ़ोन शिफ़ा के पास आया।

सीमा : शिफ़ा! तलाक़ का क्या हुआ, फाइनल हो गया क्या?

शिफ़ा : हाँ, हो गया।

सीमा : इतनी जल्दी! लेकिन?

शिफ़ा : वसी की मम्मी तो बहुत मिन्नतें कर रही थीं। बेचारी कह रही थीं, बेटा, ऐसा मत करो, घर आ जाओ, मैं वसी से बात करूँगी।

सीमा : फिर तुमने क्या कहा?

शिफ़ा : मैंने कहा, दो साल मैंने आपसे भी बहुत कहा और वसी को भी बहुत समझाने की कोशिश की, लेकिन वसी तो जैसे कुछ भी सुनने को तैयार ही नहीं होते, तो उन्होंने कहा! वह वसी से बात करके बताएँगी।

सीमा : अच्छा, फिर क्या हुआ?

शिफ़ा : वसी की मम्मी ने वसी से बात की थी।

सीमा : क्या कहा वसी ने?

शिफ़ा : इनसान अपनी इज़्ज़त ख़ुद कमाता है, अब देखो न, जिस वसी को तुम कल तक वसी भाई कहती थीं, आज उसी वसी के लिए तुम्हारे मुँह से भाई जैसा लफ़्ज़ भी नहीं निकल रहा है।

सीमा : हाँ, बिल्कुल सही कहा तुमने, वो इनसान मेरी नज़रों से गिर गया है, अब ऐसे इनसान को कोई कैसे इज़्ज़त दे। जो एक औरत की इज़्ज़त करना, प्यार करना जानता ही नहीं है, पता नहीं उस आदमी में कितना अहंकार भरा है।

शिफ़ा : पता नहीं यार, गुरूर (अहंकार) कहूँ या उनका नेचर ही ऐसा है, वह इनसान मेरी समझ से परे है। हाँ तो मैं यह बता रही थी कि वसी की मम्मी ने कहा कि उन्होंने वसी से बात की थी, वो कह रही थीं बेटा, उस पर अपनी सल्तनत का नशा चढ़ा है। वह कह रहा था, मैं जैसा हूँ वैसा ही रहूँगा, शिफ़ा को कहना! रहना है तो रहे, नहीं तो आगे उसकी मर्ज़ी।

सीमा : ओह! कितना अहंकारी है ये वसी! तुमने दो साल कैसे उस आदमी के साथ बिताए?

शिफ़ा : बस इसी इंतज़ार में कि वो अब मेरे क़रीब आएँगे, अब मेरे लिए थोड़ा सा वक़्त निकालेंगे, कभी तो मुझे मोहब्बत भरी नज़रों से देखेंगे, पर मेरा इंतज़ार, मेरी आरज़ू सब ग़लत निकले सीमा!

सीमा : हमारे घरवालों ने जल्दी-जल्दी हमारी शादियाँ कर दीं, न हमें सोचने-समझने का और न ही अपनी ज़िंदगी में कुछ करने का मौक़ा दिया।

शिफ़ा : हाँ यार! सही कह रही हो तुम, और पता है, फिर मैंने फ़ोन पर ही उनसे तीन बार तलाक़ बुलवाकर तलाक़ ले लिया।

सीमा : (आश्चर्य से) क्या! तुम आज की पढ़ी-लिखी लड़की हो, तुम्हें सबकुछ क़ानूनी तरीक़े से करना चाहिए था।

शिफ़ा : हाँ, मुझे पता है, लेकिन मैं उस शख़्स (आदमी) को अपनी ज़िंदगी में एक पल भी देखना नहीं चाह रही थी। क़ानूनी तरीक़े में थोड़ा वक़्त लग जाता और मैं एक पल भी इस रिश्ते में रहना नहीं चाहती थी।

सीमा : अच्छा! चलो, जो तुम्हें ठीक लगा, तुमने किया और उसने आसानी से कह दिया था शिफ़ा?

शिफ़ा : हाँ, एकदम, एक बार भी नहीं कहा कि मैं बदलने की कोशिश करूँगा, तुम वापस आ जाओ। ऐसा पत्थर इनसान, उफ! मेरे ख़ुदा, मेरे नसीब में आपने किसे लिख दिया था?

सीमा : जो क़िस्मत में लिखा होता है, वो होकर रहता है। चलो अब मैं तुमसे और ख़ुशी से जल्दी ही मिलने आऊँगी।

शिफ़ा : ठीक है।

हॉस्टल में आकर शिफ़ा ने एक नई कंपनी में नौकरी जॉइन कर ली थी। उसके पास ऑनलाइन जॉब का एक्सपीरियंस था तो उसे जॉब मिल गई। शिफ़ा ने सोचा, थोड़ा बाहर जाएगी, कुछ लोगों से मिलेगी-जुलेगी तो उसे अच्छा लगेगा, वरना अकेले में तो अच्छा-खासा इनसान भी पागल हो जाए।

शिफ़ा ख़ुशी के पास भी रहने जा सकती थी, पर यही सोचकर नहीं

गई कि कल को ख़ुशी की ज़िंदगी में कोई और आया तो वहाँ रहना अच्छा नहीं लगेगा और वह बेचारी मुझे वहाँ से जाने के लिए कह नहीं पाएगी और जो मैं ख़ुद चली जाऊँगी तो ज़बरदस्ती ख़ुद को अपराधी मानेगी। क्या करें, हम तीनों ऐसे ही गहरी दोस्ती की डोर में बँधे हैं कि एक-दूसरे में हमारी जान बसती है।

~

अगले दिन ख़ुशी शिफ़ा के पास आ गई।

ख़ुशी : देखो, तुम परमीशन ले लो, मैं दो-तीन दिन यहीं रुकने वाली हूँ।

शिफ़ा : अच्छा मेरी माँ, मैं अभी जाकर परमीशन ले लेती हूँ।

ख़ुशी : अच्छा यह बताओ, आगे कुछ सोचा है, शादी कब करोगी?

शिफ़ा : नहीं, बिल्कुल नहीं, अभी मेरे दिमाग में दूर-दूर तक शादी का ख़याल भी नहीं है। शादी के नाम से मुझे कोफ़्त (कुढ़न) हो रही है।

ख़ुशी : अच्छा-अच्छा, किसी से रोमांस का इरादा है क्या?

शिफ़ा : तुम मेरे हाथों मार खा जाओगी, इस वक़्त तुम ऐसे बोल भी कैसे सकती हो ख़ुशी!

ख़ुशी : सॉरी यार, मैं तो तुम्हें हँसाना चाह रही थी बस और कुछ नहीं।

शिफ़ा : अब मैं जॉब करूँगी और वीकेंड में आर्ट क्लास जाऊँगी। तुम्हें तो पता है मुझे आर्ट बनाने का कितना शौक था?

ख़ुशी : हाँ, बढ़िया है (ख़ुशी शिफ़ा की आँखों-में-आँखें डालकर कहती है), यह बताओ, उस वसी की भी आर्ट बनाई थी क्या?

शिफ़ा : वह इनसान दो मिनट तो मेरे पास रुकता नहीं था और तुम…तुम न मेरे हाथों से आज पिट जाओगी।

ख़ुशी : (कमरे में इधर-उधर भागते हुए) पकड़ो, पकड़ो, देखती हूँ कितनी देर में पकड़ पाती हो।

शिफ़ा : मैडम, आप कहीं ग्राउंड में नहीं हैं, इसी कमरे में हैं, दो सेकंड में पकड़ लूँगी।

ख़ुशी आकर शिफ़ा के पेट में गुदगुदी करने लगती है और फिर दोनों हँसते-हँसते बेड पर गिर जाती हैं।

शिफ़ा : ख़ुशी! हम प्यार के मामले में फेल हो गए हैं यार!

ख़ुशी : कोई बात नहीं, तू नहीं तो और सही, और नहीं तो और सही।

शिफ़ा : मैं मज़ाक नहीं कर रही हूँ यार!

ख़ुशी : पर मैं कर रही हूँ, देवदास बनकर ज़िंदगी नहीं बितानी है, बल्कि पारो की तरह किसी महल में राज करना है (और हँसती है)।

शिफ़ा : तुमसे इस वक़्त कुछ भी कहना बेकार है।

शिफ़ा को हॉस्टल में आए दो महीने हो गए थे, लेकिन उसके पापा का एक बार भी फ़ोन नहीं आया। उसे पता था इमरान ने सबकुछ पापा को बताया होगा तो बहुत ग़ुस्सा हुए होंगे। ख़ैर, कोई बात नहीं, वो न ही बात करें वही अच्छा है, उनकी जली-कटी सुनने से तो अच्छा है वो मुझे कभी न फ़ोन करें। (एक लंबी साँस छोड़ते हुए)

~

अगले दिन संडे था।

सुबह शिफ़ा ने सोचा, बाहर लॉन में बैठकर कुछ लिखूँगी।

शिफ़ा वहाँ जाकर बेंच पर बैठ गई और डायरी व पेन निकाल लिया।

एक बेवफ़ा से मोहब्बत की उम्मीद कर गई,
मेरी चाहत की आरज़ू मुझसे बेगानी हो गई।

चाहत मोहब्बत की, आँचल तमन्नाओं का था,
मैं भटकती हुई मुसाफ़िर जहाँ में तन्हा हो गई।

दिल मेरा फ़रेबी नहीं, पाकीज़गी का फूल था,
चमक गए ज़ख़्मों के सितारे और मैं गुम हो गई।

कुछ नहीं माँगा सिवा एक 'रूहानी मोहब्बत' के,
इस चाहत से दामन ख़ाली और मैं रुसवा हो गई।

अपनी ग़ैरत की हिफ़ाज़त में सबकुछ छोड़ आई,
धुंध में फँसकर अपने किरदार से धूमिल हो गई।

मुश्किलों की फ़ेहरिस्त जुड़ती ही गई 'राफी',
आँसुओं की नदी मेरे हर दर्द में शरीक हो गई।

उसे लॉन में बैठे हुए क़रीब एक घंटा हो गया, वह अपने कमरे की तरफ़ जाने के लिए खड़ी हो गई और जैसे ही नौ-दस कदम बढ़ाए थे कि उसकी नज़र सीधे फ़राज़ से टकरा गई।

फ़राज़ भी उसे देखकर हैरान-से हुए।

फ़राज़ ने पूछा, अरे शिफ़ा! तुम यहाँ कैसे?

शिफ़ा : (थोड़ा झिझकते हुए) वो मैं इसी हॉस्टल में रहती हूँ, लेकिन आप यहाँ कैसे?

फ़राज़ : (हलकी सी हँसी के साथ) दरअसल यह हॉस्टल मेरा ही है।

शिफ़ा : (हैरानगी से) क्या···यह तो मुझे पता ही नहीं था। मैंने इस हॉस्टल के ऑनर का नाम पढ़ा था। वो कोई लेडी हैं और उनका नाम रज़िया बेगम है।

फ़राज़ : हाँ, रज़िया बेगम मेरी मम्मा का ही नाम है, तुम्हें तो पता ही है, आख़िर मेरी मम्मा तुम्हारी आंटी (खाला) जो हैं।

शिफ़ा : हाँ, हाँ, आंटी का नाम तो मुझे पता है, पर मैंने तो यही सोचा कि इस नाम की कोई और लेडी होंगी (शिफ़ा अपनी खाला को हमेशा से आंटी ही कहती है)।

फ़राज़ : आओ, वहाँ बैठते हैं (और सामने ही कैंटीन के बाहर शिफ़ा और फ़राज़ बैठ गए)। मैं तुम्हारी शादी के बाद फ़ौरन कनाडा चला गया था। अभी भी मैं वहीं जॉब करता हूँ।

शिफ़ा : हाँ, इमरान ने मुझे बताया था, आपकी शायद कभी-कभी उससे बात होती है?

फ़राज़ : हाँ, कभी-कभी महीने में एक-आध बार इमरान से बात हो जाती है।

शिफ़ा : फिर तो आपको पता ही होगा, इमरान भी विदेश चला गया है।

फ़राज़ : हाँ, मुझे पता है। क़रीब पंद्रह दिन पहले ही मेरी इमरान से बात हुई थी तब उसने तुम्हारे बारे में बताया था। तुमने अपनी शादी तोड़ दी शिफ़ा?

शिफ़ा : तो इमरान ने आपको ये सब भी बता दिया (मायूसी भरे लहज़े में)।

फ़राज़ : हाँ, और यह सुनकर मुझसे रहा नहीं गया और जितनी जल्दी का टिकट मुझे मिला, मैं आ गया।

शिफ़ा : आप कहना क्या चाहते हैं? आप मेरी वजह से आए हैं (यह कहते हुए शिफ़ा का लहज़ा हलका सा रूखा हो गया था)।

फ़राज़ : यहाँ पर मम्मा और मेरा छोटा भाई सेराज इस हॉस्टल का मैनेजमेंट वग़ैरह देखते हैं। मेरे कुछ और भी एक दो बिज़नेस हैं, सब मेरे छोटे भाई सेराज ने ही सँभाल रखा है। मेरी जॉब कनाडा में बहुत अच्छी है, मैं साल में एक बार आता हूँ।

शिफ़ा : अभी आपने कहा न कि आप मेरे दर्द की कहानी सुनकर मुझसे मिलने आ गए तो बस इसलिए कह रही हूँ।

फ़राज़ : इस बार मैं छह महीने में आ गया। इतनी जल्दी नहीं आ पाता हूँ, लेकिन सच यही है कि इस बार मैं तुम्हारी वजह से जल्दी आया हूँ।

शिफ़ा : आप इमरान से मेरा नंबर ले लेते, आप फ़ोन पर भी मेरा हालचाल ले सकते थे। आपको इतनी दूर से आने की तकलीफ़ नहीं करनी चाहिए थी।

फ़राज़ : तुमने मुझे कल भी बेगाना समझा था, आज भी बेगाना ही समझती हो। क्या मैं इतना ग़ैर लगता हूँ?

शिफ़ा : (थोड़ा सकपकाते हुए) नहीं, वो बात नहीं है, मुझे लग रहा है, आपने ख़्वामख़्वाह (बेवजह) तकलीफ़ उठाई।

फ़राज़ : तकलीफ़ अपनों के लिए ही उठाई जाती है। वो अपना ही कैसा जो अपनों की तकलीफ़ को अपना न समझे।

इतने में कैंटीन से आलू के पराँठे और चाय आ गई।

फ़राज़ : चलो इस आलू के पराँठे और चाय का मज़ा लेते हैं। तुमने मुझे बहुत आलू के पराँठे खिलाए हैं; और हाँ, मैं गारंटी के साथ कह सकता हूँ, ये आलू के पराँठे उतने टेस्टी नहीं होंगे, जितने लज़ीज़ तुम बनाती थी। मैंने हम दोनों का फेवरेट पराँठा मँगवाया है। चलो शुरू करो।

शिफ़ा : आप खा लीजिए, मैंने नाश्ता कर लिया है।

फ़राज़ : अब यह तो नहीं हो सकता, पराँठे दो हैं और टेबल पर दो लोग हैं तो दोनों को अपने-अपने हिस्से का पराँठा खाना पड़ेगा।

शिफ़ा : (पराँठा खाते हुए) आपको पता था, मैं इस हॉस्टल में हूँ?

फ़राज़ : मेरा यक़ीन करो, मुझे यह बिल्कुल मालूम नहीं था। इमरान ने मुझे शादी टूटने का बताया था, लेकिन हॉस्टल में शिफ्ट होने के बारे में नहीं बताया था।

शिफ़ा : अच्छा! शायद यह बताने में उसे अच्छा नहीं लग रहा होगा।

फ़राज़ : हो सकता है, मैं जब भी इंडिया आता हूँ, अपने सभी बिज़नेस प्लेस पर एक बार देखने ज़रूर जाता हूँ। आज भी जस्ट मैं विजिट करने आया था और मेरी मुलाक़ात तुमसे हो गई। मैं एक दिन पहले ही आया हूँ। आज मैं तुम्हारे घर जाने वाला था, पर मुझे क्या पता था कि जिसके लिए मैं सात समंदर पार करके आया हूँ, वह मुझे यहीं मिल जाएगी।

शिफ़ा : पराँठा बहुत टेस्टी था।

फ़राज़ : तुमने पहले कभी यहाँ खाए नहीं क्या?

शिफ़ा : (शरमाते हुए) मैंने तो बस ऐसे ही कहा, क्योंकि कभी-कभी कोई चीज़ ज़्यादा अच्छी बनती है तो ज़्यादा टेस्टी लगती है।

फ़राज़ : मुझे पता है, तुम्हें आलू के पराँठे बहुत पसंद हैं।

शिफ़ा : हाँ, लेकिन जहाँ तक मुझे पता है, आपको आलू के पराँठे कम पसंद थे।

फ़राज़ : हाँ, ये मैंने तुम्हारे लिए ही मँगवाया था, जब मैं तुम्हारे घर रहता था और तुम आलू के पराँठे लाती थी, मैं नहीं खाता था, फिर तुम खालाजान (मासी) को बताती थी और फिर मेरे लिए सादा पराँठा बनता था, जिसे मैं सॉस के साथ खाता था, आई एम राइट।

शिफ़ा : (हलकी सी मुसकान के साथ) बिल्कुल याद है, लेकिन आज तो आपने बड़े शौक से आलू का पराँठा खाया। आज आपको देखकर ऐसा नहीं लग रहा था कि आपने बेमन से खाया है।

फ़राज़ : बाद में इस आलू के पराँठे को मैंने अपनी पसंद में शामिल कर लिया और अब यह तुम्हारी तरह मेरा भी फेवरेट हो गया है।

शिफ़ा कुछ बोलने जा रही थी तभी फ़राज़ ने जो बोलना शुरू किया तो बहुत देर तक बोलते रहे। कनाडा के बारे में, वहाँ की लाइफ स्टाइल और भी बहुत कुछ, काफ़ी देर तक बताते रहे। शिफ़ा ने देखा, फ़राज़ काफ़ी बदल गए हैं। अब उनकी बातों में एक अलग ही ज़िंदादिली दिख रही थी, स्मार्ट भी लग रहे थे और बातें भी बहुत स्मार्टली कर रहे थे। वो गेहुएँ रंग के थे, ज़्यादा ख़ूबसूरत नहीं थे, लेकिन काफ़ी आकर्षक लग रहे थे और कहते हैं न, इनसान अपनी सूरत से ज़्यादा अपनी सीरत से सबके दिल में अपनी जगह बना लेता है, फ़राज़ भी मुझे इस वक़्त ऐसे ही लग रहे थे, तभी फ़राज़ की मम्मा का फ़ोन आ जाता है और फ़राज़ को घर जाना पड़ता है।

फ़राज़ : मम्मा घर बुला रही हैं, अभी मैं जा रहा हूँ, शाम को आता हूँ, शाम की चाय साथ बैठकर ही पिएँगे।

शिफ़ा : कोई बात नहीं, आप कल-परसों आ जाइएगा, आज तो मुलाक़ात हो ही गई और बातचीत भी काफ़ी हो गई।

फ़राज़ : मैं इतनी दूर से सिर्फ तुमसे मिलने आया हूँ, एक हफ़्ते यहीं हूँ। रोज़ शाम को मैं आता रहूँगा और प्लीज़ तुम मुझे रोकोगी नहीं।

फ़राज़ ने इतने अपनेपन से कहा कि शिफ़ा कुछ बोल ही नहीं पाई।

फ़राज़ मेरे खाला (मासी) के बेटे हैं, फ़राज़ मेरे घर तीन महीने रुके थे, उन्हें अपनी इंटर्नशिप करनी थी। मेरा घर दिल्ली के ओखला में था, हालाँकि

उनका घर ग्रेटर नोएडा में था, लेकिन आने-जाने में वक़्त लगता था, इसलिए तीन महीने वे हमारे घर पर रहे थे।

मम्मी ने फ़राज़ को अपने घर रखने के लिए पापा को बड़ी मुश्किल से मनाया था। पापा का व्यवहार तो सबको पता ही था, पर कम-से-कम पापा मान गए थे, यही बड़ी बात थी।

फ़राज़ को मेरे घर में रहते हुए दो महीने बीत चुके थे, आख़िरी एक महीने में दो-तीन बार वे मुझसे कुछ कहना चाहते थे, लेकिन मैंने कभी सुनना ही नहीं चाहा। जब-जब वो मुझसे कुछ कहने की कोशिश करते, मैं कोई-न-कोई बहाना करके वहाँ से चली जाती थी। उनकी आँखों में अपने लिए कुछ महसूस तो होता था, पर मेरे दिल तक उनके एहसास कभी पहुँच नहीं पाए। मैं कभी उनको अपना महसूस ही नहीं कर सकी।

मेरे घर से जाने से पहले एक बार उन्होंने इतना बोल दिया था कि शिफ़ा, तुम मुझे बहुत पसंद हो, उनका यह बोलना मुझे अच्छा नहीं लगा था और मैं बिना कुछ कहे वहाँ से तुरंत चली गई थी।

उसके बाद तो हमारी कभी मुलाक़ात ही नहीं हुई और आज इस तरह उनके ही हॉस्टल में मैं उनसे मिली और मुझे यह बात पता ही नहीं थी कि मैं जिस हॉस्टल में रह रही हूँ, वह फ़राज़ का है। बातों-बातों में उन्होंने बताया है कि इस हॉस्टल को अभी एक साल पहले ही बनाकर शुरू किया गया है।

उन्होंने मुझसे पूछा, तुम्हारी मेरी मम्मा से शायद काफ़ी वक़्त से बात नहीं हुई, इसलिए मम्मा भी तुम्हें नहीं बता पाई होंगी।

मैंने कहा, हाँ, सच कह रहे हैं, मेरी शादी के बाद मैं बहुत उलझी हुई थी। आंटी से बात नहीं हुई। मम्मी की मय्यत में आंटी आई थीं, दो दिन रुकी भी थीं, पर उस वक़्त मैं इतने ग़म की हालत में थी कि किसी से कुछ भी बात नहीं कर पा रही थी।

उन्होंने कहा, हाँ, बात हुई नहीं, इसलिए तुम्हें नहीं पता चल पाया कि यह हॉस्टल अभी नया बनकर एक साल पहले ही शुरू हुआ है।

सोचते-सोचते शिफ़ा नींद की गिरफ्त में चली गई।

~

क़रीब चार बजे उसकी आँख खुली।

उसने सोचा, फ़राज़ ने कहा था कि वह शाम को पाँच बजे आएँगे, पर ज़रूरी भी तो नहीं है कि वो आ ही जाएँगे, वह उठी और अपने कुछ काम करने लगी।

क़रीब पौने पाँच बजे सोचने लगी, मैं अपना हुलिया ठीक कर लूँ, कहीं सच में फ़राज़ आ ही न जाएँ। यह सोचकर वह उठ गई, मुँह धोकर बाल बनाए, कपड़े बदले, इतने में फ़ोन की घंटी बजी।

फ़राज़ : शिफ़ा, मैं बाहर कैंटीन में बैठा हूँ, चाय मैंने ऑर्डर कर दी है, जल्दी आ जाओ।

शिफ़ा : जी, आ रही हूँ। वो सोचने लगी, क्या सच में कोई वादे का इतना पक्का होता है कि पाँच बजे बोले थे और पाँच बजे ही हाज़िर हो गए, वाह भई, दुनिया में अभी भी वक़्त की इतनी क़द्र करने वाले लोग हैं (लंबी साँस भरते हुए वह बाहर आ गई)।

फ़राज़ : हैलो शिफ़ा, कैसी हो?

शिफ़ा : अभी सुबह ही तो मैं आपको मिली थी और हमारे बीच काफ़ी बातें भी हुई थीं, इतनी देर में कुछ बदल तो नहीं जाएगा ना।

फ़राज़ : (मुसकराते हुए) इतने सालों के बाद मैं तुमसे मिलने आया हूँ यह बात तो अलग है न, तुम्हें मुझसे मिलकर कैसा महसूस हुआ?

शिफ़ा : (हलकी सी मुसकान के साथ) अच्छा लगा।

फ़राज़ : बस अच्छा?

शिफ़ा : कोई अपना मिलता है तो अच्छा ही लगता है। सच कह रही हूँ, मुझे आपसे मिलकर बहुत अच्छा लगा।

फ़राज़ : कल मम्मा तुमसे मिलने आएँगी।

शिफ़ा : यहाँ हॉस्टल में? अरे नहीं, आंटी से कहिएगा, वे परेशान न हों, मैं ठीक हूँ।

फ़राज़ : मम्मा कभी-कभी यहाँ आती हैं और जब उन्होंने सुना कि तुम यहाँ रह रही हो तो तुमसे मिलने को बेताब हो रही हैं, तुम्हारा तो कल ऑफिस होगा, तुम कितने बजे तक आ जाती हो?

शिफ़ा : घर आते-आते मुझे सात बज जाते हैं, इतनी रात को आंटी कहाँ परेशान होंगी, आप उनको बोलिएगा, वे संडे को ही आएँ।

फ़राज़ : ठीक है, मैं बात करता हूँ, फिर तुम्हें बताता हूँ और बताओ, इमरान से बात तो होती होगी?

शिफ़ा : हाँ, इमरान मुझे बराबर फ़ोन करता है, वह मेरी बहुत फ़िक्र करता है।

फ़राज़ : और खालू (मासा), उनसे बात होती है?

शिफ़ा : (आह भरते हुए) नहीं, जब से यहाँ आई हूँ, उनसे एक बार भी बात नहीं हुई।

फ़राज़ : कोई नहीं, मैंने तो बस इसलिए पूछा था कि उनका फ़ोन आता होगा। बाक़ी तो इमरान ने मुझे सबकुछ बताया था, इस ग़म की दुनिया से बाहर निकलो शिफ़ा, ये ज़िंदगी के ग़म उस दीमक की तरह होते हैं, जो धीरे-धीरे इनसान को जर्जर (खोखला) कर देते हैं। ग़म किसके पास नहीं हैं, पर ग़मों का बोझ जितनी जल्दी ज़िंदगी से बेदखल (हटा) कर दिया जाए, उतना ही हम अपनी ज़िंदगी में पुरसुकूं (संतुष्ट) महसूस कर पाएँगे।

शिफ़ा : कहना आसान है, पर करना और सहना दोनों ही मुश्किल है।

फ़राज़ : इतना भी मुश्किल नहीं है, जितना हम इनसान उसको मुश्किल बना देते हैं।

शिफ़ा : आपको मेरे घाव का अंदाज़ा नहीं हो सकता।

फ़राज़ : अंदाज़ा है शिफ़ा, बहुत ज़्यादा है (शिफ़ा की निगाह फ़राज़ की आँखों पर पड़ी, ऐसा लगा जैसे उन्होंने अपनी आँखों में हज़ारों तूफ़ान समेटकर रखे हैं और वो सबकुछ बहा देना चाहते हैं, शिफ़ा थोड़ी हड़बड़ा-सी गई और उसने निगाहें नीची कर लीं)।

फ़राज़ : माना कि हमारे ज़ख़्म अलग हैं, लेकिन हम दोनों को ही

दर्द बराबरी का हुआ हैं। मेरी मोहब्बत मुझसे दूर हो गई और तुम्हें तुम्हारी मोहब्बत मिली ही नहीं। हमारे रास्ते अलग थे, पर हमारी क़िस्मत की लकीरें लगभग एक–सी हैं।

शिफ़ा : आपने किससे मोहब्बत की थी ? (शिफ़ा ने बहुत धीरे से पूछा)

फ़राज़ : इतनी अनजान मत बनो शिफ़ा, मैंने हमेशा एक ही लड़की से प्यार किया है और वह तुम हो; और मुझे नहीं लगता तुम इस बात से अनजान हो।

शिफ़ा थोड़ा घबरा–सी गई और उसने कुछ बोला ही नहीं।

फ़राज़ : कुछ तो कहो शिफ़ा, क्या कभी तुम्हें मेरे प्यार का एहसास नहीं हुआ ?

शिफ़ा : आपने कभी ऐसा कुछ कहा तो नहीं था।

फ़राज़ : कहना तो बहुत कुछ चाहता था, लेकिन तुमने कभी मंज़ूरी नहीं दी और फिर तुम्हारी शादी की ख़बर से मैं बिल्कुल टूट गया था। मैंने सोचा, मेरा प्यार एकतरफ़ा है, मैं अपने इस प्यार के एहसास के साथ ही पूरी ज़िंदगी बिता दूँगा। तुम्हारे घर में वो दो–तीन महीने रहना, सुबह–शाम तुमसे मुलाक़ात होना, वो हर एक लम्हा मेरी यादों में क़ैद है। अपनी उन्हीं यादों की ख़ुशबू के साथ मैंने अपनी यादों का बसेरा बसाया है और उसमें तुम्हारे साथ अपनी ख़ूबसूरत ज़िंदगी को सजाता हूँ। शायद तुम्हें यह सब मज़ाक लगे, लेकिन शिफ़ा, ये वो बातें हैं, जो मैं हमेशा तुमसे कहना चाहता था, तुम्हें अपने प्यार का एहसास सुनाना चाहता था, लेकिन तुम्हारे रवैए ने मुझे यह सब कहने से रोक दिया था। मुझे लग गया था, तुम मुझमें इंटरेस्टेड नहीं हो, इसलिए मैंने फिर तुमसे कुछ कहना ठीक नहीं समझा।

शिफ़ा : मेरी क़िस्मत में ही मोहब्बत नहीं है। मैं भी अपनी मम्मी के जैसी क़िस्मत लेकर आई हूँ। मेरा दामन भी मोहब्बत की ख़ुशबू से ख़ाली रह गया।

फ़राज़ : ऐसा नहीं होता शिफ़ा, हम इनसान अपनी सोच का दायरा ऐसा बना लेते हैं। आगे बढ़ो, ज़िंदगी बहुत ख़ूबसूरत है, इसे ऐसे ही ज़ाया

(बरबाद) न करो। अभी तो बहुत उम्र पड़ी है, बहारें पतझड़ बनकर जाती हैं तो बहारें फूल बनकर वापस भी आती हैं।

शिफ़ा : पर मुझे लगता है, मेरी दुनिया में सिर्फ़ पतझड़ ही रह गए हैं।

फ़राज़ : हर पतझड़ के बाद नए फूल खिलते हैं शिफ़ा, तुम एक ही पहलू देख रही हो, दूसरा पहलू भी तो देखने की कोशिश करो, जो बहुत ख़ूबसूरत है।

शिफ़ा : (घड़ी देखते हुए) मेरे ख़याल से अब हमें चलना चाहिए, सुबह ऑफिस भी जाना है, सात बज रहे हैं।

फ़राज़ : कल मैं कब आऊँ?

शिफ़ा : मैं लेट हो जाती हूँ तो मैं क्या बताऊँ?

तभी शिफ़ा के मोबाइल पर एक मैसेज आता है कि बॉस की माँ की डेथ हो गई, इसलिए ऑफिस दो दिन बंद रहेगा।

शिफ़ा : ओह! वेरी सैड न्यूज़।

फ़राज़ : क्या हुआ, कौन सी न्यूज़?

शिफ़ा ने बताया तो फ़राज़ ने कहा, "हाँ, सचमुच वेरी सैड न्यूज़, अच्छा मैं चलता हूँ, कल ग्यारह बजे तक आता हूँ।"

शिफ़ा : कल मैं यहीं हूँ तो आप आंटी (मासी) को भी ला सकते हैं।

फ़राज़ : हाँ-हाँ, बिल्कुल, मैं कल मम्मा को लेकर आता हूँ (और फ़राज़ चले गए)।

~

अगले दिन बारह बजे फ़राज़ अपनी मम्मा को लेकर आ गए।

शिफ़ा के कमरे की बेल बजाई।

शिफ़ा ने दरवाज़ा खोला, सामने आंटी को देखकर शिफ़ा की आँखें भर आईं। मम्मी के इस दुनिया से जाने के बाद आज आंटी से पहली बार मुलाक़ात हुई है। जैसे ही वे कमरे में दाख़िल हुईं, शिफ़ा उनसे लिपटकर रोने लगी। आंटी भी रोने लगीं और फ़राज़ की भी आँखें नम हो गईं। फ़राज़ ने

उनको अलग किया, समझाया और दो गिलास पानी लेकर दोनों को दिया।

आंटी : मेरे बच्चे, यहाँ रहने की क्या ज़रूरत थी, तुम मेरे पास आकर रह सकती थी। एक बार मुझे बताया तो होता बेटा!

शिफ़ा : यह भी तो आपका ही घर है आंटी!

आंटी : (मुसकराती हैं) यह मेरा नहीं, तुम्हारा घर है।

शिफ़ा : अच्छा! वह कैसे, मैं यहाँ रहती हूँ, इसलिए आप ऐसा कह रही हैं।

आंटी : नहीं, तुमने इस हॉस्टल के नाम पर ग़ौर किया कभी?

फ़राज़ : मम्मा, नाम पर गौर करने वाली तो कोई बात ही नहीं है।

शिफ़ा : ऐसा क्या है आंटी, हाँ, जब इस गर्ल्स हॉस्टल का नाम मैंने पढ़ा था तो मुझे अच्छा लगा कि यह तो मेरे नाम पर है और इसकी केयर टेकर भी एक लेडी हैं तो मुझे लगा, मेरे लिए यह हॉस्टल अच्छा रहेगा। आंटी, आपका ही सेम नाम था, मैंने सोचा, कोई और लेडी होंगी, लेकिन मुझे फ़राज़ से पता चला कि मेरी आंटी ही इसकी मालकिन हैं और यह गर्ल्स हॉस्टल आप लोगों का है।

आंटी : 'शिफ़ा गर्ल्स हॉस्टल' इसका नाम जानती हो क्यों है?

शिफ़ा : नहीं आंटी, मुझे यह तो नहीं पता।

फ़राज़ : मम्मा, छोड़िए न, आप नाम के पीछे क्यों पड़ गई हैं?

शिफ़ा : नहीं, नहीं, बताने दीजिए, अब तो मेरी भी जानने की ख़्वाहिश बढ़ गई है।

आंटी : इस हॉस्टल का नाम 'शिफ़ा हॉस्टल' तुम्हारे नाम पर है, फ़राज़ ने इसका नाम तुम्हारे नाम पर रखा है।

एक पल को शिफ़ा सकपका-सी गई, इधर-उधर नज़रें घुमाकर नीची कर लीं, कुछ बोल ही नहीं पाई।

आंटी : तुम ऐसे मत शरमाओ बेटा, हम सबको पता है, फ़राज़ तुम्हें बहुत पसंद करता है। मैं कितना पीछे पड़ी रही कि बेटा, शादी कर लो, लेकिन मेरी सुनता ही नहीं! कहता है, इस जन्म में मेरी शादी शिफ़ा की यादों से हो चुकी

है। अब अगर अगले जन्म में शिफ़ा मेरी ज़िंदगी में आएगी तो शादी कर लूँगा।

फ़राज़ : मम्मा, प्लीज़ ये सब बातें रहने दीजिए।

आंटी : अरे, क्यों रहने दूँ, जिससे इतनी बेपनाह मोहब्बत करते हो, उसे कम-से-कम पता तो होना चाहिए और हाँ शिफ़ा, मेरे ज़्यादा ज़ोर देने पर इसने कहा, आप मेरी शादी ज़बरदस्ती कहीं और कर भी देंगी तो मैं साफ़-साफ़ बता दे रहा हूँ, मैं कोई भी रिश्ता निभा नहीं पाऊँगा। बस मैंने वहीं पर हार मान ली और फिर कभी शादी के लिए दबाव नहीं डाला।

फ़राज़ : (बात का रुख़ मोड़ने के लिए) भूख लग रही है। चलिए, बाहर कुछ खाते हैं।

तीनों कैंटीन की तरफ़ आ गए और खाना ऑर्डर कर दिया।

शिफ़ा चुपचुप-सी हो गई थी।

आंटी : और बताओ जॉब कैसी चल रही है बेटा?

शिफ़ा : जी बढ़िया चल रही है।

आंटी : अरे, तुम चुप-चुप सी क्यों हो गई, बात करो, तुम्हें ज़रा भी झेंपने या शरमाने की ज़रूरत नहीं है। बेटा, ज़िंदगी दो पहलुओं का ही हिस्सा है, कभी ग़म, कभी ख़ुशी, यह ऐसे ही चलता रहेगा, ग़म के दिन बीत गए बेटा, अब ख़ुशियों को गले लगाओ, तुम ख़ुश रहोगी तो आसमां से तुम्हारी मम्मी भी तुम्हें ख़ुश देखकर ख़ुश होंगी। बेटा, तुम मेरी सफ़िया की बेटी हो तो मेरी भी बेटी हो, आज मैंने जो कुछ कहा, अपने उसी हक़ से कहा। बेटा, मेरी किसी बात का बुरा लगा हो तो माफ़ करना।

शिफ़ा : नहीं, नहीं, आंटी! ऐसा कहकर आप मुझे शर्मिंदा न करें, आप बड़ी हैं, आप जो भी कहेंगी, मेरी भलाई के लिए ही कहेंगी।

आंटी : अब हम लोग चलते हैं, अपना ख़याल रखना और कभी भी, किसी भी वक़्त कोई ज़रूरत हो तो मुझे बेझिझक फ़ोन करना, ठीक है?

शिफ़ा : जी आंटी, बहुत-बहुत शुक्रिया।

फ़राज़ और उनकी मम्मा चले गए।

शिफ़ा के दिमाग में आँधियाँ-सी चल रही थीं। फ़राज़ ने उसके नाम पर

इस हॉस्टल का नाम रखा है। क्या सच में फ़राज़ मुझे इतना पसंद करते हैं? आज जिस तरह आंटी ने सबकुछ बताया, वो सारी बातें एक के बाद एक उसके दिमाग को झकझोर रही थीं। शादी के उन दो सालों में इतनी ग़मगीन हुई कि किसी भी ख़ुशी को छूने से डर रही थी। किसी को अपना समझना या कहना, यह सब उसको डरा रहा था। मेरे नाम का हॉस्टल, इतनी मोहब्बत, इतना लगाव, क्या सचमुच कोई मुझसे इतनी मोहब्बत करता है? फ़राज़ सारी उम्र मेरी यादों के सहारे काटने को तैयार हैं। उसे यक़ीन करने में मुश्किल हो रहा था, जब कोई इनसान एक बार चोट खा लेता है तो वह कहते हैं न कि दूध का जला छाछ भी फूँक-फूँककर पीता है, बस वही हाल शिफ़ा का भी हो गया था। शिफ़ा गुमसुम-सी एकटक छत को देखे जा रही थी। उसे अपनी मम्मी की बहुत याद आ रही थी। दिल इस कदर बेचैन हो रहा था कि मम्मी उसे अभी मिल जाएँ, वह अपने दिल की सारी बात उनसे ही तो कहती थी, एक माँ ही तो होती हैं, जो हमें सही-ग़लत के रास्ते की पहचान बताती हैं। क्या करूँ? यही सोचकर कुछ लिखने बैठ गई।

दिल मेरा बेचैन है, हर तरफ़ शोर बहुत है,
किधर जाऊँ नई जगह कुछ अनजाना-सा है।

मेरी क़िस्मत मुझे फिर से दग़ा न दे दे कहीं,
इसी सोच से मन में शुबहा हज़ारों बना-सा है।

माना हर रास्ता काँटों का बिछौना नहीं होता,
पर मेरे ज़ख़्मों में अभी टीस कुछ सना-सा है।

नई फ़िज़ा,नई लहर, नया-सा कुछ लग रहा है,
क्यों ज़ेहन में दर्द का छलकता पैमाना-सा है।

इश्क़ के घरौंदे में रहबसर से ख़ौफ़ लगता है,
झरोंखों से नए तूफ़ाँ के आने का फ़साना-सा है।

भटकी राहों में अपने को तलाशना है 'राफी',
क्यों तक़दीर में ख़ुद का वजूद बेगाना सा है।

दो दिन बाद रविवार का दिन था।

ख़ुशी बारह बजे सोकर उठी, फ्रेश होकर चाय पी और बालकनी में अख़बार पढ़ने बैठ गई, तभी घंटी बजी, घर के नौकर ने दरवाज़ा खोला तो सामने राहुल खड़ा था।

नौकर ने राहुल को ड्राइंग रूम में बिठाया और ख़ुशी को बुलाने चला गया।

ख़ुशी को राहुल का यहाँ इस तरह आना बिल्कुल अच्छा नहीं लगा, मन तो हुआ, बिना मिले ही उसको यहाँ से जाने के लिए कह दूँ, फिर सोचा, अब आया है तो मिल लेती हूँ, आखिर पता तो चले क्या कहने आया है।

राहुल : हैलो ख़ुशी, कैसी हो?

ख़ुशी : मैं कैसी हूँ, तुम कैसे हो, यह हम दोनों के लिए मैटर नहीं करता, बस यह बताओ, अब यहाँ क्यों आए हो?

राहुल : देखो ख़ुशी! रिश्ते में ग़लतफ़हमियाँ और ग़लतियाँ हो जाती हैं। मैं बस यही कहने आया हूँ, मुझे मेरी ग़लती का एहसास हो गया है। मैं फिर से तुम्हारी ज़िंदगी में वापस आना चाहता हूँ।

ख़ुशी) : (व्यंग्यात्मक मुसकान के साथ अच्छा तो यह बात है, तुम यह कहना चाहते हो, लौटकर बुद्धू घर को आए या फिर यह कि सुबह के भूले शाम को लौटकर घर आए (और फीकी हँसी हँसती है)।

राहुल : देखो ख़ुशी! ऐसा मत कहो यार, प्लीज़, सबकुछ माफ़ करके एक नई शुरुआत करते हैं न।

ख़ुशी : कितना आसान होता है न तुम जैसे मर्दों के लिए एक पल में

शादी तोड़ देना, किसी और से बड़ी आसानी से अफ़ेयर करना, तुम जैसे मर्द कभी सोचते नहीं कि एक औरत ऐसे हालातों में कितनी बार टूटती है, कितने दर्द, ताने, उलाहने और रुसवाइयों को झेलती है। नहीं, तुम जैसे लोग यह सोच ही नहीं पाते, एक्चुअली में सोचना ही नहीं चाहते। तुम अपने कंफर्ट, चाहत और अपनी ज़रूरतों के हिसाब से जीते हो। तुम जैसे लोग इतने ख़ुदगर्ज़ होते हो कि तुम्हारे सामने तुम्हारी पत्नी, तुम्हारी अर्धांगिनी, जो हर पल तुम्हारे साथ खड़ी होती है, जो तुम्हारे लिए अपना सबकुछ छोड़कर आई है, उसके लिए तुम्हें रत्ती भर भी बुरा नहीं लगता (बोलते-बोलते ख़ुशी की साँसें फूल गईं)।

राहुल : रिलैक्स ख़ुशी, तुम सच कह रही हो, मुझे रियलाइज़ हुआ, तभी मैं तुम्हारे पास वापस आया हूँ।

ख़ुशी : एक शब्द होता है राहुल 'भरोसा' और भरोसा एक नींव की तरह होता है, जिसकी नींव ही कमज़ोर होगी, उसकी शादी की इमारत कैसे खड़ी रह सकती है?

राहुल : मैं समझ गया ख़ुशी, आगे कभी भी मुझसे ऐसी ग़लती नहीं होगी।

ख़ुशी : मैं तुम पर कैसे भरोसा कर लूँ और क्यों कर लूँ, हमारे समाज में औरतें यही तो ग़लती करती हैं, कभी बच्चों के लिए तो कभी रिश्तों व समाज के लिए वे पति के ऐसे कामों को माफ़ कर देती हैं और अपने ही पैरों पर कुल्हाड़ी मार लेती हैं। ख़ुद के लिए वो क्या करती हैं? अपने आत्मसम्मान की कोई जगह क्यों नहीं रखती? औरतों की इन्हीं शह से पति एक बार नहीं, बार-बार ग़लती करता है। कई बार पता चल जाता है और कई बार पता नहीं चलता, पर कहते हैं न, पाप का घड़ा एक दिन ज़रूर फूटता है।

राहुल : बस करो ख़ुशी, और कितना सुनाओगी!

ख़ुशी : राहुल, तुम यहाँ से चले जाओ और आज के बाद कभी मेरे पास मत आना। मेरी ज़िंदगी में तुम्हारे जैसे इनसान की कोई जगह नहीं है और न कभी हो सकती है।

राहुल : एक बार ठंडे दिमाग से सोचना, प्लीज़!

ख़ुशी : (बहुत ग़ुस्से में) गेट आउट राहुल फॉर एवर (और ख़ुशी वहाँ से अंदर अपने कमरे में चली गई)।

राहुल उठा और धीमे-धीमे क़दमों से बाहर निकल गया।

ख़ुशी अपने कमरे में बिस्तर पर लेट गई और आँसुओं से आज उसका तकिया फिर से गीला हो गया। वह सोच रही थी, हम औरतें अगर मर्दों की ऐसी ग़लतियों को माफ़ न करें, तभी उन्हें यह समझ में आएगा कि वो ऐसी ग़लती करने का अधिकार लेकर नहीं आए हैं। आज हर औरत का शिक्षित होना उतना ही ज़रूरी है, जितना रात के बाद सुबह का होना। हमारी शिक्षा ही हमें सम्मान दिलाती है, आत्मनिर्भर बनाती है और अपनी ज़िंदगी बिना किसी सहारे के जीने के क़ाबिल बनाती है। जहाँ ग़लती नहीं है, वहाँ झुको मत, हाँ, अगर ग़लती है और मन से एहसास है कि मुझसे यह ग़लती हुई है तो उसके लिए माफ़ी माँग लेनी चाहिए। हम सब इनसान हैं, सबसे ग़लतियाँ होती हैं, लेकिन राहुल जैसे लोग जिस अफेयर को ग़लती कहते हैं, वह ग़लती नहीं होती, वह जान-बूझकर किया गया गुनाह (पाप) है। जब तक औरतें इस चीज़ का विरोध नहीं करेंगी, तब तक राहुल जैसे पुरुष ऐसी ग़लती करते रहेंगे। पुरुष ही नहीं, बल्कि बहुत सारी औरतें भी ऐसा गुनाह कर जाती हैं। जानबूझकर किए गए धोखे की सिर्फ़ सज़ा होनी चाहिए, माफ़ी नहीं। सज़ा दोनों को मिलनी चाहिए, ताकि हमारे प्यार का दोबारा अपमान करने के लिए कोई कभी सोचे नहीं और कभी भी हमारे घरौंदे को कोई तोड़े नहीं। जब हमारे साथ ऐसा होता है तो हमारी ज़िंदगी तो बेरंग होती ही है, साथ ही दिल का एक कोना हमेशा के लिए मुरझा जाता है। मैंने और राहुल ने तो पसंद से शादी की थी, यह भी नहीं कि घरवालों की पसंद से हुई हो। जब शादी पसंद से हुई है, तब तुम कैसे अपने जीवनसाथी से बेवफ़ाई कर जाते हो? ग़लतियाँ, कमियाँ, खूबियाँ सबमें होती हैं, ऐसी कोई चीज़ नहीं होती, जिसे सँभाला न जा सके। मन से इच्छा होनी चाहिए, तभी रिश्तों को निभाया जा सकता है।

सोचते-सोचते ख़ुशी की आँख लग गई।

~

रात को ख़ुशी ने शिफ़ा को फ़ोन लगाया।

शिफ़ा ने फ़राज़ के बारे में बताया।

ख़ुशी : देख लो शिफ़ा, अगर फ़राज़ तुमसे इतनी मोहब्बत करते हैं तो आगे बढ़ने में कोई बुराई नहीं है।

शिफ़ा : पता नहीं क्यों आज दिल–दिमाग सब सुन्न–सा हो रहा है, कुछ समझ में नहीं आ रहा है कि क्या करूँ?

ख़ुशी : तो मेरी जान, जल्दी किस बात की है, तुम आराम से अपना वक़्त लो, महीने–दो महीने सोचो और जब सही लगे तब आगे बढ़ो।

शिफ़ा : अच्छा ये बताओ, तुम्हारी सीमा से बात हुई क्या? मेरी तो दो दिन से उससे बात नहीं हो पाई।

ख़ुशी : नहीं, मेरी भी बात नहीं हुई। मैं भी राहुल की वजह से काफ़ी डिस्टर्ब हो गई थी, कुछ मन नहीं कर रहा था।

शिफ़ा : कोई बात नहीं, मैं आज बात करूँगी।

ख़ुशी : ओके, बाय।

~

शिफ़ा ने सीमा को फ़ोन लगाया, दो बार पूरी बेल गई, लेकिन सीमा ने फ़ोन नहीं उठाया। शिफ़ा को फ़िक्र होने लगी, क्योंकि ऐसा कभी नहीं हुआ। इतने में फ़ोन बज गया।

शिफ़ा : हैलो शिफ़ा! क्या हालचाल हैं?

सीमा : (बुझे–बुझे शब्दों में) सब ठीक है।

शिफ़ा : तुम्हारी आवाज़ से तुम ढीली लग रही हो, तुम ठीक तो हो न, तबीयत तो ठीक है न?

सीमा : हाँ, ठीक है।

शिफ़ा : तुम्हारी आवाज़ तुम्हारा साथ नहीं दे रही है सीमा, रिया बेबी ठीक है न?

सीमा : हाँ, रिया भी ठीक है, तुम परेशान न हो और हाँ, सुनो, मैं बाद में बात करती हूँ, ठीक है ?

शिफ़ा : लेकिन अभी क्या करने जा रही हो ? देखो, मुझे कुछ ठीक नहीं लग रहा है।

सीमा : ऐसा कुछ नहीं है शिफ़ा, बस मैं बाद में बात करूँगी, बाय (और फ़ोन रख देती है। शिफ़ा को सीमा बहुत टूटी-टूटी सी महसूस हो रही थी। ऐसा लग रहा था, किसी तूफ़ान का शोर उसे अंदर-ही-अंदर झकझोर रहा था। वह अपने आप में नहीं लग रही थी। क्या हुआ होगा ? ऐसी कौन सी बात मेरी सीमा को परेशान कर रही है कि वह बता नहीं पाई।

शिफ़ा ने सोचा चलो अगली बार पूछूँगी।

शिफ़ा सीमा के लिए परेशान हो गई थी।

~

ख़ुशी, शिफ़ा को फ़ोन करती है।

ख़ुशी : मैं कल तुम्हारे पास आऊँ ?

शिफ़ा : आजा, फ़राज़ भी आ रहे हैं।

ख़ुशी : फिर मैं रहने देती हूँ, तुम फ़राज़ से बात करो, हम लोग तो कभी भी मिल लेंगे और हाँ, ग़ुस्से या नासमझी में ऐसा कुछ भी मत कह देना कि ख़ुशियों की हलकी सी जो ये दस्तक हुई है, वो बंद हो जाए।

शिफ़ा : अभी मैं कुछ कह नहीं सकती ख़ुशी !

ख़ुशी : हाँ तो जल्दी किस बात की है, तुम आराम से सोच-समझकर फ़ैसला करना। अच्छा सुनो ! एक बात बतानी थी।

शिफ़ा : हाँ बताओ, क्या बात है ?

ख़ुशी : परसों राहुल आया था, कह रहा था फिर से पैचअप करने के लिए ?

शिफ़ा : ओह, फिर तुमने क्या कहा ?

ख़ुशी : मैंने तो साफ़-साफ़ कह दिया, जो इनसान एक बार धोखा दे

सकता है, वह बार-बार धोखा दे सकता है। मैं एक ऐसे इनसान को अपनी ज़िंदगी में दोबारा जगह नहीं दे सकती, जो मेरे भरोसे, मेरे प्यार का मज़ाक बनाकर रख दे। मैंने पूरी तरह उसे न कह दिया।

शिफ़ा : सही किया तुमने, ऐसे इनसानों का कोई भरोसा नहीं होता। अब जब भी कोई ज़िंदगी में आए तो उसे कठिन इम्तिहान के बाद ही पास करना।

ख़ुशी : मन भर गया यार, इस प्यार के नाम से भी उलझन होने लगी है। अभी तो मैं अपनी जॉब और दोस्तों के साथ ज़िंदगी मज़े से जी रही हूँ। कुछ और सोचना ही नहीं चाहती।

शिफ़ा : ख़ुश रहना ज़रूरी है, बाक़ी सारी चीज़ें बाद में आती हैं।

ख़ुशी : किसी की बेवफ़ाई की वजह से हम अपनी ज़िंदगी को दुःख के सागर में क्यों डुबोएँ, ज़िंदगी एक बार मिलती है, इसे खुलकर जीना चाहती हूँ।

शिफ़ा : अभी तुम्हारे ऑफिस ग्रुप के साथ ऊटी का ट्रिप कैसा रहा?

ख़ुशी : बहुत अच्छा रहा, बहुत एन्जॉय किया हम लोगों ने। तुम्हें तो पता है, हमारा ट्रिप बनता ही रहता है और मैं सारे दुःख भूलकर मस्ती के माहौल में खो जाती हूँ।

शिफ़ा : ऐसे ही हमेशा ख़ुश रहो, चलो, फिर किसी दिन मिलते हैं।

~

शिफ़ा सुबह दस बजे सोकर उठी, नहा-धोकर तैयार हुई और बाहर आ गई।

शिफ़ा ने सोचा, पहले चलकर कुछ नाश्ता कर लेती हूँ। जैसे ही कैंटीन पहुँची, देखा, फ़राज़ पहले से ही वहाँ बैठे हुए हैं और अख़बार पढ़ रहे हैं।

फ़राज़ : गुड मॉर्निंग शिफ़ा!

शिफ़ा : गुड मॉर्निंग, आप यहाँ इतनी सुबह-सुबह, मेरा मतलब कोई मैसेज नहीं आया कि आप अभी आ रहे हैं।

फ़राज़ : आना तो था ही, मैंने सोचा, चलो सीधा चलकर मुलाक़ात करते हैं। बैठो, अभी तुम्हारा ऑल टाइम फेवरेट आलू की सब्जी और पूरी,

चाय के साथ आ रहा है। हम दोनों नाश्ता एन्जॉय करते हैं।

शिफ़ा : आप इतने कूल कैसे रह लेते हैं? आई मीन कल आंटी की बातों ने तो मुझे हिलाकर रख दिया और आप···आप बिल्कुल नॉर्मल लग रहे हैं?

फ़राज़ : ज़िंदगी में दो बार झटका लगा है। पहला जब मेरी मोहब्बत का तुम्हें एहसास नहीं हुआ था, तुमने कुछ भी सुनना गवारा नहीं समझा था। दूसरा झटका उस दिन लगा, जिस दिन तुम्हारी शादी हुई थी और मेरी दुनिया ही ख़त्म हो गई थी। तुम्हें पता है, तुम्हारी शादी से पहले अपने कमरे की हर दीवार पर मैंने तुम्हारी फोटो लगा रखी थी। चारों तरफ़ तुम्हारे बड़े-बड़े पोस्टर लगा रखे थे। मैं जिस तरफ़ भी घूमता हूँ, मुझे सिर्फ़ तुम दिखाई देती हो, क्योंकि मुझे सिर्फ़ तुम्हें देखने का मन करता है। रुको एक मिनट, मैं तुम्हें दिखाता हूँ (और फ़राज़ ने मोबाइल में अपने कनाडा वाले कमरे की फ़ोटो दिखाई, जिसमें शिफ़ा की फ़ोटो कमरे की चारों दीवार पर थीं।

"यह सब क्या है फ़राज़?" शिफ़ा ने पूछा।

फ़राज़ : मेरी मोहब्बत है शिफ़ा, और एक बात बताऊँ, जब तुम्हारी शादी हो गई तो मैंने सोचा, इन तसवीरों को हटा देता हूँ। मेरा इन तसवीरों पर कोई हक़ नहीं रह गया। मैं बस उस शिफ़ा को हमेशा अपने दिल में रखूँगा, जो मेरी रूह में बसती है और जो रूह में बसता है, उसे मौत के सिवा कोई अलग नहीं कर सकता, लेकिन शिफ़ा, मैं उन तसवीरों को नहीं निकाल पाया और मैंने सारी तसवीरों को अख़बार से ढक दिया था। अभी कुछ दिन पहले मैंने सारे अख़बार हटा दिए, दिल से एक आवाज़ आई कि अभी भी कुछ उम्मीद बाक़ी है, अभी भी शायद मैं अपनी मंज़िल पर पहुँच सकता हूँ, बस इसी ख़याल से मैं तुम्हारे पास आ गया।

"मैं शादीशुदा और अब तलाक़शुदा भी हूँ फ़राज़, आप मेरे लिए अपनी ज़िंदगी ख़राब न करें," शिफ़ा कहती है।

फ़राज़ : तुम शादीशुदा थीं, अब नहीं हो और मुझे इन बातों से कोई फ़र्क़ नहीं पड़ता शिफ़ा, अगर तुम्हारे बच्चे भी होते, तब भी मुझे कोई फ़र्क़ नहीं पड़ता। मैंने तुमसे मोहब्बत की है। बेपनाह, बेहिसाब, बेहद मोहब्बत की है।

तुम्हारे साथ जो हुआ, अच्छा नहीं हुआ, किसी के साथ भी नहीं होना चाहिए, लेकिन सौ बात की एक बात है शिफ़ा, मेरे लिए तुम, तुम्हारी ख़ुशी, तुम्हारा वजूद, तुम्हारी ख़्वाहिश, तुम्हारी इज़्ज़त मायने रखती है। बाक़ी क्या हुआ, क्या नहीं, यह सब मुझे तुमसे दूर नहीं कर सकता, मैं ऐसा नहीं हूँ शिफ़ा, मेरी सोच ऐसी नहीं है। मैं बहुत ही खुले विचारों वाला ज़िंदादिल इनसान हूँ।

शिफ़ा : अच्छा लगा यह सुनकर कि आपकी सोच-समझ इतनी सुलझी हुई है।

फ़राज़ : ज़िंदगी तुम्हारी है, तुम तय करो कि तुम्हें क्या करना है, मैं तुम्हें फोर्स नहीं करूँगा, बस एक वादा ज़रूर करूँगा कि मेरी मोहब्बत के साये में तुम्हें कभी मायूस नहीं होना पड़ेगा। मेरा हर दिन तुम्हारा, मेरी हर रात तुम्हारी, हमारे ग़म एक, हमारी ख़ुशी एक होगी, जो तुम्हारी ख़्वाहिश होगी, वही मेरी आरज़ू होगी, जो तुम्हारी पसंद होगी, वही मेरी भी पसंद होगी।

शिफ़ा : सच में आप मुझसे इतनी मोहब्बत करते हैं?

फ़राज़ : इस जन्म में सिर्फ़ तुम और कोई नहीं, बाक़ी अगले जन्म के लिए जब ख़ुदा के घर जाऊँगा तो तुम्हारे लिए उनसे सिफ़ारिश कर लूँगा।

शिफ़ा : मेरा जॉब करना, मेरा मतलब है, अगर मैं बाद में जॉब करना चाहूँ तो आप मना तो नहीं करेंगे?

फ़राज़ : (हलकी सी हँसी के साथ) शिफ़ा, ये ज़िंदगी तुम्हारी है, तुम जैसे जीना चाहो वैसे जियो, जो करना चाहो, करो, घूमो-फिरो। इनके अलावा तुम्हारे और भी जो शौक हैं, उनको पूरा करो, मुझे बिल्कुल कोई एतराज़ नहीं होगा। मैं बंदिशें लगाने वाला होता कौन हूँ, हम दोनों अगर एक-दूसरे के हमसफ़र बनते हैं तो हर क़दम पर, हर राह में एक-दूसरे का साथ देंगे और साथ रहेंगे। तुम्हारी हर ख़ुशी, मेरी हर ख़ुशी से पहले पूरी होगी, तुम जो करना चाहो करो, तुम जो पहनना चाहो पहनो, मुझे तुम्हारे किसी भी मामले में रोक-टोक करने का कोई हक़ नहीं है।

शिफ़ा : सच फ़राज़, आपकी सोच कितनी अच्छी है, आपके ख़यालात कितने नेक हैं, मुझे तो यक़ीन ही नहीं हो रहा है कि मैं एक ऐसे इनसान के

साथ बैठी हूँ, जिसे दूसरों की परवाह करना आता है, दूसरों की इज़्ज़त करना आता है। आज मुझे लग रहा है, इस दुनिया में अभी भी अच्छे लोग हैं, आप जैसे लोगों की अच्छी सोच, हम जैसे लोगों को फिर से जीना सिखाती है।

फ़राज़ : इतना भी अच्छा नहीं हूँ शिफ़ा, एक आम इनसान जैसा ही हूँ।

शिफ़ा : आम नहीं फ़राज़, आप जैसे इनसान बहुत ख़ास लोगों में गिने जाते हैं।

फ़राज़ : दो दिन के बाद मेरी फ्लाइट है, मुझे जाना पड़ेगा, लेकिन मैं जल्दी आने की कोशिश करूँगा।

शिफ़ा : सबकुछ इतना अचानक हो रहा है फ़राज़...मैं बस यही कहना चाहूँगी, मुझे सोचने के लिए थोड़ा वक़्त चाहिए।

फ़राज़ : तुम्हें जितना वक़्त चाहिए, तुम लो, सोच–समझकर फैसला लो।

शिफ़ा : आप मुझे कितना वक़्त दे सकते हैं?

फ़राज़ : मैंने पहले ही कहा है, मैं कोई नहीं होता तुमसे ये कहने वाला कि मुझे एक महीने या दो महीने में सोचकर जवाब दो, यह सब तुम तय करोगी कि तुम्हें कितना वक़्त चाहिए, जो तुम्हारी मर्ज़ी होगी, वही मेरी मर्ज़ी होगी, वही मेरी ख़ुशी होगी।

शिफ़ा : अगर मैंने न कह दिया तो?

फ़राज़ : (लंबी साँस छोड़ते हुए) तो मैं यह ज़िंदगी तुम्हारी यादों के सहारे पूरी कर लूँगा, क्योंकि मेरा यही जन्म नहीं, बल्कि अगले जितने भी जन्म होंगे, वो सिर्फ़ शिफ़ा या फिर शिफ़ा की यादों के साथ ही पूरे होंगे।

शिफ़ा : (मुसकराती हुई) अगर मैं कहूँ कि आप पाँच साल मेरा इंतज़ार करें और अगर तब भी मुझे आप मेरा इंतज़ार करते हुए मिले तो मैं आपसे शादी के बारे में सोचूँगी।

फ़राज़ : कड़े इम्तिहान लेने की फ़िराक़ में हो मोहतरमा, लेकिन कोई बात नहीं, मैं कौन सा पीछे हटने वाला हूँ, पाँच साल, दस साल क्या है, मैंने तो अपनी पूरी ज़िंदगी तुम्हारे नाम कर दी है।

शिफ़ा : आप मज़बूती के साथ अपनी बातों पर पूरे यक़ीन से खड़े हैं।

फ़राज़ : अपनी 'मोहब्बत' के साथ खड़ा हूँ।

शिफ़ा : मैंने आप जैसा इनसान नहीं देखा।

फ़राज़ : या ये कहो, हमारे जैसा मोहब्बत करने वाला नहीं देखा।

शिफ़ा : हाँ, ये भी सच है, आप जैसा मोहब्बत का बादशाह कोई और नहीं देखा मैंने।

फ़राज़ : तुमसे मोहब्बत मैंने दिल से की है, जो दिल से उतरकर रूह में उतर गई। मेरी मोहब्बत 'रूहानी मोहब्बत' है शिफ़ा, और मुझे यक़ीन है, एक दिन तुम मेरी इस मोहब्बत पर यक़ीन ज़रूर करोगी।

फ़राज़ के 'रूहानी मोहब्बत' बोलते ही शिफ़ा का दिल धड़क उठा।

शिफ़ा : मैं भी चाहूँगी, वह दिन जल्दी आए।

फ़राज़ : ज़रूर आएगा, मुझे अपने ख़ुदा पर पूरा भरोसा है।

शिफ़ा : पता नहीं क्यों आगे क़दम बढ़ाने से बहुत डर लग रहा है।

फ़राज़ : होता है शिफ़ा, इनसान जब एक बार गहरी चोट खाता है तो फिर से उसी राह में आगे बढ़ने के लिए सौ बार सोचता है। अपने बारे में तुम्हें क्या कहूँ, बस यही कह सकता हूँ, मेरी मम्मा की परवरिश को मैं कभी ग़लत साबित नहीं होने दूँगा, अपनी बेशुमार मोहब्बत से तुम्हारी दुनिया नूरानी और ख़ूबसूरत बनाने की पूरी कोशिश करूँगा। मुझ पर यक़ीन करो, तुम्हें शिकायत का कोई मौक़ा नहीं दूँगा। जितने भी ग़म तुमने सी रखे हैं, उन सबको ख़ुशियों की चाभी से खोलकर मोहब्बत-ही-मोहब्बत भर दूँगा। तुम्हारे हर ज़ख़्म, हर दर्द को अपने प्यार की चाशनी में डुबा दूँगा। सभी ज़ख़्मों की दरारें मिटा दूँगा, तुम्हारी ज़िंदगी में अब कुछ होगा तो सिर्फ़ प्यार और ख़ुशी होगी, इसके अलावा कुछ भी नहीं, जितनी तकलीफ़ें तुम्हारे हिस्से की थीं, तुमने झेल लीं, बस अब और नहीं।

शिफ़ा के दिल में फ़राज़ की बातें धीरे-धीरे उतर रही थीं। कहीं-न-कहीं एक सुकूं की चादर में ख़ुद को महफ़ूज़ (सुरक्षित) महसूस कर रही थी। फ़राज़ की बातों में, आँखों में एक सच्चाई नज़र आ रही थी और जो सबसे ज़्यादा नज़र आ रही थी, वो थी मेरे लिए उनकी बेलौस (सच्ची) मोहब्बत।

फ़राज़ : कहाँ खो गई?

शिफ़ा : कहीं नहीं, बस यूँ ही कुछ सोचने लगी थी।

फ़राज़ : तुम्हारे मन में जो भी ख़यालात हों, तुम मुझसे बेझिझक पूछ सकती हो।

शिफ़ा : नहीं, ऐसा कुछ नहीं है। आपने देखा, वक़्त क्या हो गया, चार बज गए हैं।

फ़राज़ : जब मैं तुम्हारे साथ हूँ तो वक़्त, दिन, रात का मुझे क्या करना है, बस तुम सामने हो तो मुझे और किसी चीज़ का एहसास करने की ज़रूरत क्या है।

शिफ़ा : आप भी फ़राज़, कुछ भी कहते हैं।

फ़राज़—

वो क़त्ल भी करते हैं और क़ातिल भी नहीं कहलाते।
हम टूटकर इश्क़ करते हैं, वो दिल भी नहीं बहलाते।

~

शिफ़ा : आप भी शायरी करते हैं?

फ़राज़ : आपके प्यार ने सबकुछ सिखा दिया और क्या कहा तुमने, आप भी, मतलब तुम भी शायरी वग़ैरह लिखती हो क्या?

शिफ़ा : हाँ, मुझे लिखने का शौकं है, बस जब मन होता है, कुछ लिख लेती हूँ, लिखकर दिल को बहुत सुकूँ मिलता है।

फ़राज़ : बहुत अच्छी बात है, क्या मैं तुम्हारी डायरी पढ़ सकता हूँ? अगर तुम चाहो तभी।

शिफ़ा : मुझे कोई दिक़्क़त नहीं है, बस डायरी अभी भरी नहीं है, कुछ-न-कुछ लिखती रहती हूँ।

फ़राज़ : तुम अपनी वह डायरी अगर मुझे दे सको तो दे दो, तुम दूसरी डायरी में लिख सकती हो, जाते-जाते मेरे पास तुम्हारी एक निशानी रहेगी, बस इसलिए ले जाना चाहता था।

शिफ़ा : ठीक है, आप ले जा सकते हैं।

फ़राज़ : बहुत-बहुत शुक्रिया, हर दिन मैं तुम्हारी लिखी हर ग़ज़ल में तुम्हें पढ़ूँगा, इसी बहाने से मुझे, तुम्हें और क़रीब से जानने का मौक़ा मिलेगा।

शिफ़ा : आप वापस कब आएँगे ?

फ़राज़ : जब तुम बुलाओगी तब आ जाऊँगा, तुम बुलाकर तो देखो ?

शिफ़ा : (मुसकराते हुए) जी ज़रूर, मेरे गुलशन में आपका हमेशा इस्तक़बाल (स्वागत) रहेगा, आपका जब मन करे, आप आ सकते हैं। अपनों को बुलाने की ज़रूरत नहीं होती।

फ़राज़ : ये भी सही कहा तुमने, चलो जिस दिन मेरी मोहब्बत, यानी कि तुम्हारी मोहब्बत की पुकार मेरे दिल तक पहुँच जाएगी, मैं हाज़िर हो जाऊँगा।

शिफ़ा : फ़ोन पर तो बात होती ही रहेगी।

फ़राज़ : यह भी कोई कहने वाली बात है। सच कहूँ तो मेरा जाने का बिल्कुल मन नहीं कर रहा है।

शिफ़ा : तो मत जाइए न, कौन कह रहा है आपको जाने के लिए।

फ़राज़ : पर कोई रोक भी तो नहीं रहा है।

शिफ़ा शरमा गई।

फ़राज़ : ख़ैर, दिक़्क़त तो यही है न कि छुट्टी सिर्फ़ एक हफ़्ते की थी, इसलिए और नहीं रुक सकता, पर वादा करता हूँ, जल्दी वापस आऊँगा।

शिफ़ा : एक बात पूछूँ आपसे ?

फ़राज़ : बिल्कुल पूछो ?

शिफ़ा : अगर मुझे बाहर रहना पसंद नहीं हो तो क्या आप··· ?

फ़राज़ : (झट से बोल पड़े) तो मैं हमेशा के लिए इंडिया ही रुक जाऊँगा, क्या तुम्हें बाहर रहना पसंद नहीं ? (फ़राज़ पूछते हैं)

शिफ़ा : हाँ फ़राज़, कभी-कभी घूमने जाने के लिए ठीक है, पर हमेशा के लिए वहाँ बसना मुझे पसंद नहीं है। मैं अपने लोगों के बीच में रहना चाहती हूँ। मेरे परिवार में मेरे पापा का रवैया हम लोगों के साथ बेगाना-सा रहा है। मम्मी का प्यार था, लेकिन मम्मी भी पापा के दबदबे में हमेशा डरी-सहमी

रहती थीं, इसलिए घर का माहौल भी बेगाना-बेगाना सा रहता था। मैं अपने ही देश में रहना चाहती हूँ। ऐसे परिवार में रहना चाहती हूँ, जहाँ सारे लोग एक साथ प्यार से रहते हैं। जहाँ सबकी ख़ुशियाँ एक-दूसरे के साथ होती हैं और ग़म में एक-दूसरे के कंधे-से-कंधा मिलाकर खड़े रहते हैं। इतना अकेलापन झेला है कि अब तन्हाई से मन घबराता है, सबका प्यार और सबका साथ चाहती हूँ और मुझे लगता है, इसी में असली ख़ुशी होती है। बाहर रहकर इनसान अपनों से दूर हो जाता है, अपनों की ख़ुशी और ग़म किसी भी मौक़े पर पहुँच नहीं पाता और अपना मन मसोसकर रह जाता है। मैं अपनी ज़िंदगी में अब कोई ख़ालीपन नहीं चाहती। जो ख़ालीपन मेरे अंदर भर गया है, उसे मैं सबके प्यार से हमेशा के लिए भरना चाहती हूँ। क्या आप मेरा साथ देंगे?

फ़राज़ : बिल्कुल, जो तुम्हें अच्छा लगेगा, मैं वही करूँगा। यहाँ पर मेरा बिज़नेस तो है ही, तो कोई परेशानी नहीं होगी। तुम्हें एक और बात बतानी थी।

शिफ़ा : अच्छा वो क्या?

फ़राज़ : यहाँ पर हमारा एक रेस्टोरेंट है, वो भी तुम्हारे नाम से है। उसका नाम है शिफ़ा रेस्टोरेंट।

शिफ़ा : आप तो मुझे शॉक-पर-शॉक दिए जा रहे हैं, क्या वाक़ई में यह सच है?

फ़राज़ : हाँ शिफ़ा, यह सच है। मेरे दिल व दिमाग़ पर एक ही नाम छप गया है और वो है—शिफ़ा, शिफ़ा, शिफ़ा।

शिफ़ा : उफ़! मेरे ख़ुदा! मुझे यक़ीन नहीं हो रहा है, यह सब कब, कैसे, क्यों?

फ़राज़ : कब, कैसे, क्यों? यह मत पूछो, बस यह देखो कि तुम्हारे लिए मेरी दीवानगी कितनी संगीन है, मेरी मोहब्बत तुम्हारे लिए कितनी गहरी है, मुझे नहीं पता तुम मेरी मोहब्बत को किस कसौटी पर परखना चाहोगी, लेकिन मुझे पता है, मेरी मोहब्बत 'पाक मोहब्बत' है, मेरे दिल में तुम्हारी जो कद्र है, जो जगह है, उसको मैं शायद अच्छे से बयाँ (बता) नहीं कर पाऊँगा।

शिफ़ा : बस करिए फ़राज़!

फ़राज़ : एक शर्त पर चुप हो जाऊँगा, अगर तुम अपनी लिखी कुछ शायरी मुझे अभी सुनाओ।

शिफ़ा : मैं सुनाऊँगी, लेकिन मेरी भी एक शर्त है?

फ़राज़ : क्या शर्त है? बताओ न प्लीज़!

शिफ़ा : आपको भी सुनाना पड़ेगा।

फ़राज़ : चलो ठीक है, एक मैं सुनाता हूँ, एक तुम सुनाना।

शिफ़ा : ठीक है।

फ़राज़—

आज कायनात की रंगीनियत का अलग मंज़र है।
शायद ये मेरी मोहब्बत की पाकीज़गी का असर है।

शिफ़ा—

आपकी मोहब्बत पर यक़ीन करने को जी चाहता है।
अपने दामन में फिर से ख़ुशियाँ भरने को जी चाहता है।

फ़राज़—

कर लो मेरा एतबार होने न दूँगा मोहब्बत की रुसवाई।
अब तक़दीर को और न करने दूँगा ख़ुद से बेवफ़ाई।

शिफ़ा—

मानती हूँ मोहब्बत हर मर्ज़ की दवा है।
क्या यह मेरे दर्द में मरहम की हवा है।

फ़राज़—

फूल-ही-फूल होंगे, हर तरफ़ बहार का आलम होगा।
तुम्हारे सिवा मेरी मोहब्बत का न और कोई नाम होगा।

शिफ़ा—

फिर से क़िस्मत को बलाएँ लेने का मन कर रहा है।
एक बार फिर ज़िंदगी जीने का दिल कर रहा है।

फ़राज़—

ख़ूबसूरत लम्हों को क़ैद कर लो अपने नए सफ़र में।
मेरा बेशुमार इश्क़ बसा लो अपने रूह के शहर में।

फ़राज़ का फ़ोन लगातार बज रहा था।

शिफ़ा ने कहा : फ़ोन उठा लीजिए, सात बज रहे हैं।

फ़राज़ की मम्मा का ही फ़ोन था।

फ़राज़ ने अपनी मम्मा से कहा, "मैं डिनर करके आऊँगा, आप इंतज़ार मत करिए, खाना खा लीजिए और आराम कीजिए।"

फ़राज़ : भूख लगी है, कुछ खाते हैं।

कैंटीन में पता किया तो आज बिरयानी बन रही थी।

कैंटीन के शेफ ने बताया, बस आधे घंटे में तैयार हो जाएगी।

शेफ ने फ़राज़ से कहा : सर, मुझे पता चल गया था कि आप आए हैं, इसलिए मैंने बिरयानी बनाई है।

फ़राज़ : बहुत अच्छा किया आपने, बहुत-बहुत शुक्रिया।

शिफ़ा : आप बहुत ही ख़ूबसूरत शायरी करते हैं, अब तो मुझे पक्का यक़ीन है कि आप लिखते भी ज़रूर होंगे!

फ़राज़ : अब तुमसे क्या छुपाना, थोड़ा-बहुत लिख लेता हूँ, पर मैं अपनी डायरी वहीं छोड़कर आया हूँ।

शिफ़ा : मैं भी आपकी डायरी पढ़ना चाहती हूँ, अब आप बताएँ, मैं आपकी डायरी कैसे पढ़ूँ?

फ़राज़ : एक ही रास्ता है, मैं वहाँ जाकर कूरियर के थ्रू भेज दूँगा।

शिफ़ा : हाँ, यह अच्छा रहेगा और प्लीज़ जल्दी भेजिएगा।

फ़राज़ : जो हुक्म मेरे आक़ा! मेरी डायरी की एक-एक तहरीर तुम्हारे लिए लिखी गई है।

शिफ़ा : अच्छा! फिर तो मुझे पढ़ने में और अच्छा लगेगा, आपकी मोहब्बत की गहराई जानने का मेरे लिए शायद यह एक अच्छा मौक़ा होगा।

फ़राज़ : हाँ, हाँ, क्यों नहीं, मेरी इतनी मोहब्बत भरी तहरीर पढ़कर तुम मुझसे दूर नहीं रह पाओगी।

शिफ़ा : इतना यक़ीन है आपको ख़ुद पर।

फ़राज़ : अपनी मोहब्बत पर और मोहब्बत के लिए लिखी अपनी हर तहरीर पर पूरा यक़ीन है, जो मैंने लिखा है, वह मेरे दिल के जज़्बात की कहानी है, मेरे प्यार से दूर होने के दर्द की रवानी बताती है, मेरी मोहब्बत की तड़प तुम्हें सहरा में भटके हुए मुसाफ़िर की प्यास की शिद्दत महसूस होगी। मेरी मोहब्बत तुम्हें उस मछली की बेचैनी की तरह लगेगी, जिसे पानी से बाहर निकालने की धमकी दी जा रही हो और वह इस एहसास से ही बेदम हो रही है कि पानी के बग़ैर तो वह मर ही जाएगी।

शिफ़ा : बस करिए फ़राज़! मैं और नहीं सुन पाऊँगी।

फ़राज़ भी बोलते-बोलते सीरियस हो गए थे।

फ़राज़ : चलो, खाना खाते हैं। दोनों ने खाना खाया और क़रीब साढ़े आठ बज गए थे। फ़राज़ ने कहा! मैं चलता हूँ, तुम अपना ख़याल रखना।

~

शिफ़ा अपने कमरे की तरफ़ आ गई।

एक-एक क़दम भारी हो रहे थे। सबकुछ एक ख़्वाब-सा महसूस हो रहा था। फ़राज़ ने जो कहा, वे सारी बातें और उसके लिए फ़राज़ के दिल में इतनी मोहब्बत, यह सब बहुत ही ख़ूबसूरत ख़्वाब-सा लग रहा था। हर तरफ़ उसे फ़राज़ नज़र आ रहे थे। उनकी बातें, उनकी मोहब्बत, उफ़! मेरे ख़ुदा! ख़ैर करें, मुझे अपनी ही नज़र न लग जाए, मुझे इतनी जल्दी इतनी ख़ुशी मिलेगी, मैंने कभी सोचा नहीं था। चारों तरफ़ का माहौल उसे दिलकश

लग रहा था। आज इस रात में एक ख़ुमारी-सी थी। मोगरे की भीनी-भीनी ख़ुशबू पूरे आलम को मदहोश कर रही थी। न जाने आज शिफ़ा किस धुन में थी। गाने को जी चाह रहा था, नाचने का मन कर रहा था, अपनी ज़िंदगी में काली बदरी की घटा को छँटते हुए देख रही थी। धीरे-धीरे काले बादल हट रहे थे, शायद वह वक़्त उसके क़रीब आ रहा था, जब ख़ुशियों की बारिश में वह पूरी तरह भीग जाएगी।

शिफ़ा कमरे में नहीं गई और बाहर ज़मीं पर बैठ गई।

दिल में बेचैनी का आलम था। जाने क्यों दिल को चैन नहीं मिल रहा था। फिर उसने आसमाँ की तरफ़ ग़ौर से देखा, अनगिनत सितारे चमक रहे थे। चाँदनी रात नहीं थी, पर चाँद अपने सितारों के साथ जगमगा रहा था, उन जगमगाते हुए सितारों को देखकर शिफ़ा को ऐसा लग रहा था, जैसे ये सितारे आज सिर्फ़ उसे देखकर मुसकरा रहे हैं। उनकी चमक में शिफा को अपनी मुसकराहट की भी चमक दिखाई दे रही थी। इस वक़्त सितारों की चमक देखकर उसे ऐसा लग रहा था, जैसे ये सितारे उसकी ख़ुशी में ख़ुश होकर नए फूल की तरह खिलकर और ज़्यादा चमक रहे हैं।

शिफ़ा : इतने सारे सितारों में आप कौन सा सितारा हैं मम्मी? प्लीज़, एक बार तेज़ चमककर बता दो कि आप हर पल मेरे साथ हो। प्लीज़ मम्मी! मुझे पता है, आप वहाँ जाकर भी मेरे लिए दुआ करना नहीं भूली होंगी। आपने ज़रूर ख़ुदा से मेरी ख़ुशियों की दुआ माँगी होगी। जब एक माँ रोज़ अपनी औलाद के लिए दुआ करती है तो ख़ुदा ज़रूर सुनता है। मुझे पता है, मेरे हर आँसुओं पर आप भी मेरे साथ रोई होंगी और हज़ारों बार मेरे लिए एक मोहब्बत भरा दिल माँगा होगा, तभी फ़राज़ के रूप में मुझसे मोहब्बत रूबरू होने आई है। यह ज़रूर आपकी दुआओं का ही नतीजा है मम्मी! फ़राज़ मेरे लिए सही हैं न मम्मी, कुछ तो इशारा करिए, मैं अभी भी डर रही हूँ (तभी आसमाँ में एक सितारा तेज़ चमक जाता है और शिफ़ा छोटी बच्ची की तरह ख़ुश हो जाती है)।

शिफ़ा : यह आप ही हो न मम्मी, आपकी तरफ़ से मुझे इशारा मिल

गया मम्मी कि फ़राज़ ही वो शख़्स हैं, जिनकी मोहब्बत मेरे लिए मुक़म्मल होगी। मेरी हसरतें, मेरी तमाम चाहतें, जो मैं पाना चाहती थी, वह मुझे फ़राज़ से मिलेंगी। उसके बेचैन दिल को थोड़ा क़रार आया, उसे ऐसा लग रहा था, मम्मी ने हाँ कह दी है तो सब अच्छा ही होगा। मम्मी को तो सब पता होता है, मेरी मम्मी मेरे दिल का सुकूँ हैं। हर मुश्किल में मुझे आप ही सँभालती हैं। आप इस दुनिया में नहीं हैं, पर मेरे हर पल में आप मौजूद हैं (शिफ़ा वहाँ से उठ गई और अपने कमरे की तरफ़ अंदर आ गई। शिफ़ा पूरे दिन बाहर रही, बहुत थक गई थी और कल ऑफिस भी जाना था, इसलिए फटाफट नाइट ड्रेस पहनी और सोने के लिए लेट गई)।

~

फ़राज़ अगले दिन चले गए।

उनके मैसेज आते रहे, शिफ़ा भी ऑफिस चली गई।

तीन दिन के बाद रात को फ़राज़ से बात हुई। वो ख़ैरियत से पहुँच गए थे।

हर दिन सुबह गुड मॉर्निंग और रात को गुड नाइट का मैसेज ज़रूर आता था।

फ़राज़ कह रहे थे, रोज़-रोज़ फ़ोन करूँगा तो तुम परेशान हो जाओगी, इसलिए तीसरे, चौथे दिन बात करता रहूँगा।

आज संडे है।

शिफ़ा फ़राज़ के ख़यालों में खोई हुई सोच रही थी, मेरे ही नाम से यह हॉस्टल, रेस्टोरेंट, ओह! मेरे ख़ुदा! फ़राज़ मुझसे इतनी मोहब्बत करते हैं। मैं तो इतनी मायूस हो चुकी थी कि लग रहा था, पूरी ज़िंदगी अँधेरे के साये में गुज़ारनी पड़ेगी, लेकिन सच ही कहा गया है, रात कितनी भी स्याह हो, सुबह ज़रूर होती है और ज़ख़्म कितना भी गहरा हो, हर ज़ख़्म की दवा होती है।

शिफ़ा ने सोचा, आज कुछ लिखती हूँ और डायरी निकालकर बैठ गई।

मोहब्बत की ख़ुशबू की हवा चल गई,
मुझे जीने की फिर से वजह मिल गई।

दिल भटक रहा था सहरा की गलियों में,
फिर से पुरनम होने की बूँद मिल गई।

ख़्वाहिश थी मुझे जिस चाहत की बेइंतेहा,
किसी अपने के आने की दस्तक मिल गई।

दिल मेरा मोहब्बत से लबरेज़ हो गया,
मेरे रूह की फ़िज़ा को चाँदनी मिल गई।

उल्फ़त की तमन्नाओं में ठहराव आ गया,
मेरी हसरतों को पूरी क़ायनात मिल गई।

माँगा था ख़ुदा से एक मोहब्बत भरा दिल,
मोहब्बत के चिराग़ की रोशनी मिल गई।

मुझे मेरे मुक़द्दर का मसीहा मिल गया,
अधूरी नहीं, ख़ुद को मैं पूरी मिल गई।

जो मोहब्बत रूह में बसाना चाहती थी,
'राफी' वो 'रूहानी मोहब्बत' मिल गई।

डायरी बंद की और सोने के लिए लेट गई।

जो शिफ़ा कल तक दर्द के साये में थी, आज वह मुसकरा रही थी, गुनगुना रही थी, अपनी क़िस्मत से जो गिले थे, उसको पीछे छोड़ रही थी। वह

बढ़ रही थी एक नई फ़िज़ा की तरफ़, एक नए रास्ते से नए सफ़र की तरफ़, अपनी ख़ूबसूरत मोहब्बत भरी मंज़िल की तरफ़, वह ख़ुश थी, बहुत ख़ुश थी।

सुबह नींद खुली तो दस बज रहे थे, शिफ़ा उठी और नहाने चली गई। उसके बाद कैंटीन जाकर चाय पी और वापस अपने कमरे में आ गई।

क़रीब बारह बजने को थे, तभी दरवाज़े की घंटी बजी।

उसने दरवाज़ा खोला तो देखा, एक बड़ी अटैची और रिया के साथ सीमा खड़ी थी।

शिफ़ा : अरे, सीमा! तुम, अंदर आओ (और फटाफट रिया को गोद में लेकर उसे प्यार करने लगी। सीमा अंदर आ गई और बैठ गई)।

शिफ़ा : न कोई फ़ोन, न कोई मैसेज, सब ठीक तो है न, सोचा होगा सरप्राइज़ दूँगी, है न!

सीमा : नहीं शिफ़ा, अब मैं यहीं रहूँगी।

शिफ़ा : मैं समझी नहीं सीमा (शिफ़ा हैरान होते हुए) ?

सीमा : तुम मेरे लिए पता कर लो, कोई कमरा ख़ाली है या नहीं।

शिफ़ा : अरे तो तुम मेरे साथ इसी कमरे में रहो, कोई परेशानी नहीं होगी।

सीमा : रिया अभी छोटी है, उसके साथ मेरा रूटीन अलग रहता है, मेरी बहन! तुम परेशान हो जाओगी।

शिफ़ा : नहीं सीमा! ऐसा नहीं है मेरी बहन, वो मेरी भी तो बेटी है न!

सीमा : हाँ बिल्कुल, लेकिन प्लीज़! तुम पता कर लो, मुझे अपने पास का ही कोई कमरा दिला दो प्लीज़!

शिफ़ा : मेरे बगल वाला कमरा ख़ाली ही है, तो तुम टेंशन मत लो, मैं बात कर लूँगी।

तभी दरवाज़े की घंटी फिर से बजी।

शिफ़ा ने देखा, सामने ख़ुशी खड़ी थी और दोनों को देखकर चहक उठी।

ख़ुशी : ओह माई गॉड, आज तो छप्पर फाड़कर मिला है, तुम दोनों मिल रही हो, मुझे बताया नहीं (और रिया के साथ खेलने लगी, फिर कहती है) अभी तक जवाब नहीं आया मेरे पास।

सीमा : मैंने शिफ़ा को नहीं बताया था, मैं आ रही हूँ, बस अभी आधे घंटे पहले ही आई हूँ।

ख़ुशी : अच्छा-अच्छा और कुछ दिन से तुम फ़ोन पर ठीक से बात भी नहीं कर रही थी, सब ठीक तो है न?

शिफ़ा : हाँ, तुम्हें पता नहीं हमें तुम्हारी कितनी फ़िक्र हो रही थी।

सीमा : मैं दो दिन से दिल्ली में ही हूँ, माँ के पास आ गई थी।

ख़ुशी : क्या? और तुम हमें अब बता रही हो।

शिफ़ा : तुम दिल्ली आ रही थी तो बताया क्यों नहीं?

सीमा : सबकुछ इतनी जल्दी में हुआ कि बस आनन-फानन में निकल आई। मैं बहुत परेशान थी।

शिफ़ा : और वह परेशानी क्या है सीमा? यही हम तुमसे फ़ोन पर भी जानना चाह रहे थे, लेकिन तुमने हमें कुछ नहीं बताया।

सीमा : क्योंकि मैं मिलकर ही बताना चाह रही थी।

ख़ुशी : हाँ तो बताओ प्लीज़, क्या हुआ?

सीमा : मेरे ससुराल वाले मेरी शादी कराने के पीछे पड़ गए थे।

ख़ुशी : ओह! फिर क्या हुआ?

सीमा : एक-दो रिश्ते आए, किसी के एक बच्चा, किसी के दो बच्चा, किसी का तलाक़ हुआ था और किसी की पत्नी की डेथ हो गई थी। मैंने अपनी सास को बहुत समझाया कि अभी मैं इस हालत में नहीं हूँ कि दूसरी शादी के बारे में सोचूँ।

शिफ़ा : ओह! तो यह बात थी, तब तो तुम्हारा परेशान होना लाज़िमी था।

ख़ुशी : ऐसे कैसे वह तुम्हारी शादी कराने के पीछे पड़ गए थे।

सीमा : मेरी सास ने कहा, वह रिया को अपने पास ही रख लेंगी। यह

सुनकर तो मुझे ऐसा लगा, जैसे कोई मेरी आत्मा मुझसे छीनना चाह रहा है। मैं यह सब बर्दाश्त नहीं कर पा रही थी और मैंने उन्हें साफ़-साफ़ मना कर दिया कि मैं अभी शादी बिल्कुल नहीं करूँगी। मेरी सास ने कहा! बेटी, अभी तो सारी उम्र पड़ी है, ऐसे कैसे कटेगी और जहाँ तक रिया का सवाल है तो वह मेरे निखिल की निशानी है, उसे तो हम अपने पास ही रखेंगे।

ख़ुशी : देखा जाए तो उनका कहना कुछ ग़लत भी नहीं था। पता नहीं ज़िंदगी कितनी लंबी है, ऐसे अकेले तो नहीं बिताई जा सकती। हाँ, पर इन सब बातों के लिए अभी सही समय नहीं है। इनसान इतनी जल्दी अपने दुःखों से बाहर नहीं आ पाता, उनको इस चीज़ को समझना चाहिए था।

सीमा : हाँ, वो भी यही कह रही थीं! मैं समझ रही हूँ, यह सब अभी बहुत जल्दी है, इसलिए तुम दूसरी शादी के लिए तैयार नहीं हो, लेकिन ये जो रिश्ते आज मौक़े से आ रहे हैं, कल को पता नहीं, आते हैं या नहीं। बेटा, तुम आगे बढ़ जाओ, मुझसे भी तुम्हारा अकेलापन देखा नहीं जाता। जहाँ तक रिया की बात है, तुम जब चाहो, उससे मिल सकती हो। बेटा, मैं तुम्हें रिया को ले जाने नहीं दूँगी, ज़्यादातर लोग तो बच्चे को लेना नहीं चाहते और कोई मेरी रिया को बेमन से अपनाए, वह मुझसे सहन नहीं होगा, इसलिए मैं रिया को अपने पास ही रखना चाहती हूँ। मैं उससे बहुत प्यार करती हूँ, कभी भी तुम्हें शिकायत का मौक़ा नहीं दूँगी। इन सब बातों से मेरा मन इतना बेचैन हुआ कि मैं मम्मी के पास आ गई।

ख़ुशी : बहुत अच्छा किया, जो तुम यहाँ आ गई।

सीमा : लेकिन देखो न, मेरी ख़राब क़िस्मत ने यहाँ भी मेरा पीछा नहीं छोड़ा।

शिफ़ा : यहाँ क्या हुआ ?

सीमा : जो वहाँ हुआ, वही यहाँ भी हो रहा था, सबको मेरी दूसरी शादी में कोई बुराई नहीं दिख रही है और मैं क्या चाहती हूँ, यह तो कोई सुनना ही नहीं चाह रहा है।

शिफ़ा : नहीं सीमा, अब तुम वही करना जो तुम्हारा मन करे, ज़बरदस्ती

के रिश्ते को ढोने की ज़रूरत नहीं है।

सीमा : क्या शादी करना ही हर समस्या का हल है?

ख़ुशी : नहीं, बिल्कुल नहीं, हम तीनों ने जल्दी-जल्दी शादी कर ली थी और नतीजा देखो क्या हुआ, हममें से कोई भी अपनी शादी की ख़ुशी पा ही नहीं सका। मेरी ज़िंदगी में तो बस चार दिन की चाँदनी और फिर अँधेरी रात वाली बात थी, तुम्हारे साथ ऐसा हो गया; और शिफ़ा…।

शिफ़ा : (शिफ़ा बीच में ही बोल पड़ी) मेरी शादी में तो मुझे दो दिन की भी ख़ुशियाँ नसीब नहीं हुईं, हम तीनों की शादी बरबादी बनकर रह गई। शादी के मामले में हम तीनों की क़िस्मत एक जैसी ही निकली।

ख़ुशी : हाँ, दुःखभरी।

सीमा : मैं भी कोई शादी करके बहुत ख़ुश नहीं थी, आए दिन निखिल बस सबको खाने पर बुलाते रहते थे और इतना खुला हँसी-मज़ाक आपस में करते थे कि मैं झेंप जाती थी।

ख़ुशी : हाँ, मुझे और शिफ़ा को ये चीज़ महसूस हुई थी कि निखिल जीजू थोड़ा ज़्यादा ही मज़ाकिया क़िस्म के इनसान थे।

सीमा : मुझसे नहीं करते थे, बस अपने दोस्तों के साथ होते थे तो पता नहीं क्या हो जाता था। उनके साथ ही ट्रिप पर जाते, उनके साथ ही फ़िल्म देखने जाते, मेरे साथ तो कभी बाहर डिनर करने भी नहीं गए।

शिफ़ा : छोड़ो यार! जो इनसान इस दुनिया में है ही नहीं, उनके बारे में क्या ही बात करना।

सीमा : पर दिल कई चीज़ों को लेकर दुखा है शिफ़ा, आज बताने को मन कर रहा है। निखिल ने मुझे एक काम करने वाली मशीन से ज़्यादा कुछ नहीं समझा, कभी ये नहीं कहा कि तुम थक गई होगी, चलो, आज बाहर खाना खाने चलते हैं, सुबह देर से उठना, दुकान जाना और रात को देर से लौटना, खाना खाना और सो जाना, यही उनकी दिनचर्या होती थी।

ख़ुशी : और छुट्टी वाले दिन वह क्या करते थे?

सीमा : और देर तक सोना, फिर दुकान की हिसाब-पुस्तक बैठकर

देखना, उसके बाद रात को किसी–न–किसी को खाने पर बुला लेना या फिर दोस्तों के साथ ही बाहर जाना।

ख़ुशी : तुम लोग कभी पिक्चर देखने या घूमने नहीं जाते थे?

सीमा : कभी नहीं, मैंने एक–दो बार कहा भी, लेकिन वो कुछ–न–कुछ बहाना करके मना कर देते थे। कहते थे, उन्हें बाहर का खाना बिल्कुल पसंद नहीं है, वह तो दोस्त बहुत पीछे पड़ जाते हैं, इसलिए जाना पड़ता है और बोलते थे, जब मेरी पत्नी इतना अच्छा खाना बनाती है तो मुझे बाहर जाकर खाने की क्या ज़रूरत है।

रिया बेबी कब की सो चुकी थी।

ख़ुशी : ओह माई गॉड! कितने बोरिंग थे और तुमने भी आराम से एडजस्ट कर लिया होगा। अरे, मैं होती तो कोहराम मचा देती।

सीमा : तुम लोग तो जानती हो, मेरा व्यवहार ऐसा ही है। ज़्यादा बहस करना मेरे व्यवहार में नहीं है। मैं समझ गई थी, मुझे अपनी ज़िंदगी ऐसे ही नीरस बितानी है, जब ऊपर वाले ने मेरी क़िस्मत ऐसी बनाई है तो मैं उसे कैसे बदल सकती हूँ।

ख़ुशी : लेकिन अब तुम अपनी क़िस्मत बदल दो, अपने हर सपने को पूरा करो, अपनी ज़िंदगी को जैसे जीना चाहती हो वैसे जियो, हम तुम्हारे साथ हैं।

सीमा : मैं शादी के बाद हनीमून पर गई थी, बस वही एक बार मैं निखिल के साथ घूमने गई थी। जब मैं हनीमून पर जा रही थी, तब मैंने निखिल से कहा, मैं वहाँ पहनने के लिए जींस, टॉप और मिडी वग़ैरह ले लूँ तो उन्होंने मना कर दिया। कहने लगे, हमारे घर में यह सब नहीं पहना जाता। सूट और साड़ी ही ले चलो। मैंने कहा, वहाँ तो कोई देखने वाला है नहीं तो वहाँ तो पहन सकती हूँ, पर निखिल नहीं माने, कहने लगे, अगर कोई जान–पहचान का मिल गया और यहाँ माँ–पापा को बता दिया तो वह बहुत ग़ुस्सा करेंगे। उन्होंने कहा, नैनीताल ऐसी जगह है कि जहाँ बहुत लोग जाते रहते हैं, इसलिए सीमा, ऐसा काम ही क्यों करना, जो सबको पसंद न हो। मैंने कहा, आप कहिए तो मैं माँजी से बात कर लेती हूँ, पर उन्होंने बिल्कुल मना कर

दिया और बोले, तुम मुझे ऐसे ही अच्छी लगती हो डार्लिंग, कुछ और अलग पहनने की कोई ज़रूरत नहीं है। मेरा बहुत मन कर रहा था कि मैं घूमने जा रही हूँ तो थोड़ा कुछ अलग पहनूँ, लेकिन अपना मन मसोसकर रह गई थी।

ख़ुशी : ये पति लोग ऐसे क्यों होते हैं? मेरे साथ तो फ़िलहाल ऐसी कोई बात नहीं है। मेरे और राहुल के बीच सबकुछ पहले से ही तय था कि मेरे पहनने, घूमने या किसी चीज़ पर पाबंदी नहीं होगी और राहुल ने बड़ी ही गर्मजोशी से कहा था, हाँ, हाँ, बिल्कुल नहीं होगी। शादी के बाद ऑफिस में अपनी पसंद के कपड़ों में ही जाती थी, कोई कुछ नहीं कहता था, लेकिन राहुल का कहना था, छुट्टी वाले दिन तुम सूट या साड़ी भी पहन लिया करो, मम्मी को अच्छा लगेगा। मैंने राहुल से कहा देखो राहुल, एक दिन छुट्टी मिलती है, मैं भी लोअर-टीशर्ट में रिलैक्स रहना चाहती हूँ। प्लीज़, तुम मुझे ऐसी बेवजह की बातों को थोपने की कोशिश मत करो। उसने दो-चार बार बोला, फिर एक दिन मैं बहुत ग़ुस्सा हो गई। उसके बाद उसने फिर कभी नहीं कहा, पर हाँ, त्योहार हो या किसी शादी में जाना हो तो मैं सलवार-कमीज़ या साड़ी ही पहनती थी और उस दिन मेरी सास सचमुच बहुत ख़ुश हो जाती थीं। ऐसा नहीं है कि मुझे सलवार-कमीज़ और साड़ी पसंद नहीं है, मुझे ट्रेडिशनल कपड़े भी बहुत पसंद हैं, पर ऑफिस में मुझे जींस, टॉप, कुरती पहनना ही पसंद था और संडे को मैं बिल्कुल रिलैक्स रहना चाहती थी, इसलिए मैं किसी ख़ास मौक़े पर ही साड़ी पहनती थी। मुझे अच्छा लगता था, मेरी सास ख़ुश हो जाती थीं, मेरी बलाएँ भी लेती थीं और यह सब देखकर राहुल को भी बहुत अच्छा लगता था।

शिफ़ा : मेरे लिए तो ख़ैर ये सब चीज़ें हो ही नहीं सकती थीं। मुझे तो सिर्फ़ सलवार-कमीज़ ही पहनना था। मैं तो वसी की संगदिली पर ही हर वक़्त ग़मज़दा रहती थी, कुछ और सोचती ही नहीं थी, मैं क्या पहनती हूँ, क्या खाती हूँ, क्या करती हूँ, उस बंदे को उससे कोई मतलब नहीं था। कितनी बार मैं तुम लोगों के पास आई और हमेशा अकेली ही आई, यहाँ तक कि वह मेरी मम्मी की मिट्टी (अंतिम संस्कार) में भी नहीं आए, न जाने किस क़िस्म के इनसान हैं वसी।

सीमा : मैं जॉब करना चाहती हूँ, तुम दोनों अपनी-अपनी कंपनी में बात करो, प्लीज़, मुझे जॉब की बहुत ज़रूरत है।

शिफ़ा : बिल्कुल, हम लोग पूरी कोशिश करेंगे कि जल्दी-से-जल्दी तुम्हें जॉब मिल जाए।

ख़ुशी : रिया की फ़िक्र मत करना, उसकी एक नहीं तीन माएँ हैं, हम तीनों मिलकर उसकी परवरिश करेंगे। उसके लिए एक अच्छा स्कूल देखकर उसका एडमिशन भी करवाना है। रिया अब से सिर्फ़ तुम्हारी ही नहीं, हम सबकी ज़िम्मेदारी है।

सीमा : मैं अपनी बेटी को किसी और को नहीं दे सकती, वो मेरी दुनिया है, वो हँसती है तो मैं हँसती हूँ, वो रोती है तो मुझे भी रोना आता है, निखिल के जाने के बाद वही तो एक मेरी अपनी है और लोग उसे भी मुझसे अलग करने की सोच रहे हैं।

ख़ुशी : कोई तुम्हें रिया से अलग नहीं कर सकता। तुम इंडिपेंडेंट बनो, एक जॉब मिलने के बाद तुम फाइनेंशियली भी मज़बूत हो जाओगी, इस लायक बन जाओगी कि रिया के पालन-पोषण में तुम्हें कोई कठिनाई नहीं आएगी।

शिफ़ा : तुम माँ हो रिया की, किसी को यह हक़ (अधिकार) नहीं है कि तुम से तुम्हारा यह हक़ छीन पाए, इसलिए रिया को लेकर तुम बेफ़िक्र रहो, वह तुमसे कभी अलग नहीं होगी।

ख़ुशी : ऐसा है, मैं यहीं रुकती हूँ, तुम दोनों जाओ और कमरे के लिए बात करके आओ।

शिफ़ा : हाँ, चलो सीमा, चलकर बात कर लेते हैं।

~

सीमा और शिफ़ा दोनों ने जाकर बात कर ली। जैसा कि शिफ़ा ने बताया था, उसके बगल वाला कमरा ख़ाली है तो सीमा को आसानी से वह कमरा मिल गया।

शिफ़ा ने सारी फॉर्मैलिटीज़ पूरी की और दोनों कमरे में वापस आ गईं।

सीमा : मेरे पास तो पैसे हैं ही नहीं, थैंक यू शिफ़ा! तुमने किराए का पैसा भर दिया। मेरी बहन, बस जल्दी से जॉब लग जाए तो हम सबके लिए आसानी हो जाएगी।

शिफ़ा : तुम बिल्कुल फ़िक्र मत करो, हम तीनों एक-दूसरे से अलग नहीं हैं, यहाँ जो एक का है, वही हम तीनों का है, तुम ऐसा कुछ भी मत सोचना, हम एक-दूसरे की मदद नहीं करेंगे, तो कौन करेगा, हमारी ख़ुशियाँ और ग़म दोनों में हम हमेशा साथ हैं (और तीनों लिपट गईं)।

सीमा : अच्छा, फ़राज़ के बारे में पूरे विस्तार से बताओ?

शिफ़ा मुसकराई और शुरू से आख़िर तक एक-एक बात बताई।

ख़ुशी और सीमा सुनती जा रही थीं और बहुत ख़ुश हो रही थीं।

ख़ुशी : शिफ़ा! तुम्हारी ज़िंदगी में अब बहुत ख़ुशियाँ आने वाली हैं बहन!

शिफ़ा : लग तो मुझे भी रहा है, अब ग़म के बादल छँट रहे हैं, आसमान साफ़ हो रहा है, मोहब्बत की रोशनी की किरणें चारों तरफ़ फैलने लगी हैं।

सीमा : तुम्हारी ज़िंदगी में बहुत ख़ुशियाँ आएँ और प्यार इतना हो कि हर वक़्त प्यार की बरसात होती रहे।

ख़ुशी : हाँ, और प्यार की बरसात के साथ ज़ोर-ज़ोर से प्यार की आँधियाँ भी चलती रहें (और तीनों हँसने लगती हैं)।

शिफ़ा : हम तीनों की ज़िंदगी ख़ुशियों से भरी रहे। हमारी आने वाली ज़िंदगी में कोई कमी न हो, हम तीनों ने बहुत दुःख झेला है, ख़ुदा हम तीनों की झोली ख़ुशियों से भर दे! आमीन!

शिफ़ा : सीमा! मेरे ख़याल से तुम्हें ऑनलाइन जॉब करनी चाहिए। रिया को घर पर अकेले छोड़ नहीं सकते और स्कूल जाएगी, तब भी तो कोई चाहिए, क्योंकि वह दोपहर तक घर आ जाएगी।

सीमा : हाँ शिफ़ा, मैं भी यही सोच रही थी। मेरे लिए वही अच्छा रहेगा।

शिफ़ा : पढ़ने में तो तुम अच्छी थी ही, बाक़ी थोड़ी सी इंटरव्यू की तैयारी हम साथ बैठकर कर लेंगे।

सीमा : अरे ख़ुशी! तुम्हें क्या हो गया? किन ख़यालों में खो गई?

ख़ुशी : यार! मैं तो यही सोच रही हूँ, फ़राज़ जैसे इतनी मोहब्बत करने वाले इनसान दुनिया में होते हैं क्या? यार, यक़ीन नहीं हो रहा है।

शिफ़ा : सच ख़ुशी! मेरे लिए भी यक़ीन करना मुश्किल हो रहा था, पर जैसे–जैसे मैं उनकी बातें सुनती जा रही थी, वैसे–वैसे वो मेरे दिल में उतरते जा रहे थे।

ख़ुशी : इतनी मोहब्बत कि यह हॉस्टल और रेस्टोरेंट सबकुछ तुम्हारे नाम पर रख दिया, कुछ भी कहो यार, बंदे में दम है।

और तीनों हँसने लगती हैं।

सीमा : हम तीनों की ज़िंदगी कैसे बिखरकर रह गई है, है न।

शिफ़ा : हाँ, पर इतना मायूस (दुःखी) मत हो, कहते हैं, जब हर तरफ़ धुंध नज़र आए, कोई रास्ता समझ में न आए तो सबकुछ अपने मालिक पर छोड़ दो, वह ज़रूर कुछ–न–कुछ हमारे लिए अच्छा प्लान कर रहे होंगे। एक दिन ये अँधेरी रात चाँदनी रात में ज़रूर बदलेगी और यह मायूसी भरे दिन का अँधेरा, हमारे ख़ुशियों के नूर से यक़ीनन (पक्का) जगमगाएगी। वह दिन ज़रूर आएगा।

सीमा : ख़ुशी, तुम्हारे डिवोर्स को इतना समय बीत गया, तुमने क्या सोचा, आगे शादी करने का इरादा है या नहीं?

ख़ुशी : अभी तो फ़िलहाल बिल्कुल नहीं है। शादी के बिना भी ज़िंदगी बिताई जा सकती है। शादी ही हर समस्या का हल तो नहीं है और तुम दोनों भी आराम से अपनी ज़िंदगी जियो! हाँ, कभी कोई बहुत अच्छा और सुलझा हुआ इनसान मिला तो देखूँगी।

शिफ़ा : यार, हम कहीं घूमने चलते हैं, थोड़ा हम सबके लिए चेंज हो जाएगा।

"ये हुई न ज़िंदादिली वाली बात, मैं टिकट और होटल बुक करती हूँ, गोवा चलते हैं, टेंशन और परेशानी को कुछ दिनों के लिए यहीं छोड़ देते हैं," ख़ुशी तपाक से बोली।

सीमा : एक बार मैं जॉब करने लगती तो सबकुछ अच्छा लगता।

ख़ुशी : क्या सीमा! परायों वाली बात मत किया करो! बस ख़ुश रहो! ज़िंदगी को मज़े से जीना सीखो (और सब थोड़ी देर में आराम करने के लिए लेट गए)।

आज कुछ अपनी दोस्ती के नाम पर लिखने को जी कर रहा है, यही सोचकर शिफ़ा डायरी निकालकर बैठ गई—

दोस्त की दोस्ती, हमारी ख़ुशियों की अलमारी,
मोहब्बत और यकीं से भरी होती है तिजोरी।

बनके हमराज़ हाल-ए-दिल सुनते हैं याराना,
एक-दूजे के हर राज़ की होती है पहरेदारी।

दोस्त के कंधे पर सिर टिकाकर रो लेते हैं,
कुछ हालात में दूर होने की होती है लाचारी।

हौसला है दोस्ती, भरोसे का दयार है दोस्ती,
दोस्ती से मिला नायाब मकाँ होती है अमीरी।

हमारी हर ख़ुशी साझा, हमारे हर ग़म एक,
नसीब से इस मिल्कियत की होती है मंज़ूरी।

ज़िंदगी के वो पल अनमोल होते हैं 'राफी',
जो लम्हात दोस्तों के साथ होती है गुज़ारी।

दिन बीतते रहे…

एक दिन शिफ़ा की आंटी का फ़ोन आया और उन्होंने जो ख़बर सुनाई, उस ख़बर को सुनकर शिफ़ा को ऐसा लगा, जैसे किसी ने उसके सिर पर बम

फोड़ दिया हो, शिफ़ा की आंटी से बात होने के बाद वह ज़ोर-ज़ोर से रोने लगी।

सीमा का कमरा बगल में ही था। उसकी हलकी सी रोने की आवाज़ सीमा के कानों में गई तो वह भागी-भागी उसके कमरे में आई और दरवाज़ा खटखटाया।

शिफ़ा ने दरवाज़ा खोला और सीमा अंदर आ गई। उसे इस तरह रोता देखकर उसने शिफ़ा को चिपका लिया, पानी पिलाया और पूछा,

सीमा : अब बताओ क्या हुआ, क्या बात हो गई?

शिफ़ा की तो रोते-रोते हिचकियाँ बँध गई थीं, उससे बोला ही नहीं जा रहा था।

सीमा : धीरे-धीरे बताओ शिफ़ा, मेरा दिल घबरा रहा है, क्या हुआ बहन? प्लीज़ बताओ; और हाँ, पहले एकदम चुप हो जाओ।

शिफ़ा : (बमुश्किल (कठिनाइयों) बोली) अभी थोड़ी देर पहले आंटी का फ़ोन आया था, बता रही थीं, मेरे पापा ने दूसरी शादी कर ली।

सीमा : अच्छा, तो यह बात है! और क्या बताया उन्होंने!

शिफ़ा : उन्होंने यह भी बताया कि पापा ने उनसे शादी की है, जिसको वे एक वक़्त पर प्यार करते थे और किसी वजह से उन दोनों की शादी नहीं हो पाई थी, जिसका ख़ामियाज़ा (परिणाम) पूरी उम्र मेरी मम्मी ने भुगता है। ख़ुदा ऐसा क्यों करते हैं? किसी की करनी की सज़ा किसी को क्यों देते हैं?

सीमा : वो औरत भी आसानी से मान गई?

शिफ़ा : हाँ, मान ही गई होंगी। बहुत पहले ही वे भी विधवा हो चुकी थीं, हर किसी को सहारे की ज़रूरत होती है (शिफ़ा बड़े अनमने मन से बता रही थी। मुझे पापा से न नफ़रत हो रही है, न ही तरस आ रहा है। मम्मी चली गईं। इमरान, मेरा भाई विदेश चला गया तो पापा भी अकेले हो गए। यही सोच रही हूँ, शायद उन्होंने सही किया, लेकिन अपनी मम्मी के लिए बुरा लग रहा है कि सारी ज़िंदगी वे पापा के साथ घुटती रही थीं यार!

सीमा : तुम्हारे पापा को तो उनकी मोहब्बत मिल गई, वे तो बहुत ख़ुश होंगे (सीमा थोड़ा रूखे स्वर में बोली)।

कहीं-न-कहीं दोनों दु:खी थीं।

शिफ़ा को अपनी मम्मी का सोचकर बुरा लग रहा था और सीमा शिफ़ा को दु:खी देखकर परेशान हो रही थी।

शिफ़ा : आंटी ने यह भी बताया कि पापा बहुत ख़ुश हैं और साथ में वह मोहतरमा (महोदया) भी।

सीमा : हाँ तो, अंकल को तो उनकी 'रूहानी मोहब्बत' मिल गई, वे तो ख़ुश होंगे ही (थोड़ा नफ़रत भरे स्वर में बोली)।

शिफ़ा : अब क्या कहूँ यार! पापा अकेले हो गए थे, अच्छा ही हुआ, उनको एक साथी का साथ मिल गया।

सीमा : फिर तुम इतनी उदास क्यों हो रही हो और रो-रोकर अपना बुरा हाल कर लिया है।

शिफ़ा : क्या करूँ यार! बस बार-बार मम्मी का उदास चेहरा सामने आ रहा है, जैसे वो कह रही हैं, मेरा क़सूर क्या था?

सीमा : तुम बहुत समझदार हो शिफ़ा, जब तुमने अपने मन को समझा लिया है कि तुम्हारे पापा को एक सहारे की ज़रूरत थी और उस हिसाब से उन्होंने सही किया तो अब ज़्यादा सोचकर अपने आप को परेशान मत करो। तुम शायद यह सोच रही हो कि तुम्हारे पापा ने यही शादी किसी और औरत से की होती तो शायद तुम्हें इतना अजीब नहीं लगता। तुम्हें इस बात से ज़्यादा दु:ख पहुँचा है कि जिस औरत की वजह से तुम्हारे पापा की ज़िंदगी में सारी उम्र तुम्हारी मम्मी बेगानों-सी जी रही थीं, वही औरत आज तुम्हारे पापा की ज़िंदगी में आ गई।

शिफ़ा : एकदम सही समझा तुमने, बस यही सब बातें मुझे चैन नहीं लेने दे रही हैं। मुझे उनकी शादी का मलाल (खेद) नहीं है, मलाल है तो इसी बात का है, जो तुमने समझा है।

सीमा : देखो शिफ़ा, क़िस्मत का लिखा कोई नहीं बदल सकता, यह तुम भी जानती हो, इसलिए अब कुछ मत सोचो, जो होता है, ऊपर वाले की मर्ज़ी से होता है बस यही समझकर मन को समझा लो।

शिफ़ा : जिनके नसीब में ख़ुशियाँ होंगी, उसे ही मिलेंगी, न जाने हमारे मुक़द्दर में आगे क्या है?

सीमा : तुम अपने लिए ऐसा कुछ मत सोचो, तुम्हारी ज़िंदगी में फ़राज़ जैसे अच्छे इनसान होंगे और उनके साथ ढेर सारी ख़ुशियाँ और बहुत सारा प्यार होगा।

शिफ़ा : पता नहीं क्यों शिफ़ा, दिल डरा-डरा सा रहता है, फ़राज़ जैसे मोहब्बत करने वाले इनसान मेरी ज़िंदगी में आने को बेताब हैं, पर न जाने क्यों मन किसी अनहोनी से डरा-सा रहता है।

सीमा : देखो, ऐसी ही बेवजह की बातों को अपने मन में मत लाओ, तुम्हारी ज़िंदगी का बुरा समय चला गया। अब जो भी होगा, अच्छा ही होगा।

शिफ़ा : हम्म, मम्मी की बहुत याद आ रही है।

सीमा : आ जाओ, मेरी गोद में लेट जाओ, मम्मी के साथ बिताए हुए अच्छे पलों के बारे में हम बात करेंगे।

शिफ़ा : मम्मी के साथ तो बिताए हुए हर पल बहुत अच्छे थे।

सीमा : हाँ, पर कुछ यादें बहुत प्यारी होती हैं, जिनको हम हर क़दम पर याद करते हैं, हम उन्हीं ख़ूबसूरत यादों को ताज़ा करेंगे।

सीमा पालथी मारकर बैठ गई और शिफ़ा का सिर अपनी गोद में रखने को कहा।

शिफ़ा सीमा की गोद में सिर रखकर लेट गई, उसकी आँखों के कोने से आँसू बह रहे थे।

सीमा : चलो, अब हम अच्छी-अच्छी बातें करेंगे, तुम मुझे बताओ, आंटी क्या कहती थीं तुमसे, क्या-क्या बातें करती थीं?

शिफ़ा बताने लगी। क़रीब आधे घंटे के बाद नींद ने उसे अपनी आगोश में ले लिया। सीमा ने धीरे से उसका सिर बिस्तर पर रखा और चादर उसके ऊपर डाल दी, फिर एक लंबी साँस लेकर अपने कमरे में चली गई।

अगले दिन रात को फ़राज़ का फ़ोन आया।

फ़राज़ : कैसी हो शिफ़ा ? वैसे मुझे पता है, तुम बहुत डिस्टर्ब होगी, पर फिर भी मैं जानना चाहूँगा, तुम क्या फील कर रही हो ?

शिफ़ा : पता नहीं फ़राज़! थोड़ी परेशान हूँ, ख़ुश तो नहीं हूँ, हाँ, पर पापा अकेले हो गए थे तो लग रहा है, जो हुआ ठीक हुआ।

फ़राज़ : हाँ, वो तो है, सुबह मम्मा का फ़ोन आया और उन्होंने मुझे बताया, मैं भी काफ़ी हैरान था। मम्मा तो बहुत ग़ुस्सा हो रही थीं, कह रही थीं, पूरी दुनिया में वही रह गई थीं, और कोई उन्हें नहीं मिला।

शिफ़ा : हाँ, यही बात मुझे भी परेशान कर रही है।

फ़राज़ : कोई नहीं शिफ़ा, तुम बिल्कुल परेशान मत हो। किसी ऐसे इनसान के लिए इतना परेशान होने की ज़रूरत नहीं है, जिससे तुम्हारा रिश्ता सिर्फ़ नाम का ही रह गया हो।

शिफ़ा : आप सही कह रहे हैं फ़राज़, लेकिन दिल दुखता है।

फ़राज़ : यह जो आपका दिल है, वह अब मेरा है। मेरी आपसे इल्तिजा (निवेदन) है कि आप उसे दु:खी न कीजिए, आपका दिल दु:खी होगा तो मेरा भी दिल दु:खी हो जाएगा। तुम ख़ुश रहो, अपने लिए भी और मेरे लिए भी; और हाँ, तुम कहो तो मैं तुम्हारे पास आ जाता हूँ।

शिफ़ा : अरे नहीं, ऐसी कोई बात नहीं है, आप अपना काम छोड़कर मत आइएगा।

फ़राज़ : मैं तो तभी आऊँगा, जब तुम मुझे बुलाओगी।

शिफ़ा : अच्छा और अगर मैंने आपको कभी नहीं बुलाया तो ?

फ़राज़ : तो मैं कभी नहीं आऊँगा।

शिफ़ा : अरे, मैं तो मज़ाक कर रही थी।

फ़राज़ : लेकिन मैं सीरियस हूँ।

शिफ़ा (हँसती है) : बहुत जल्दी मेरी बातों पर सीरियस हो जाते हैं।

फ़राज़ : ऐसा नहीं है, यहाँ पर मैटर यह करता है कि वह बात कौन सी है ? अच्छा शिफ़ा! मैंने अपनी डायरी तुम्हें भेज दी है, जल्दी ही मिल जाएगी।

शिफ़ा : बहुत-बहुत शुक्रिया! और आपने मेरी डायरी तो पूरी पढ़ ली होगी?

फ़राज़ : न जाने कितनी बार पढ़ ली है यार, तुमने हर एक तहरीर दिल को छूने वाली लिखी है।

शिफ़ा : ज़हनसीब, आपको पसंद आई।

फ़राज़ : बहुत पसंद आई, तुम्हारी तरह तुम्हारी लिखी तहरीर भी प्यारी, ख़ूबसूरत और दिल को पुरनम करने वाली है।

शिफ़ा : और बताएँ, सब कैसा चल रहा है?

फ़राज़ : सब ठीक चल रहा है, बस मैं ठीक नहीं हूँ।

शिफ़ा : (घबराकर) अरे, आपको क्या हुआ?

फ़राज़ : मोहब्बत!

शिफ़ा : किससे?

फ़राज़ : है एक संगदिल, जो मुझसे इस वक़्त बात कर रही है।

शिफ़ा : (मुसकराती हुई) मैं इतनी भी संगदिल नहीं हूँ, बल्कि मैं तो आपको कहने वाली थी कि आप···

फ़राज़ बीच में ही बोल पड़े, "क्या कहने वाली थी तुम?"

शिफ़ा : यही कि रात बहुत हो गई है, सो जाइए और मुझे भी सोने दीजिए, सुबह ऑफिस जाना है।

फ़राज़ : कहो न प्लीज़, क्या कहना था तुम्हें?

शिफ़ा : यही कि फ़राज़, आप हमेशा के लिए मेरे पास आ जाइए।

फ़राज़ : शिफ़ा! क्या तुम्हारे दिल ने मुझे पुकारा है?

शिफ़ा : हाँ, मेरे दिल ने आपके दिल पर दस्तक दी है, आप जल्द-से-जल्द आ जाएँ।

फ़राज़ : मैं उड़कर आता हूँ।

शिफ़ा : मैं इंतज़ार कर रही हूँ और अब फ़ोन रखती हूँ, गुड नाइट।

फ़राज़ : थैंक यू, थैंक यू, थैंक यू, गुड नाइट।

फ़राज़ से बात करके शिफ़ा के दिल को एक अलग ही इत्मीनान का एहसास हुआ।

रात काफ़ी हो गई थी। शिफ़ा फ़राज़ के बारे में ही सोच रही थी, फिर उसका कुछ लिखने को भी मन कर रहा था तो डायरी लेकर बैठ गई।

ग़म का रेगिस्तान अब गुलशन में बदल रहा है,
दिल का बंजर ज़मीं इश्क़ का शजर पा रहा है।

परिंदों-सा मन उनके साथ चहकने को है बेताब,
ख़ाली दिल, इश्क़ से लबरेज़ अहबाब पा रहा है।

दिल ख़ुश है, हर दर्द को अपने से दूर करने को,
जैसे हलकी धूप में सर्दी का कम असर पा रहा है।

मेरी दुनिया आज ख़ुशगवार होने को है आई,
दिल उल्फ़त के मौसम का ख़ुमार पा रहा है।

बनके तितली मैं, घूमूँ बाग़ीचे की हसीं वादियों में,
फूल अपनी ख़ुशबू में ख़ुद को मदहोश पा रहा है।

सारा आलम जादू का शिकार हो जैसे 'राफ़ी',
दिल 'रूहानी मोहब्बत' अपने क़रीब पा रहा है।

शिफ़ा काफ़ी देर तक फ़राज़ के ख़यालों में खोई रही और फिर एक पुरसुकूँ नींद ने उसे अपनी गिरफ़्त में ले लिया।

ख़ुशी ने फ़ोन करके बताया था, वह आज शाम को सीमा और शिफ़ा के पास आ रही है। रात को क़रीब आठ बजे ख़ुशी आती हैं और तीनों सीमा के कमरे में साथ होते हैं।

ख़ुशी : तुम्हारे पापा की शादी का पता चला, मुझे पता है शिफ़ा, तुम बहुत परेशानी हुई होगी, न जाने यह ज़िंदगी क्या-क्या मज़ाक लेकर आती है।

शिफ़ा : सच कह रही हो यार!

ख़ुशी : मैं तुम लोगों को कुछ बताना चाह रही थी।

शिफ़ा और सीमा देख रहे थे, ख़ुशी के चेहरे पर न जाने कितने रंग आ-जा रहे थे, दोनों अंदर तक हिल-सी गईं कि अब क्या हो गया?

शिफ़ा : पापा की बात यहीं ख़त्म करते हैं, तुम बताओ, क्या बताना था?

ख़ुशी : मुझे आज ऑफिस के कुलीग से यह पता चला कि राहुल ने शादी कर ली है।

इतना कहते ही ख़ुशी फफक-फफ़ककर रोने लगी।

सीमा और शिफ़ा का दिल भी बैठा जा रहा था। दोनों को समझ में नहीं आ रहा था कि वह ख़ुशी से क्या कहें। दोनों ने ख़ुशी को थोड़ी देर रोने दिया। कहते हैं न, रोने से दिल हलका हो जाता है तो दोनों ने सोचा, इसको थोड़ी देर रो लेने देते हैं, क्योंकि ख़ुशी उन लड़कियों में थी, जो जल्दी रोती नहीं थीं। थोड़ी देर के बाद वह चुप हुई और सीमा ने उसे पानी पिलाया।

शिफ़ा : पर जो इनसान तुम्हारी ज़िंदगी में है ही नहीं, वो क्या करता है, क्या नहीं, इससे तुम्हें फ़र्क़ नहीं पड़ना चाहिए ख़ुशी!

सीमा : हाँ, लेकिन क्या करें, हम भी इनसान ही तो हैं, दुःख तो होगा ही न।

ख़ुशी : जिससे आपने प्यार किया, फिर शादी की और वही आपके साथ इस तरह करता है तो दिल पर चोट लगती है यार!

शिफ़ा : ज़िंदगी कितनी हैरानगी भरी है न, जाने कब कौन सा पल लेकर आएगी, कुछ नहीं पता।

सीमा : हाँ, कुछ भी नहीं पता, कल मेरी माँ का फ़ोन आया था। मेरी छोटी बहन रीना की शादी है, माँ कह रही थीं, आ जाओ, पर मेरा मन ही नहीं कर रहा है कि मैं वहाँ जाऊँ।

शिफ़ा : ऐसा क्यों सीमा, आख़िर तुम्हारी बहन की शादी है, तुम ऐसा कैसे कह सकती हो?

सीमा : वो बात नहीं है शिफ़ा, जब से सुना है, रीना की शादी है, मेरा भी मन कर रहा है कि मैं उड़कर पहुँच जाऊँ। रीना का भी बराबर फ़ोन आता रहता है कि दीदी, कब आओगी?

ख़ुशी : कब है शादी?

सीमा : पंद्रह दिन रह गए हैं।

शिफ़ा : फिर क्या वजह है, जो तुम नहीं जाना चाहती?

सीमा : बस यही है कि जितने भी रिश्तेदार आएँगे, सब मेरे बारे में बात करेंगे। कुछ तो रिश्ते भी लेकर आएँगे और कुछ मुझ पर शादी करने के लिए बहुत दबाव बनाएँगे।

ख़ुशी : हाँ तो, उनके दबाव बनाने से क्या होता है, तुम एक कान से सुनना और दूसरे कान से निकाल देना और बस रीना की शादी की ख़ुशी मनाना।

शिफ़ा : हाँ, ख़ुशी सही कह रही है, तुम सुनना सबकी, लेकिन करना तो तुम्हें तुम्हारे ही मन का है, तो तुम इतनी परेशान क्यों हो रही हो?

"जिसे देखो यही कह रहा है शादी कर लो, शादी कर लो, कोई मुझे चैन से क्यों नहीं जीने देता," सीमा ग़ुस्से में बोलती है।

शिफ़ा : ये दुनिया ऐसी ही है सीमा! जितनी जल्दी ऐसे लोगों को अनदेखा करना सीख जाओगी, उतना ही मन के बोझ को कम कर पाओगी।

सीमा : तुम लोग सही कह रही हो, यही करना चाहिए।

ख़ुशी : मेरा तो शादी से भरोसा ही उठ चुका है।

शिफ़ा : फ़राज़ से मिलने से पहले मेरा भी सोचना यही था, पर जब फ़राज़ जैसे शख़्स से मिली तो लगा कि अभी ऐसे नेक इनसानों से यह दुनिया ख़ाली नहीं हुई है।

सीमा : मैं तो अपनी क़िस्मत पर शायद दोबारा भरोसा ही नहीं कर पाऊँगी?

ख़ुशी : न जाने हमारी ज़िंदगी का सफ़र हमें कहाँ ले जाएगा?

"हर काली रात के बाद चाँदनी रात भी होती है, तुम दोनों इतना अफ़सोस न करो मेरी बहनो, माना आज वक़्त हमसे रूठा है, पर वह दिन भी ज़रूर

आएगा, जब ये वक़्त हमारी ज़िंदगी में बहार लाएगा। वक़्त इतना बेरहम तो नहीं हो सकता न कि हमारे नसीब में ख़ुशियों के फूल ही न खिलाए। उम्मीद पर दुनिया टिकी है, हम सबको भी उम्मीद से नाउम्मीद नहीं होना चाहिए।" शिफ़ा कहती है।

संडे का दिन था।

ख़ुशी भी यहीं रुक गई थी। तीनों के बीच काफ़ी रात तक बातचीत होती रही, इसलिए सुबह के दस बजे तक सो रही थीं। सीमा और रिया सोने के लिए दूसरे कमरे में चली गई थीं। ख़ुशी और शिफ़ा एक कमरे में सो रही थीं।

सुबह सवा दस बजे फ़ोन की घंटी बजी तो शिफ़ा की आँख खुली और झट से फ़ोन उठाया। उसने देखा, फ़राज़ की दो मिस्ड कॉल थी, उधर फ़ोन पर फ़राज़ की मम्मा, यानी आंटी का फ़ोन आ रहा था।

आंटी : कैसी हो शिफ़ा बेटी?

शिफ़ा : मैं ठीक हूँ आंटी, आप कैसी हैं?

आंटी : मैं भी ठीक हूँ, तुम्हें ख़ुशख़बरी देनी थी तो सोचा, चलो फ़ोन कर लेती हूँ।

शिफ़ा : अच्छा, क्या ख़ुशख़बरी है, बताइए न आंटी!

आंटी : अरे बेटा, फ़राज़ तुम्हें फ़ोन कर रहा था, तुमने नहीं उठाया तो उसने मुझे फ़ोन करके बताया कि वो एक हफ़्ते बाद इतवार को इंडिया आ रहा है।

शिफ़ा : ओह अच्छा, सच में, यह तो बहुत अच्छी ख़बर है।

आंटी : हाँ बेटा, ख़ुदा अब तुम दोनों की झोली ख़ुशियों से भर दे, बस यही दुआ करती हूँ, मेरे फ़राज़ का भी घर बस जाए तो मुझे सुकूँ मिल जाए।

शिफ़ा को समझ में नहीं आ रहा था, इस बात पर वह क्या कहे तो उसने बात बदल दी।

शिफ़ा : घर में सब लोग कैसे हैं आंटी?

आंटी : सब ठीक हैं बेटा, छोटी बहू मायके गई है, घर में बिल्कुल सन्नाटा छाया हुआ है। अब मेरी बड़ी बहू भी आ जाए तो घर कभी ख़ाली नहीं

रहेगा, क्यों शिफ़ा, सही कह रही हूँ न मैं।

शिफ़ा : जी आंटी (शिफ़ा शरमाते हुए बोली)!

आंटी : चलो, अब तुम नाश्ता वग़ैरह कर लो, मैं फ़ोन रखती हूँ।

शिफ़ा : जी ज़रूर, ख़ुदा हाफ़िज़।

आंटी : ख़ुश रहो, ख़ुदा हाफ़िज़।

शिफ़ा ने यह ख़बर सुनकर कि फ़राज़ आ रहे हैं, उसने ख़ुशी को झकझोरकर उठा दिया और उसे एक साँस में सब बताती चली गई।

ख़ुशी : रुको, रुको, मेरी बुलेट ट्रेन! एक तो मुझे नींद से जगा दिया और ऊपर से स्पीड हवाई जहाज वाली पकड़ रखी है तुमने, मैं सोकर उठ जाती, तब बता देती, इतनी कौन सी आफ़त आ रही थी।

शिफ़ा : दिल को चैन नहीं पड़ रहा था, इसलिए तुम्हें जगा दिया (और शिफ़ा ख़ुशी को गुदगुदाने लगी)।

ख़ुशी : तुम सुबह–सुबह मेरे हाथ से पिट जाओगी।

शिफ़ा : मारो या पीटो, मैंने तो अब तुम्हें उठा ही दिया है (यह कहकर शिफ़ा हँसने लगती है)।

ख़ुशी : फ़राज़ के आने की अभी ख़बर आई है यार, वे आ तो नहीं गए हैं न, तुमने ज़बरदस्ती मेरी नींद ख़राब कर दी।

शिफ़ा : लो, अगर वो आ जाते और मैं तुम्हें तब बताती तो तुम मुझसे ग़ुस्सा नहीं हो जाती?

ख़ुशी : हाँ, ठीक है, पर जगाना नहीं था यार···

शिफ़ा : कितना सोओगी मेरी जान, चलो नाश्ता करते हैं, भूख लग रही है। तुम फ्रेश हो जाओ, मैं सीमा को फ़ोन करती हूँ कि वह यहीं आ जाए, फिर तीनों नाश्ता करने के लिए चलते हैं।

थोड़ी देर में तीनों कैंटीन में नाश्ता कर रही थीं, रिया भी साथ थी।

ख़ुशी : शिफ़ा, तुम्हारे उस संगदिल सनम का क्या हुआ? मिस्टर वसी ने दोबारा शादी की या नहीं?

शिफ़ा : उस खड़ूस से शादी कौन करेगा? फिलहाल अभी तक तो नहीं

हुई है, बस दुआ करती हूँ, और किसी की ज़िंदगी मेरी तरह बरबाद न हो।

सीमा : तुम उनसे अलग हो गई हो तो शायद उन्हें कुछ समझ आ गई हो।

शिफ़ा : मैं भी यही चाहूँगी कि इनसान अपनी ग़लतियों से सीखे और दुबारा वही ग़लती न करे, नहीं तो अंजाम बुरा ही होगा।

ख़ुशी : चलो, पिक्चर देखने चलते हैं, थोड़ा मूड बदल जाएगा।

सीमा : चलते हैं, कौन सी पिक्चर लगी हैं? तीनों अपनी पिक्चर को चूज़ करने में लग गईं और दोपहर बाद तीनों पिक्चर देखने चली गईं।

वापसी में ख़ुशी अपने घर चली गई।

सीमा और शिफ़ा दोनों हॉस्टल आकर वापस अपने-अपने कमरे में चली गईं।

~

शिफ़ा ने जब से यह ख़बर सुनी हैं कि फ़राज़ आ रहे हैं, उसका दिल एक पल भी चैन की साँस नहीं ले पा रहा था। वह सबके साथ होकर भी अकेली थी, हँस रही थी, बोल रही थी, लेकिन दिल में एक ही शोर तूफ़ान मचाए हुए था कि फ़राज़ आ रहे हैं, फ़राज़ आ रहे हैं, क्या मैं शादी के लिए हाँ कह दूँ? अब बुलाया है तो हाँ कहना ही चाहिए। एक अजीब सी घबराहट हो रही थी, ख़ुशी है या कुछ और?

शिफ़ा समझ नहीं पा रही थी और डायरी निकालकर अपने दिल की बेचैनी को कम करने की कोशिश में क़लमकारी को दावत दे बैठी।

बाद मुद्दत के आज मेरा दिल बेसब्र हो रहा है,
कोई दबे पाँव मेरे दिल के जानिब हो रहा है।

आज मोहब्बत पे यक़ीं करने को जी चाहता है,
दिल से बार-बार मेरे रब का शुक्र हो रहा है।

दिल के जज़्बात इस बात से बेहद पशेमाँ हैं,
उनके आग़ाज़ से मेरा दिल मदहोश हो रहा है।

थोड़ी सी दूरी लंबी रातों का दस्तक दे रहा है,
दिल इतना नादाँ न बन, तेरा वक़्त तय हो रहा है।

पंख फैलाकर परिंदों के मानिंद उड़ने के लिए,
मोहब्बत के अर्श में हूँ, ये एहसास हो रहा है।

मेरी आरज़ू, मेरी शाइस्तगी का ही पैमाना है,
छलक जाने को इस सबब से बेताब हो रहा है।

हर लम्हा मेरी रूह मोहब्बत का मुंतज़िर है,
बहुत सुकूँ मेरे दिल को 'राफी' आज हो रहा है।

सीमा की बहन की शादी को क़रीब एक हफ़्ते रह गया था।

सीमा की माँ और बहन का बार-बार फ़ोन आ रहा था तो सीमा वहाँ चली गई।

उसने सोचा था, तीन-चार दिन पहले जाएगी, लेकिन माँ और बहन बहुत ज़्यादा कहने लगीं तो वह चली गई। सीमा जिस बात से परेशान हो रही थी, वही हुआ। सारे रिश्तेदार बस उसे समझाने में लगे थे—"बेटा, शादी तो करनी ही पड़ेगी, ऐसे तो पूरी ज़िंदगी नहीं काट सकते हैं, सबको सहारे की ज़रूरत होती है। एक दिन यह एहसास होता ही है कि जीवनसाथी के बिना ज़िंदगी जीना आसान नहीं है। यह दुनिया अकेली औरत को चैन से रहने नहीं देती।" कुछ तो यह भी कह रही थीं, "तुम अपनी उन सहेलियों की तरह मत बनो।" यह सब सुन-सुनकर सीमा का सिर फटा जा रहा था। उसका मन कर रहा था, वहाँ से भाग जाए, पर वह ऐसा नहीं कर सकती थी, आखिर उसकी

बहन की शादी थी। वह कुछ भी किसी से कहना नहीं चाह रही थी, किसी का मन दुःखी नहीं करना चाहती थी।

शादी के दिन शिफ़ा और ख़ुशी आई थीं। सीमा ने उनको पहले बुलाया था, पर दोनों पहले नहीं गईं, क्योंकि उन्हें लग रहा था, जहाँ सीमा ही कम्फर्टेबल नहीं है, वहाँ हमारा पहले से जाना ठीक नहीं है।

सीमा शिफ़ा के साथ रहती है, यह बात वैसे ही घरवालों को चुभती है। इन तीनों की दोस्ती की जहाँ तारीफ़ होती थी, आज इनकी दोस्ती को ताने और उलाहने मिलते हैं। इन तीनों की ज़िंदगी का छोर कहीं छूट गया है, जब दिन ख़राब होते हैं तो लोगों का नज़रिया भी बदल जाता है।

सीमा शादी के तीसरे दिन हॉस्टल वापस आ गई।

उसकी माँ रोक रही थीं, पर वह नहीं रुकी, उसने सोचा, यहाँ रहूँगी तो माँ–पापा की सूई एक जगह ही अटकी रहेगी, शादी, शादी और बस शादी, इसलिए वह नहीं रुकी और हॉस्टल आ गई।

शादी से वापस आने के बाद उसने देखा, रिया को बुख़ार हो गया है। सीमा घर में सारी दवाइयाँ रखती है, उसने रिया को दवा खिलाई और माथे पर पट्टी करने लगी। सीमा अपनी सोच के बवंडर में इधर–उधर भटक रही थी। वह ख़ुद से ही बात कर रही थी, मैं शादी नहीं करूँगी, मैं अपनी बच्ची को किसी को नहीं दूँगी। मैं अपनी बच्ची के बिना नहीं रह सकती। मेरे मालिक मुझसे मेरे बच्चे को कभी दूर न होने देना, उसके दिमाग का बादल घुमड़–घुमड़कर उसे डरा रहा था।

सीमा बहुत परेशान थी, तभी उसका फ़ोन बज उठा।

ख़ुशी : हैलो सीमा! शिफ़ा ने बताया कि रिया को बुख़ार हो गया है, अब कैसी है रिया?

सीमा : दवा दे दी है और पट्टी भी रख रही हूँ, पहले से कम हुआ है, धीरे–धीरे बुख़ार उतर जाएगा।

ख़ुशी : देखो, टेंशन नहीं लेना, ज़रूरत पड़ेगी तो मैं सुबह आ जाऊँगी, फिर डॉक्टर को दिखा देंगे।

सीमा : हाँ बिल्कुल, तुम और शिफ़ा हो तो मुझे कोई चिंता नहीं है।

ख़ुशी के पास कार है और वह ख़ुद चलाती है। जब भी शिफ़ा और सीमा को ज़रूरत होती है, वह वहाँ आ जाती है।

रिया दो दिन के बाद अब एकदम ठीक थी। शाम को ऑफिस से आते हुए शिफ़ा बाज़ार चली गई। उसे कुछ सामान लेना था, जब वह फल की दुकान में गई तो वहाँ पर उसकी मुलाक़ात वसी की मम्मी से हो गई।

शिफ़ा ने उनको सलाम किया। उन्होंने मुसकराकर जवाब दिया, शिफ़ा ने सोचा, वैसे तो वसी की मम्मी बाज़ार वग़ैरह जाती नहीं हैं, पता नहीं आज कैसे आना हुआ। उन्होंने शिफ़ा से कहा, दो मिनट वह उससे बात करना चाहती हैं।

वसी की मम्मी : बाहर मेरी गाड़ी खड़ी है, दो मिनट के लिए मेरे साथ बैठ जाओ (उन्होंने इतने शफ़क़त (प्यार) से कहा तो शिफ़ा मना नहीं कर पाई)।

वसी की मम्मी : कैसी हो बेटा?

शिफ़ा : मैं ठीक हूँ। आप बताइए, आप कैसी हैं?

वसी की मम्मी : मैं ठीक हूँ और नहीं भी, घर में अकेलापन बहुत लगता है। मैंने सोचा, चलो थोड़ा बाज़ार ही चली जाती हूँ।

शिफ़ा : हाँ, मैं वही सोच रही थी कि आप आज सामान खरीदने कैसे आ गईं?

वसी की मम्मी : हाँ, बेटा! बस इसलिए आ गई है कि शायद थोड़ा मन बहल जाए, वसी तो शादी के लिए तैयार ही नहीं हो रहा है, कहता है, मेरी ज़िंदगी तो ऐसे ही रहेगी। कोई ऐसे ही एडजस्ट करने के लिए तैयार हो तो मैं शादी कर लूँगा। मैंने दो-तीन लड़कियाँ देखी भी थीं और सबको यह बता भी दिया था कि मेरा बेटा बहुत बिज़ी रहता है। पहले वह अपना काम देखता है, बाक़ी सब उसके लिए बाद में आता है। क्या करूँ, मैं भी एक औरत हूँ, दूसरी औरत का दर्द समझती हूँ, किसी की ज़िंदगी कैसे बरबाद कर सकती हूँ?

शिफ़ा : तो अभी कहीं बात बनी या नहीं?

वसी की मम्मी : नहीं बेटा, जो यह जान लेता है, वह पीछे हट जाता है। अब जब तक वसी इस बात को नहीं समझेगा, तब तक उसकी शादी होना मुश्किल ही लग रहा है, हो सकता है, कुछ और उम्र बीत जाने के बाद शायद उसे अपनी खामियाँ (कमियाँ) नज़र आएँ। शायद उसे भी कभी अकेलापन महसूस हो, तभी वह अपने को बदले, मैंने तो चुप्पी साध ली है बेटा, आगे वही होगा, जो ख़ुदा को मंज़ूर होगा। मुझे बस यही ग़म अंदर-ही-अंदर घुटन देता रहता है। मैं क्या करूँ? माँ हूँ, बेटे का घर न बस पाने का अफ़सोस तो होगा ही न बेटा!

शिफ़ा : जी बिल्कुल होगा, बस ख़ुदा से दुआ करती रहें, माँ की दुआओं में बहुत ताक़त होती है, हो सकता है, आपकी दुआ से एक दिन वसी का ज़िंदगी जीने का नज़रिया बदल जाए।

वसी की मम्मी : मेरी बच्ची, हमेशा ख़ुश रहो, तुम्हारा दामन हमेशा ख़ुशियों से भरा रहे, चलती हूँ बेटा।

शिफ़ा उनको सलाम करके वापस आ गई और रास्ते भर यही सोच रही थी कि वसी कितने पत्थर दिल हैं, न अपनी कोई ख़्वाहिश है, न माँ की आरज़ू की कोई फ़िक्र है। इतना रूखा इनसान कि किसी भी रिश्ते की कोई क़द्र ही नहीं है। ख़ुदा ख़ैर करे (लंबी साँस भरते हुए)।

शिफ़ा हॉस्टल पहुँचकर पहले सीमा के कमरे में गई, वह फल और कुछ खाने की चीज़ें रिया के लिए लेकर आई थी। उसने वह सब सीमा को दिया। डेयरी मिल्क चॉकलेट रिया के हाथ में थमाई तो रिया बहुत ख़ुश हो गई और शिफ़ा से लिपट गई।

सीमा : इतना सामान क्यों लाई शिफ़ा?

शिफ़ा : खाने के लिए लाई हूँ यार। देखो, तुम छोटी बच्ची के साथ ज़्यादा बाहर नहीं जा सकतीं और हमारी रिया अभी बुख़ार से ठीक हुई है तो उसके खाने-पीने का ख़याल उसकी मासी नहीं रखेगी तो कौन रखेगा? तुम भी न सीमा, कुछ भी कहती हो।

सीमा मुसकराती रही और मन-ही-मन ख़ुशी और शिफ़ा जैसे दोस्त देने

के लिए मालिक का धन्यवाद कर रही थी।

फ़राज़ के आने में दो दिन रह गए थे, शिफ़ा बस दिन गिन रही थी। फाइनली वह दिन भी आ गया और रात का वो लम्हा भी क़रीब आ गया था जब कुछ ही वक़्त में फ़राज़ की फ्लाइट लैंड होने वाली होगी।

फ्लाइट आने का वक़्त एक बजे का था, शिफ़ा सोच रही थी, सो जाती हूँ, अब तो कल मिलना ही है, वह ख़यालों के ताने-बाने बुनती रही और फिर सो गई।

सुबह उठकर सबसे पहले उसने फ़ोन उठाया, यही सोचकर कि फ़राज़ ने फ़ोन ज़रूर किया होगा। फ़ोन उठाकर देखा तो पाँच मिस्ड कॉल फ़राज़ के छोटे भाई सेराज की थीं। उसने फ़ोन लगाया तो किसी ने उठाया नहीं, न जाने क्यों उसका मन घबराने लगा। उसने आंटी को फ़ोन लगाया, पर उन्होंने भी नहीं उठाया। शिफ़ा सोच रही थी, अब किसको फ़ोन करूँ? सेराज की पाँच मिस्ड कॉल हैं, फ़राज़ की एक भी नहीं, क्या बात होगी? वह सोचती हुई इधर-उधर कमरे में टहलने लगी, फिर सोचा, पहले कैंटीन जाकर चाय पी लेती हूँ। उसने सीमा को फ़ोन किया और दोनों कैंटीन में नाश्ता करने बैठ गईं। उसने सीमा को सारी बातें बताईं।

सीमा : एक बार तुम सेराज की वाइफ के नंबर पर फ़ोन करके देखो?

शिफ़ा : हाँ, यह ठीक रहेगा। उसने फटाफट नाश्ता ख़त्म किया और सेराज की बीवी को फ़ोन लगाया।

उधर से उसने फ़ोन उठाया और जो ख़बर उसने दी, उसके बाद तो शिफ़ा का होश-ओ-हवास ही गुम हो गया। उसके हाथ से फ़ोन छूट गया और वह कँपकँपाने सी लगी।

सीमा यह देखकर घबरा गई।

सीमा : क्या हुआ शिफ़ा, क्या हुआ, उन्होंने क्या कहा? शिफ़ा, प्लीज़ बोलो न, कुछ तो बोलो, मेरा दिल बैठा जा रहा है (लेकिन शिफ़ा, वह तो बुत-सी, बदहवास-सी बैठी थी)।

सीमा ने फ़ोन उठाया और उसी नंबर पर फ़ोन लगाया।

सेराज की बीवी ने जब उसे यह बात बताई तो उसकी भी टाँगें काँपने लगीं। उसने ख़ुशी को फ़ोन लगाया और तुरंत यहाँ आने के लिए बोला।

वहाँ पर कुछ औरतें थीं, जो कैंटीन में काम करती थीं, सीमा ने उनको बुलाया और शिफ़ा को कमरे तक ले जाने में मदद माँगी और उनके साथ मिलकर शिफ़ा को कमरे में ले आई।

सीमा : शिफ़ा! मेरी बहन, कुछ तो बोलो, इतनी चुप न रहो। मैं जानती हूँ, जो हुआ बहुत बुरा हुआ, लेकिन देखो, हिम्मत से काम लेना पड़ेगा (शिफ़ा सुन्न-सी बैठी थी, न बोल रही थी, न रो रही थी। यह देखकर सीमा बहुत घबरा रही थी। सीमा चाहती थी, वह कुछ तो बोले, रोए, चीखे, चिल्लाए, पर यूँ चुपचाप रहेगी तो अंदर-ही-अंदर घुटेगी। सीमा कोशिश करती रही, लेकिन वह टस-से-मस नहीं हो रही थी)।

एक घंटे के अंदर ही ख़ुशी आ गई थी।

ख़ुशी : सीमा, क्या तुमने जो बताया वह सच है, क्योंकि विश्वास करने का दिल नहीं चाह रहा है यार!

सीमा : हाँ ख़ुशी, सच है, फ़राज़ की फ्लाइट लैंड होने से लगभग एक घंटा पहले समंदर में गिर गई। सेराज की बीवी ने बस यही बताया, बाक़ी तो वहाँ जाकर ही पता चलेगा। लेकिन ख़ुशी! शिफ़ा को देखो, मुझसे उसकी हालत देखी नहीं जा रही है, प्लीज़ इसको बोलो कुछ तो कहे, कुछ न भी कहे, जी भरकर रो तो ले, अपने अंदर के दर्द को बहने तो दे।

ख़ुशी (शिफ़ा को कंधे से पकड़कर झकझोरते हुए) : शिफ़ा, शिफ़ा! देखो, हो सकता है, फ़राज़ ज़िंदा हों, हो सकता है, वो मिल जाएँ? तुम एकदम से उम्मीद न हारो। मेरी बहन, कुछ तो कहो, तुम तो इतनी हिम्मत वाली हो, तुम हिम्मत हार जाओगी तो अपनी आंटी और उनके घरवालों की हिम्मत कैसे बाँधोगी? शिफ़ा, मेरी आँखों में देखो और हाँ, तुम्हें उनके घर जाना है, चलो कपड़े बदलो, वहाँ चलते हैं, वहाँ जाकर ही सारी बात ठीक से पता चलेगी।

शिफ़ा : मैं कहीं नहीं जाऊँगी। काश! मुझे भी मौत आ जाए।

यह कहकर वह ज़ार-ओ-क़तार (ज़ोर-ज़ोर) रो पड़ी। सीमा और ख़ुशी भी रोने लगीं। शिफ़ा को सँभालना मुश्किल हो रहा था। दोनों ने उसे चिपका रखा था। वह बहुत देर तक रोती रही।

ख़ुशी : सीमा, तुम शिफ़ा के कपड़े निकालो, हमें फटाफट वहाँ जाना चाहिए।

सीमा : हाँ, मैं निकालती हूँ।

ख़ुशी : तुम यहीं रुको, रिया उस माहौल में परेशान हो जाएगी।

सीमा : जाने का मन तो बहुत है, लेकिन तुम सही कह रही हो।

ख़ुशी और सीमा ने शिफ़ा के कपड़े बदलवाए, उसकी चोटी बनाई।

ख़ुशी : मैं गाड़ी निकालती हूँ, तुम शिफ़ा को लेकर आओ।

सीमा : हाँ, ठीक है।

शिफ़ा और ख़ुशी दोनों आंटी के घर के लिए निकल पड़ी थीं।

क़रीब एक घंटे बाद वो दोनों आंटी के घर पहुँच गईं।

शिफ़ा : ख़ुशी! मुझे अंदर नहीं जाना, मैं आंटी को कैसे अपना चेहरा दिखाऊँ, मैं बहुत बदक़िस्मत (अभागिन) हूँ ख़ुशी! मैं अंदर नहीं जाऊँगी।

ख़ुशी : नहीं-नहीं शिफ़ा, ऐसा नहीं सोचते। एक बार जाना ज़रूरी है, नहीं तो तुम्हारी आंटी क्या सोचेंगी कि तुम उनसे मिलने भी नहीं आई।

शिफ़ा : मुझे बहुत डर लग रहा है, न जाने सब मेरे साथ कैसा सुलूक (व्यवहार) करेंगे।

ख़ुशी : कोई कुछ नहीं कहेगा, तुम इतना मत सोचो। चलो, अंदर चलो, आओ शिफ़ा (ख़ुशी थोड़ा कठोर लहज़े में बोली)!

शिफ़ा धीमे-धीमे थके-थके कदमों से घर के अंदर दाख़िल हुई।

जैसे ही आंटी पर नज़र पड़ी, दौड़कर उनसे लिपट गई और दोनों ही ज़ोर-ज़ोर से रो पड़ीं। क़रीब आधे घंटे बाद ख़ुशी ने सेराज की बीवी से पूछा, "क्या हुआ और कैसे हुआ? अभी क्या ख़बर है?"

सेराज की पत्नी बताती है, "क्या हुआ, कैसे हुआ, यह तो कुछ नहीं पता? हम सब तो एयरपोर्ट पर ही थे, जब फ्लाइट का वक़्त हो गया और

क़रीब एक घंटा बीत जाने के बाद भी फ्लाइट नहीं आई, तब सेराज ने जाकर पूछा, लेकिन वहाँ पर कोई कुछ बता ही नहीं रहा था। ऐसे ही क़रीब दो घंटे बीत गए। उसके बाद वहाँ पर उन लोगों ने बताया कि कनाडा से आने वाली इस फ्लाइट में कुछ टेक्निकल ख़राबी हो गई थी, जिसकी वजह से फ्लाइट समंदर में ही गिर गई और उन लोगों ने कहा, इससे ज़्यादा उन्हें अभी और कोई जानकारी नहीं है। उसके बाद हम सब घर वापस आ गए। सुबह से सेराज पता करने की कोशिश कर रहे हैं। बहुत सारी लाशें निकाली गई हैं। अभी सारे यात्रियों की लाशें नहीं मिली हैं और अभी सबकी शिनाख़्त (पहचान) भी नहीं हुई है।"

इतना कहकर सेराज की पत्नी रोने लगी।

शिफ़ा यह सब सुन रही थी और गुमसुम-सी बैठी हुई थी।

फ़राज़ की मम्मा तो बिल्कुल ही बेबस और हताश लग रही थीं। आँखों में आँसुओं के साथ-साथ सूनापन भी साफ़ दिखाई दे रहा था। शाम को छह बजे ख़ुशी और शिफ़ा वापस आ गई थीं, तब तक फ़राज़ का कुछ भी पता नहीं चल पाया था।

सीमा : क्या हुआ ख़ुशी, जल्दी सबकुछ मुझे बताओ ?

ख़ुशी ने सीमा को सबकुछ बताया, जो सेराज की पत्नी ने बताया था।

ख़ुशी : रेस्क्यू ऑपरेशन चल रहा है, बस सब लोग गॉड से प्रार्थना करो कि कोई चमत्कार हो जाए।

शिफ़ा : कोई चमत्कार नहीं होगा, मेरी क़िस्मत ही काली है। मेरी ज़िंदगी में कभी कोई ख़ुशी नहीं आएगी।

सीमा : मैं जानती हूँ, जो हुआ बहुत बुरा हुआ, कोई भी टूट जाएगा, लेकिन शिफ़ा! उम्मीद की एक किरण अभी भी बाक़ी है, उसे जलाए रखो मेरी बहन!

शिफ़ा : जब भी मैं फ़राज़ के बारे में सोच-सोचकर ख़ुश होती थी, न जाने क्यों अगले ही पल उदासी की एक चादर मुझे ढक लेती थी। मैं कभी पूरी ख़ुशी महसूस ही नहीं कर पाती थी, फ़राज़ की मोहब्बत पाकर मैं बहुत

ख़ुश थी। सच में, दिल फिर से गुलज़ार हो रहा था, लेकिन रह-रहकर ऐसी अनदेखी, नासमझी-सी शुबहा (आशंका) मुझे घेर लेती थी, ऐसा महसूस होता रहता था कि मैं मोहब्बत की दुनिया में कभी कदम नहीं रख पाऊँगी। वसी से रिश्ता टूटने के बाद मैं टूट गई थी, लेकिन उस बेरंग शादी से निकलने का फ़ैसला मेरा था। मुझे दर्द हुआ, बहुत दर्द हुआ, लेकिन मैंने अपनी रूह को छलनी नहीं होने दिया, पर आज मैं रूह की गहराई से टूट गई हूँ। ऐसा लग रहा है, मेरा सारा जहाँ ही सूना हो गया है (यह बोलते-बोलते वह फिर रोने लगी)।

सीमा और ख़ुशी ने बहुत कोशिश की, वह कुछ खा ले, लेकिन उसने कुछ नहीं खाया और चादर ओढ़कर बिस्तर पर लेट गई।

सीमा अपने कमरे में रिया के पास चली गई और ख़ुशी शिफ़ा के पास लेट गई और शिफ़ा, वह तो सोच के दायरे में क़ैद होकर रह गई थी।

किससे गिले करूँ, किसे सुनाऊँ दास्ताँ,
मेरी ख़ुशियों की हर जगह ख़ाली हो गई।

इतने चाक हो गए, मैं माज़ूर बेबस-सी,
मेरे सहने की सारी क़ूवत ख़त्म हो गई।

मेरे ख़ुदा आप क्यों ऐसे बेख़बर हो गए,
मेरी दुआएँ इतनी क्यों बेअसर हो गईं।

सब्र की तहें, देखो आज सारी खुल गईं,
मेरे ग़मों की इंतेहा बेहिसाब हो गई।

कुछ और न बचा बस मौत के सिवा,
बेजान अश्म-सी मैं एक बुत हो गई।

ले लो मेरी साँसें, उसे क्यों भटका रहे हो,
मेरे जिस्म में साँसें बस नाम की हो गईं।

मैंने माना, ख़ुशियों से मेरा वास्ता नहीं,
होंठों की हँसी फ़राज़ के साथ हो गई।

कोई न समझेगा, मैं काली शब में क़ैद हूँ,
उम्मीद के हर वसीले से मैं दूर हो गई।

ज़िंदा लाश हूँ, मुझे भी कफ़न पहना दो,
शिफ़ा को देखो, ख़ुद से बेज़ार हो गई।

मुझमें सब ख़त्म हुआ, न रही कोई चाहत,
सफ़र की हसीन मंज़िल लापता हो गई।

न ढूँढ़ना मुझे, मैं जर्जर मकान-सी खँडहर हूँ,
मेरी क़ायनात, मेरी हस्ती ग़ुमनाम हो गई।

बाद मुद्दत के अपने तक़दीर को कोसा मैंने,
बार-बार क़िस्मत की चोट से घायल हो गई।

'राफी' बड़ी हसरतों से चाहा कोई क़रीब हो,
इस ख़्वाहिश में दर-ब-दर की बंजारन हो गई।

बारह दिन बीत गए, लेकिन फ़राज़ का कोई पता नहीं चला।

ख़ुशी अभी शिफ़ा के पास ही रुकी हुई है। शिफ़ा का मन बहुत बेचैन था।

रात हो गई थी और वह कमरे से बाहर आई।

ख़ुशी भी उसके पीछे-पीछे भागी।

ख़ुशी : कहाँ जा रही हो शिफ़ा ? सुनो तो !

शिफ़ा अपनी ही धुन में चली जा रही थी।

वह उसी जगह जाकर फिर बैठ गई, जहाँ वो अकसर तब बैठती थी, जब उसका दिल बहुत परेशान होता था। यह वह जगह थी, जहाँ बैठकर वह आसमाँ की तरफ़ देखती थी और आसमाँ के उन सितारों में अपनी मम्मी को ढूँढ़ती थी। शिफ़ा आँखों में आँसुओं का समंदर भरकर एकटक बस उन सितारों को देखे जा रही थी। ख़ुशी भी उसके साथ वहीं बैठ गई थी।

शिफ़ा : मम्मी! देखो मुझे, मेरी आँखों से आँसुओं की लड़ियाँ ख़त्म ही नहीं हो रही हैं, क्या मैं अपने ख़ुदा को ऐसे ही पसंद हूँ ? मेरे दर्द से उनको ज़रा भी तकलीफ़ नहीं होती। एक इनसान को इतना दर्द देते हैं कि उस इनसान के सारे एहसास ही ख़त्म हो जाते हैं। मेरे ख़ुदा मुझसे इतने बेनियाज़ कैसे हो सकते हैं ? मम्मी, आप तो उन्हीं के पास हो, आप ख़ुदा से पूछो न, यह कैसा इनसाफ है ? दर्द के बाद ख़ुशी मिलने की हक़दार तो मैं भी हूँ न, या मेरा नसीब इतना काला है कि कभी उस पर ख़ुशियों भरी रोशनी की नूर डाली ही नहीं जा सकती ? क्या मैं इतनी मनहूस हूँ कि 'ख़ुशियाँ' मेरे दरवाज़े पर आते-आते यह सोचकर डर जाती हैं कि मैं 'ख़ुशी' हूँ, इसकी बदनसीबी कहीं मुझे 'ख़ुशी' से 'ग़म' में न बदल दे। क्या मुझे ख़ुशियाँ पाने का हक़ नहीं है ? मोहब्बत मेरे नसीब में नहीं थी तो इस तरह मेरे ख़ुदा ने मुझे उम्मीद क्यों दी, आख़िर वे चाहते क्या हैं ? मैं साँस लूँ तो सिसक-सिसककर, मैं ज़िंदगी जिऊँ तो ठहर-ठहरकर, मैं हमेशा सफ़र में ही रहूँ, क्योंकि मेरे लिए कोई मंज़िल ही नहीं मुकर्रर (तय) की गई है। मैं भी इनसान हूँ मम्मी, मैं थक गई हूँ, वसी से रिश्ता तोड़कर मैं अपनी ज़िंदगी को एक नए सिरे से जीने की कोशिश कर रही थी। फ़राज़ आए और मुझे ज़मीं की संगदिली से उठाकर मोहब्बत के फ़लक पर बिठा दिया।

एक ऐसी मोहब्बत, जिसकी मैं हमेशा से तलबगार थी। ऐसी बेलौस मोहब्बत की मेरी रूह मुंतज़िर थी, फ़राज़ की मोहब्बत मेरी 'रूहानी मोहब्बत'

का आईना थी, वह 'रूहानी मोहब्बत' जिसकी हसरत लिये कब से दिल के सहरा में प्यासी भटक रही थी। मेरे सारे अरमान बिखर गए थे, पर फ़राज़ से मिलने के बाद सबकुछ जुड़ने लगा था। मेरी आरज़ू और 'रूहानी मोहब्बत' को पाने की चाह, मेरे होंठों की तबस्सुम, फ़राज़ से मिलने के बाद मुझे ख़ुशनुमा बनाने में सफल हो गए थे। मेरी क्या ग़लती है, जो मुझे इतनी बड़ी सज़ा मिल रही है? क्या मुझे सिर्फ़ सज़ा ही मिलती रहेगी और सज़ा भी किस चीज़ की, मेरे किस गुनाह की, जो मेरी जानकारी में है ही नहीं? मम्मी, आपने भी कुछ क्यों नहीं कहा? मुझसे ख़ुशियाँ दूर हो रही थीं, आपने क्यों नहीं रोका? आप तो वहीं हैं ख़ुदा के पास, आपके रहते मैं आज फिर से ख़ाली मकान क्यों रह गईं? बताओ न मम्मी, मुझे मेरे सवालों के जवाब चाहिए?

ख़ुशी : बस करो शिफ़ा, मुझसे अब और न सुना जा रहा है, न देखा जा रहा है। चलो, कमरे में चलो मेरी जान, चलो शिफ़ा, प्लीज़ चलो।

ख़ुशी ने ज़बरदस्ती उसको कंधे से पकड़कर उठाया और कमरे के अंदर ले गई।

ख़ुशी से शिफ़ा का बेदम हौसला देखा नहीं जा रहा था और उसकी आँखों से झर-झर आँसू बह रहे थे।

~

एक हफ़्ता बीत गया, लेकिन फ़राज़ का कुछ भी पता नहीं चला।

शिफ़ा दिन-रात अपने कमरे में ही पड़ी रहती। न ऑफिस जाती थी और न ही कहीं और निकलती थी।

ख़ुशी अभी भी उसके पास ही रुकी हुई थी। सीमा और ख़ुशी उसको सँभालने की कोशिश कर रही थीं।

शिफ़ा के मन में एक दर्द भरी ग़ज़ल अपने तराने छेड़ रही थी।

मैंने माँगी मुक़द्दर से ख़ुशी प्यार की,
मुझे मिली नसीब में घड़ियाँ इंतज़ार की।

अब माँगना नहीं है कुछ, इतना है पता,
हाथ में लकीर नहीं, मोहब्बत के असर की।

दिल में जो चिराग़ रौशन हुए थे फ़साने के,
वह लौ बुझ गई, जहाँ में मेरे रहबसर की।

दिल समंदर है इसमें बस डूबते जाना है,
कोई साहिल नहीं इस उफनती लहर की।

मेरी साँसो तुम ख़ुदा से बग़ावत कर लो,
अब सहने की क़ूवत नहीं, किसी क़हर की।

बारिश की कुछ बूँदें मुझे भिगोने आई थीं,
पुरनम करने मोहब्बत के फूल शजर की।

एक ऐसी स्याह शब 'राफी' ज़िंदगी में आए,
मैं बेजान जिस्म बन जाऊँ उस नूर सहर की।

पंद्रह दिन बीत गए।

शिफ़ा अपनी आंटी से कभी-कभी फ़ोन पर बात कर लेती थी। कई बार सोचती थी, फ़राज़ के घर चली जाऊँ, लेकिन न जाने क्यों उसका दिल उसे जाने की इजाज़त नहीं देता था। सीमा, ख़ुशी और शिफ़ा तीनों ही कमरे में बैठी थीं। रिया भी उसी कमरे में थी और अपने खिलौनों से खेल रही थी।

सीमा : हम तीनों एक-दूसरे का सहारा हैं, हममें से एक भी उदास होता है तो जान निकल जाती है।

ख़ुशी : सच में, सारी दुनिया ही ख़राब लगने लगती है।

सीमा : हमारी ज़िंदगी में मालिक ने कमियाँ भर दी हैं, पर हमारी दोस्ती

की तिजोरी कभी भी एक–दूसरे के एहसास से ख़ाली नहीं रहने दी।

ख़ुशी : सच, एक वक़्त था, हम सब अलग–अलग शहरों में चले गए थे और आज देखो, हम फिर से एक साथ, एक ही शहर में रह रहे हैं। हमारे आपस के प्यार की कड़ी कितनी मज़बूत है! मालिक, हमारे प्यार को किसी की नज़र न लगे।

सीमा : हमारा प्यार, हमारा साथ हमारे दिलों से जुड़ा है।

शिफ़ा : दिलों से नहीं मेरी जानो, हमारा प्यार हमारी रूह से जुड़ा है।

ख़ुशी : सच कह रही हो शिफ़ा, हम अलग होकर भी अलग नहीं हो पाए। मालिक ने हमारी दोस्ती की डोर की गाँठ इतनी कसकर बाँधी है कि यह कभी खुल ही नहीं पाएगी।

शिफ़ा : हम तीनों ही एक–दूसरे की 'रूहानी मोहब्बत' हैं।

सीमा : एकदम सही कहा तुमने, हमारे प्यार की गहराई हमारी रूह से जुड़ी महसूस होती है, सच में हम तीनों ही एक–दूसरे की 'रूहानी मोहब्बत' हैं।

ख़ुशी : चलो फाइनली हमें हमारी 'रूहानी मोहब्बत' का एहसास हो गया। वो मोहब्बत, जो हर वक़्त हमारे क़रीब थी और हम उसे कहीं और ढूँढ़ रहे थे।

इतने में रिया पास आती है और अपनी मीठी–मीठी आवाज़ में पूछती है—

रिया : ये रू···हानी मु···हब्बत क्या कह रहे हो आप लोग?

ख़ुशी : (हँसते हुए) कुछ नहीं मेरी जान, हम बस यह कह रहे थे कि आप हमारी 'रूहानी मोहब्बत' हैं। हमारी बातें आपको अभी समझ में नहीं आएँगी।

रिया ने मुसकराकर सिर हिलाया।

ख़ुशी ने उसे गोद में उठाया और कहती है, "देखो बेटा, आप बहुत छोटी हो, यह हम बड़ों की बातें आपको समझ में नहीं आएँगी। हाँ, पर एक बात है, हम तीनों इस दुनिया में सबसे ज़्यादा प्यार आपसे ही करते हैं।"

शिफ़ा : मेरे बच्चे, आप हम तीनों की 'रूहानी मोहब्बत' हैं। (शिफ़ा उसे रूह (आत्मा) के बारे में बताती है और कहती है) हमेशा सबसे ज़्यादा प्यार

ख़ुद से करना, कभी अपने सपनों से आँख-मिचौली न खेलना, दूसरों की ख़ुशियों के लिए अपनी ख़ुशियाँ क़ुर्बान मत होने देना। जो जितनी क़ुर्बानियाँ (बलिदान) देता है, लोग उनसे उतनी ही क़ुर्बानियाँ माँगते हैं।

ख़ुशी : हमेशा अपनी ख़ुशी सबसे पहले रखना, अपना ख़ुद का आत्मसम्मान कभी कम न होने देना।

सीमा : सबकी इज़्ज़त करना, पर ग़लत के लिए कभी न झुकना।

शिफ़ा : आप ख़ुद से इतना प्यार करना कि कोई कितना भी आपके दिल को दर्द पहुँचाए, आप कभी भी कमज़ोर न पड़ना। यहाँ पर आप ही आपके सबसे बड़े हमदर्द हो, बाक़ी आपकी मम्मी और आपकी दोनों मासी हमेशा आपके साथ हैं। आप हमारी रूह में बसती हैं। हम आपको अपनी जान से बढ़कर प्यार करते हैं। तो रिया बेबी, आप जो हैं न, आप हमारी 'रूहानी मोहब्बत' हैं और कोई नहीं, लेकिन आप ख़ुद से ख़ुद के लिए 'रूहानी मोहब्बत' का जज़्बा रखना, फिर आपको हमारी तरह कहीं और किसी 'रूहानी मोहब्बत' की तलाश नहीं करनी पड़ेगी (उदास होते हुए)।

ख़ुशी : अब बस करते हैं यार, इस छोटी सी बच्ची को इतनी बड़ी-बड़ी बातें कहाँ समझ में आएँगी।

शिफ़ा : हाँ यार, सही बात है, हम अपने जज़्बात में बह गए।

सीमा : चलो, बहुत देर हो गई। यह दुःख भरी दास्ताँ अब ख़त्म करो।

शिफ़ा : वही तो ज़िंदगी से ख़त्म नहीं हो रही है।

बाहर ज़ोर-ज़ोर से बादल गरज रहे थे, काले बादल घुमड़-घुमड़कर बरसने को बेताब लग रहे थे और बस कुछ ही पलों में झमाझम बारिश होने लगी।

ख़ुशी : चलो आओ, बाहर चलकर भीगते हैं।

सीमा : और इस बारिश के साथ अपने दुःखों के हर आँसू को इनके साथ ही बहा देते हैं।

शिफ़ा : मेरा मन नहीं है, तुम लोग जाओ।

रिया : मासी! चलो न, सब लोग बारिश में नहाएँगे।

ख़ुशी : चलो, अब तो कोई मना नहीं कर सकता।

बारिश की झमाझम बरसात में अपने हर दर्द को कुछ पल भूलने के लिए तीनों बाहर आ गईं।

ख़ुशी : बहुत मज़ा आ रहा है, न जाने कितने दिनों के बाद हम आज इस बारिश में भीग रहे हैं, याद है, एक बार कॉलेज से घर आते हुए हम तीनों ऐसे ही भीगे थे, पर वह वक़्त और आज का वक़्त कितना बदल गया है।

शिफ़ा : हाँ, पहले की वह बारिश हमारे तन–मन को भिगो रही थी और आज की बारिश हमारे तन को तो ज़रूर भिगो रही है, लेकिन हमारे मन को नहीं छू पा रही है।

सीमा : एक दिन ज़िंदगी की काली घटा भी हटेगी। ऐसा दिन भी ज़रूर आएगा, जब यही बारिश हमारे तन–मन दोनों को भिगोएगी।

शिफ़ा : (शायराना अंदाज़ में)—

किस गलियारे में झाँककर देखूँ,
कहाँ है वो मकाँ जो पनाह दे जाए।

कब ख़त्म होगी ज़िंदगी से बेरहमी,
कोई अपना, जीने की वजह दे जाए।

मेरे मुक़द्दर का सही पर्चा न मिला,
कोई नग़मे उल्फ़त की क़लम दे जाए।

बारिश भी आज मुझे चुभन दे रही है,
वो बरसात अब कहाँ जो सुकूँ दे जाए।

टूटी हुई ख़्वाबों की ताबीर बन के,
हवा का झोंका मुझे उल्फ़त दे जाए।

इश्क़ में तमाशबीन न बन जाऊँ 'राफी',
मोहब्बत क़रीब है, कोई ख़बर दे जाए।

धीरे-धीरे एक महीना बीत गया, शिफ़ा ऑफिस जाने लगी, आख़िर वह कब तक छुट्टी ले सकती थी।

इतवार का दिन था।

सुबह दस बजे सेराज का फ़ोन आया कि दोपहर के दो बजे के बाद वह शिफ़ा से मिलने आएँगे, उन्होंने बताया, कुछ ज़रूरी काम है।

सेराज दोपहर सवा दो बजे शिफ़ा के कमरे में बैठे थे।

शिफ़ा : और बताओ सेराज, कैसे आना हुआ?

सेराज : आपसे काम था (यह कहकर उसने अपने बैग से एक काग़ज़ निकाला और शिफ़ा को पकड़ाया।

शिफ़ा : यह क्या है, मेरा मतलब है, किस चीज़ का पेपर है सेराज?

सेराज : आप ख़ुद ही पढ़ लीजिए।

शिफ़ा पेपर पढ़ने लगी। वह पढ़ती जा रही थी और उसके चेहरे पर अनगिनत भाव उभरते जा रहे थे।

शिफ़ा : यह सब क्या है सेराज, मैं यह नहीं ले सकती।

सेराज : फ़राज़ भाई ने जब आपको इस हॉस्टल में देखा तो उसी दिन उन्होंने यह सोच लिया था कि यह हॉस्टल वो आपके नाम कर देंगे। वे बहुत कम वक़्त के लिए आए थे तो सारी फॉर्मैलिटीज़ पूरी नहीं हो पाई थीं। वे कनाडा से मुझे इस काम को पूरा करने के लिए बार-बार फ़ोन करते थे। उन्होंने कहा था, वो आपको अपने हाथों से यह पेपर देना चाहते हैं और उन्होंने यह भी कहा था, ज़िंदगी का कोई भरोसा नहीं होता, कब दगा दे जाए, अगर मुझे कुछ हो जाए तो यह मेरी आख़िरी ख़्वाहिश समझकर शिफ़ा को दे देना।

शिफ़ा : उन्होंने यह हॉस्टल मेरे नाम कर दिया है और मुझे बताया तक नहीं। उफ़्फ़ मेरे ख़ुदा! फ़राज़ की इतनी शदीद मोहब्बत को मैं कैसे भूल पाऊँगी?

सेराज : फ़राज़ भाई आपको सरप्राइज़ देना चाहते थे, फ़राज़ भाई ने कहा था, मैं मेरी शिफ़ा की ज़िंदगी सिक्योर करना चाहता हूँ। उन्होंने यह भी कहा था, अगर मुझे कुछ हो जाए तो शिफ़ा को कभी भी कोई ऐसा वक़्त न देखना पड़े, जब वो फाइनेंशियली प्रॉब्लम देखे। इस हॉस्टल को शिफ़ा के नाम इसलिए कर रहा हूँ, ताकि सारी ज़िंदगी वो आराम से बिता पाए। भाई जब इस तरह की बात कह रहे थे, मैं उनसे एक बार ग़ुस्सा भी हो गया था कि आप बार-बार दुनिया से जाने की बात क्यों कर रहे हैं और मैंने उनसे कहा, आप इस तरह बात करेंगे तो मैं आपसे कभी बात नहीं करूँगा।

शिफ़ा : फिर क्या कहा था फ़राज़ ने? (शिफ़ा बहुत कुछ सुनना चाह रही थी, जानना चाह रही थी। उसके मन में हलचल-सी मची हुई थी)

सेराज : उन्होंने कहा, अच्छा ठीक है, अब मैं ऐसी बात नहीं कहूँगा। वे वीडियो कॉल पर थे, उनके कमरे में चारों तरफ़ आपकी लगी तसवीरें उनकी बेपनाह मोहब्बत की दास्ताँ सुना रही थीं।

शिफ़ा : आंटी को तो इस पेपर के बारे में पता ही होगा, उन्होंने क्या कहा?

सेराज : मम्मा ने बस इतना कहा, मेरे बेटे की हर ख़्वाहिश पूरी होनी चाहिए। आपको बताना भी था और आपके दस्तख़त (हस्ताक्षर) भी चाहिए थे।

सेराज ने काग़ज़ खोलकर दस्तख़त करवाए और वहाँ से जाने की इजाज़त माँगी।

शिफ़ा : सेराज! क्या फ़राज़ का कुछ भी पता नहीं चला।

सेराज : (लंबी साँस भरते हुए) कुछ भी नहीं पता चला? (यह कहते हुए सेराज की आँखों में आँसुओं का ग़ुबार नज़र आने लगा। शिफ़ा की भी आँखें भर आईं और सेराज चले गए)।

~

शिफ़ा अभी भी सकते में थी, उसको यक़ीन करना मुश्किल हो रहा था। फ़राज़ उसे बेपनाह मोहब्बत करते थे, यह तो उसे पता था, पर इतनी

शदीद (गंभीर) मोहब्बत कि वे इस दुनिया में रहें या न रहें, मेरी ज़िंदगी को सेटल कर देना चाहते थे, वे मेरे लिए यहाँ तक सोचते थे। काश! आपकी इस बेलौस मोहब्बत को मैं छू पाती। काश! मैं आपके साथ अपनी पूरी ज़िंदगी बिता पाती, आपको और क़रीब, बहुत क़रीब से जान पाती। आपके कमरे में लगी मेरी तसवीरों से पूछ पाती कि मेरे फ़राज़ ने आज तक तुमसे कितनी बार इज़हारे मोहब्बत किया है। बहुत कुछ और सुनना था फ़राज़, बहुत कुछ आपसे कहना था, आप क्यों चले गए? मुझे मेरी ज़िंदगी के सहरा में भटकने के लिए क्यों छोड़ दिया आपने, मेरी आपसे हमेशा यह शिकायत रहेगी। आपने मोहब्बत की और मोहब्बत निभाई भी, बस आप साथ नहीं दे पाए, यह गिला आपसे हमेशा रहेगा और रोने लगी।

थोड़ी देर में मन-ही-मन ग़ज़ल उसके दिल में सिसकियाँ भरने लगी।

मैं प्यासी थी मुझे मोहब्बत का जाम मिला था,
उस जाम का नशा मेरे सिर चढ़ न पाया था।

अभी तो मोहब्बत के थोड़ा क़रीब हो रही थी,
दामन ही छूट जाएगा, इल्म हो न पाया था।

दो क़दम ही चली थी, ज़मीं ने पैर खींच लिये,
किस राह जाऊँ, कोई निशान मिल न पाया था।

मेरी तक़दीर की माँ से करवा दो नज़र-उतारी,
मुस्तक़बिल ने ख़ुशियों का असर न पाया था।

माँ की दुआओं में नहीं, कमी नसीब में थी,
दिल इस कशमकश से निकल न पाया था।

सोचा था 'राफी' ज़िंदगी में नूर भर जाएगा,
अँधेरे से पहले की चमक है, गुमाँ हो न पाया था।

शिफ़ा काफ़ी देर तक यही सोचती रही, ये हॉस्टल फ़राज़ ने मेरे नाम कर दिया। मैं ख़ुश होऊँ या रोऊँ, ख़ुशियाँ मनाऊँ या फिर मातम (दुःख), क्या करूँ मैं, कुछ समझ में नहीं आ रहा है।

यही सोचकर उसने ख़ुशी और सीमा को यह बात बताई।

दोनों यह सुनकर बहुत ख़ुश हो रही थीं।

ख़ुशी ने कहा, वह शाम को शिफ़ा और सीमा से मिलने आ रही है।

शाम को तीनों साथ में थीं और इस बात से ख़ुशी इतनी ख़ुश थी कि आते हुए बाज़ार से पेस्ट्री भी लेकर आई थी।

ख़ुशी : चलो, सब अपना मुँह मीठा करो। इतने दिनों के बाद एक अच्छी ख़बर सुनने को मिली है।

सीमा : सच में, अच्छी ख़बर ने तो जैसे हमसे मुँह ही मोड़ लिया था। फ़राज़ ने यह बहुत ही अच्छा किया, अब हमारी शिफ़ा के साथ-साथ हम लोग भी जितने दिन यहाँ रहना चाहें, रह सकते हैं।

ख़ुशी : फ़राज़ सच में एक बहुत ही अच्छे इनसान थे। उन्होंने जो किया है, ऐसा करने वाले इस दुनिया में करोड़ों में कोई एक ही होता होगा। देखा जाए तो क्या रिश्ता था तुम्हारा फ़राज़ से, सिर्फ़ मोहब्बत का रिश्ता? लेकिन उनके लिए उनकी मोहब्बत पूरी दुनिया ही नहीं, बल्कि एक पूजा (इबादत) थी।

शिफ़ा रोने लगी और दोनों ने उसे समझाकर चुप कराया।

शिफ़ा : मेरे लिए तो यक़ीं करना ही मुश्किल हो रहा है कि कोई किसी से इतनी मोहब्बत कर सकता है! मुझे अपनी इतनी बड़ी जायदाद (संपत्ति) का मालिक ही बना दिया, अभी जबकि हमारे रिश्ते को कोई नाम नहीं मिला था, बस मोहब्बत से पहचान हुई थी और उन्होंने मेरे लिए क्या-क्या सोच लिया था!

ख़ुशी : तुमसे मोहब्बत आज से नहीं थी फ़राज़ भाई को, यह तुम भी जानती हो। उन्होंने अपनी ज़िंदगी में सिर्फ़ तुम्हें चाहा और अपना सबकुछ तुम्हारे लिए क़ुर्बान कर देना चाहते थे।

सीमा : काश! फ़राज़ इस दुनिया में होते, न जाने अच्छे लोग दुनिया से क्यों चले जाते हैं?

शिफ़ा : हाँ, कहते हैं न, ख़ुदा को भी अच्छे लोग पसंद आते हैं, इसलिए वे अच्छे लोगों को जल्दी अपने पास बुला लेते हैं। पर मेरे ख़ुदा! हम बंदों को भी अच्छे लोगों की ज़रूरत होती है, हमारा भी थोड़ा ख़याल रखना चाहिए आपको (और फिर से उसकी आँखों में आँसू चमकने लगे)।

सचमुच देखा जाए तो कहाँ मिलते हैं ऐसे इनसान, जो अपनी मोहब्बत पर इतनी मोहब्बत लुटा दें। मोहब्बत तो वह है, जो आपकी आँखों को पढ़ सके, आपके दिल का हाल बग़ैर आपके कहे समझ सके। मोहब्बत की तासीर तो ऐसी होती है, जो एक-दूसरे की अनकही बातों को शिद्दत से महसूस करे। मोहब्बत करने वाले, मोहब्बत में सिर्फ़ मोहब्बत चाहते हैं। मोहब्बत दिल से दिल को जोड़ती है, मोहब्बत अपने मोहब्बत की ख़ुशी चाहती है। मोहब्बत वह नहीं होती जो आजकल के नवयुवक और नवयुवती करते हैं, चार दिन किसी एक के साथ और चार दिन किसी दूसरे के साथ हो जाते हैं। आजकल के बहुत से लोग मोहब्बत नहीं करते, बस दिल्लगी करते हैं, थोड़े दिन एक से दिल लगाते हैं और कुछ वक़्त के बाद किसी और के दिल से खेलने लगते हैं, पर ये भी सच है कि अभी भी सच्ची मोहब्बत करने वाले हैं और उन्हीं सच्ची मोहब्बत करने वालों से मोहब्बत की कशिश, मोहब्बत का ख़ुमार बाक़ी है और उनसे ही सच्ची मोहब्बत का असर ज़िंदा है। सच्ची मोहब्बत की ताक़त तो ऐसी होती है कि बेजान जिस्म में भी जान डाल दे। सच्ची मोहब्बत का असर ऐसा होता है कि एक भटके हुए इनसान को सही रास्ते पर ले आता है। सच्ची मोहब्बत जिस्म की छुअन नहीं चाहती, सच्ची मोहब्बत तो सिर्फ़ रूह को छूना चाहती है। पाकीज़ा मोहब्बत की पाकीज़गी उतनी ही पाकीज़ा होती है, जितने डाल पर चमकते नए पत्ते, जैसे अभी-अभी बीज से फूटा हुआ

अंकुर, जैसे अभी-अभी बागीचे की नन्ही-नन्ही कलियाँ फूल बनकर खिली हों, जो आँखों-ही-आँखों में हज़ारों बात कह जाएँ, जो धड़कनों से धड़कनों की सदा सुन पाएँ, जो रूह को रूह से हमेशा के लिए जोड़ पाएँ, वह होती है सच्ची, बेदाग़ 'रूहानी मोहब्बत'। एक की उदासी दूसरे के चेहरे पर नज़र आए, एक की ख़ुशी से दोनों के होंठ तबस्सुम में बदल जाए, एक डगमगाए तो दूसरा सँभाल ले, एक रूठे तो दूसरा मना ले, एक-दूसरे की ख़ुशी, ग़म, बीमारी, हर हालत में हमेशा साथ देना, ख़याल रखना, यही सच्ची मोहब्बत की परिभाषा होती है। मोहब्बत का जुनून नहीं, जज़्बा रखो, पाने का नहीं, महसूस करने का एहतराम रखो। जो आपसे प्यार करता है, वह आपकी इज़्ज़त भी करेगा और जो आपकी इज़्ज़त नहीं करता, वह कभी आपसे सच्ची मोहब्बत नहीं कर सकता। मोहब्बत की परछाई है इज़्ज़त, और इज़्ज़त करना, यानी मोहब्बत के जज़्बात की इज़्ज़त करना, दिल के जज़्बात की क़द्र करना, यही हमारी मोहब्बत की तीमारदारी (सेवा) है। जो हर हाल में आपका साथ दे, वह है सच्ची मोहब्बत, सच्ची मोहब्बत किसी की ख़ुशी छीनकर नहीं पाई जा सकती। सच्चे दिल वाले किसी का दिल नहीं दुखाते, सच्ची मोहब्बत तो वो है, जो बिना छुए भी हमारी रूह को छू जाए, पाकीज़ा मोहब्बत की छुअन का एहसास हमें बिना छुए ही हो जाता है।

आज की चकाचौंध की दुनिया में सच्ची मोहब्बत खो-सी गई है, वह और आशियाँ था, जहाँ मोहब्बत का बसेरा होता था, वह और ज़माना था, जहाँ मोहब्बत की ख़ुशबू महकती थी, वह कोई और चाँदनी रात थी, जहाँ सच्ची मोहब्बत की दास्ताँ सुनाई जाती थी। वह वक़्त ही कुछ और था, जहाँ मोहब्बत की पाकीज़गी से मोहब्बत करने वालों के दिल में सच्ची मोहब्बत का नूर बरसता था। आज न वह मोहब्बत है, न उस मोहब्बत की सच्ची तासीर है। बस फ़राज़ जैसे लोग ख़ुदा के क़रम से, लाखों में किसी एक ख़ुशक़िस्मत की ज़िंदगी में आते हैं।

शिफ़ा अपनी डायरी खोलकर लिखने बैठ गई—

मोहब्बत की कोई ऐसी निशानी नहीं होती,
रूह से महसूस करने की रवानी होती है।

पल में ख़त्म होने की ये कहानी नहीं होती,
दिल में बसे एहसास की कशिश होती है।

पाकीज़ा मोहब्बत रूह से अलग नहीं होती
सच्चे दिल वालों की यही पहचान होती है।

पाक मोहब्बत की तिजोरी बंद नहीं होती,
सबको इस नूर ख़ज़ाने की ख़्वाहिश होती है।

किस्से-कहानी की ज़ुबानी बेवजह नहीं होती,
प्यार की क़ुर्बानियों में इनकी दास्ताँ होती है।

मोहब्बत की नेमत सबके नसीब में नहीं होती,
'राफी' सच्ची मोहब्बत ख़ुदा की इबादत होती है।

बस! मन हुआ, मोहब्बत की थोड़ी और बात की जाए, मोहब्बत क्या है, इसको और दिल से महसूस किया जाए, मोहब्बत के जज़्बात को थोड़ा और क़रीब पाया जाए, सच्ची मोहब्बत की ख़ुशबू को महसूस कर इसकी पाकीज़गी को समझा जाए। मोहब्बत की बड़ी-बड़ी कहानियों को अपने दिल की अलमारी में थोड़ी जगह देकर उसके जुनून व जज़्बात को महसूस किया जाए। बस यही चाहती हूँ, 'रूहानी मोहब्बत' की थोड़ी और बात की जाए।

सीमा शिफ़ा के कमरे में आई तो उसका चेहरा उतरा हुआ था।

शिफ़ा : क्या हुआ सीमा, तुम इतनी उदास क्यों लग रही हो ?

सीमा : अब क्या बताऊँ यार, मेरे माँ-पापा हमेशा मुझे फ़ोन करके शादी के लिए दबाव डालते रहते हैं। मैं कितनी बार इसी कारण से फ़ोन नहीं उठाती, लेकिन यह भी सच है, कब तक नहीं उठाऊँगी। मैं थक गई हूँ यार, अगर मैं दो-चार साल के बाद सोचना चाहती हूँ कि शादी करूँ या न करूँ, तो माँ-पापा को इतनी जल्दी क्या है ? कभी कोई मुझे ऐसा मिलेगा, जो मुझे मेरी बेटी के साथ अपनाएगा तो ही मैं सोचूँगी कि शादी करूँगी या नहीं, पर माँ-पापा की एक ही धुन रहती है, मैं शादी कर लूँ, कितना भी समझाओ, समझते ही नहीं हैं।

शिफ़ा : उनको बोलो, अगर तुम्हें रिया के साथ कोई ख़ुशी से अपनाएगा तो ही तुम शादी के लिए सोचोगी, इसलिए ऐसा कोई रिश्ता मिले, तभी तुमसे शादी की बात करें।

सीमा : मैंने कहा था, लेकिन ऐसा कोई रिश्ता अभी तक नहीं मिला है। माँ-पापा कहते हैं, रिया के दादा-दादी बराबर फ़ोन करते हैं, उनको रिया चाहिए, वे अपने बेटे की आख़िरी निशानी अपने साथ रखना चाहते हैं।

शिफ़ा : और तुम्हारे बारे में किसी ने नहीं सोचा कि एक माँ अपनी बच्ची के बग़ैर कैसे रह पाएगी।

सीमा : मेरा तो जैसे कोई अस्तित्व ही नहीं है। मैं क्या सोचती हूँ, क्या चाहती हूँ, यह कोई जानना ही नहीं चाहता।

शिफ़ा : तुम एकदम अडिग हो जाओ, बोल दो, जब तुम्हारे हिसाब से रिश्ता मिलेगा तो कर लोगी। रोज़-रोज़ तुम्हें इस बात के लिए फ़ोन न करें। अच्छा यह बताओ, कल तुम डॉक्टर के यहाँ गई थी, तुमने बताया था कि तुम्हें बहुत ज़्यादा घबराहट हो रही थी, क्या कहा डॉक्टर ने ?

सीमा : कुछ ख़ास नहीं, बस एक-दो जाँच करवाने के लिए बोला है।

शिफ़ा : जाँच, लेकिन किस चीज़ के लिए सीमा ?

सीमा : अरे कुछ नहीं, बस सिंपल सा ब्लड टेस्ट है।

शिफ़ा : तुम कुछ ज़्यादा ही टेंशन ले रही हो, इतनी टेंशन न लो सीमा, अपनी सेहत का ख़याल रखो मेरी बहन!

सीमा : टेंशन कैसे न लूँ, मेरी बच्ची को सब मुझसे दूर करने में लगे हैं। इतना कहकर सीमा रोने लगी। शिफ़ा ने उसे अपने से चिपका लिया और समझाने लगी।

~

अगले दिन सुबह शिफ़ा ने सीमा को मैसेज किया, लेकिन सीमा का कोई जवाब नहीं आया। सीमा–शिफ़ा दोनों में से कोई भी एक पहले मैसेज कर देता था कि नाश्ते के लिए कैंटीन निकलते हैं। दोनों साथ ही नाश्ता करने कैंटीन जाती थीं। आधा घंटा बीत गया, फिर भी सीमा का कोई मैसेज नहीं आया।

शिफ़ा ने फ़ोन भी किया, लेकिन सीमा ने फ़ोन भी नहीं उठाया।

शिफ़ा ने जाकर सीमा के कमरे की घंटी बजाई, लेकिन दरवाज़ा नहीं खुला। अब शिफ़ा परेशान होने लगी और ज़ोर–ज़ोर से दरवाज़ा खटखटा रही थी। उसने वहाँ पर और लोगों को बुलाया, उस हॉस्टल के केयर टेकर भी आ गए और क़रीब पंद्रह मिनट बाद उस कमरे का दरवाज़ा खुल गया।

शिफ़ा बदहवास–सी अंदर की तरफ़ भागी और देखा, सीमा और रिया दोनों ही गहरी नींद में सो रही थीं।

आज तक ऐसा कभी नहीं हुआ, जब सीमा सुबह जल्दी न उठी हो, फिर आज ऐसा क्या हो गया? हमेशा सुबह जल्दी उठने वाली सीमा आज इतनी देर तक कैसे सो रही है? दिल की धड़कनें ज़ोर–ज़ोर से धड़क रही थीं और मन में कई आशंकाएँ जन्म ले रही थीं।

शिफ़ा : सीमा, सीमा! उठो! आज तुम इतनी गहरी नींद कैसे सो गई? (सीमा शिफ़ा की आवाज़ से भी नहीं उठी तो शिफ़ा ने सीमा का हाथ पकड़ा और यह क्या? सीमा का हाथ तो ठंडा पड़ चुका था)

शिफ़ा हाथ छोड़कर दो कदम पीछे हट गई और बुदबुदाने लगी, "नहीं,

नहीं, ये नहीं हो सकता, यह बिल्कुल नहीं हो सकता।" लोगों ने पूछा, "क्या हुआ शिफ़ा? तुम क्या कह रही हो, क्या नहीं हो सकता?" और वहाँ की एक ख़ातून (महिला) ने सीमा का हाथ पकड़ा और ज़ोर से चिल्लाई, "ये तो ठंडी पड़ चुकी है।" वहाँ पर अफरातफरी का माहौल हो गया। डॉक्टर को बुलाया गया और डॉक्टर ने सीमा को चेक किया।

डॉक्टर ने बताया, क़रीब चार घंटे पहले इनकी डेथ हो चुकी है। वहाँ पर शोर मचा हुआ था, आखिर यह कैसे हुआ? अभी कल तक तो सीमा बिल्कुल ठीक थी। इन सबके बीच रिया उठ चुकी थी तो कुछ लोग रिया को कमरे से बाहर लेकर चले गए।

शिफ़ा कोने में चुपचाप-सी बैठी हुई थी। उसने ख़ुशी को किसी तरह फ़ोन किया और कहा, जल्दी से यहाँ आओ, कुछ इमरजेंसी है। शिफ़ा ने सीमा के मायके और ससुराल में भी फ़ोन करके बता दिया कि सीमा को कुछ हो गया है, आप लोग तुरंत आ जाइए और ख़ुद एक बुत की तरह दूर से ही उसे देखे जा रही थी।

सबने शिफ़ा को उठाया और सीमा के पास बिठाया। तभी ख़ुशी भी आ गई।

ख़ुशी कमरे में आई और दौड़कर सीमा से लिपट गई।

ख़ुशी : सीमा! उठो, उठो सीमा! देखो, ऐसे नहीं चलेगी हमारी दोस्ती, तुम्हें उठना पड़ेगा, आँखें खोलो सीमा! कुछ तो बोलो!

ख़ुशी सीमा का कंधा पकड़कर ज़ोर-ज़ोर से हिला रही थी और लगातार रोए भी जा रही थी।

ख़ुशी और शिफ़ा सीमा से लिपटकर चीख-चीखकर रोए जा रही थीं।

ख़ुशी : शिफ़ा! सीमा से बोलो न उठने को, ये क्यों नहीं सुन रही है?

शिफ़ा से तो कुछ बोला ही नहीं जा रहा था।

ख़ुशी : शिफ़ा! कुछ तो बताओ, कल क्या हुआ था? लेकिन शिफ़ा कुछ बोल ही नहीं रही थी, बस रोए ही जा रही थी और तभी सीमा के घर वाले भी पहुँच गए। सीमा की बहन और माँ बेतहाशा रो रही थीं। सीमा के

पापा खड़े थे, सीमा को देख रहे थे और आँखों में आँसुओं का सैलाब नज़र आ रहा था।

थोड़ी देर में सीमा के घर वाले उसको अपने घर ले जाने की तैयारी में लग गए। एंबुलेंस आ गई और वो लोग सीमा को एंबुलेंस में लिटाकर ले गए। उनमें से किसी ने शिफ़ा और ख़ुशी से कहा ही नहीं कि तुम लोग भी साथ चलो।

पर शिफ़ा और ख़ुशी को तो जाना ही था, वे दोनों ख़ुशी की गाड़ी से निकल गईं।

~

सीमा के अंतिम संस्कार की तैयारियाँ चल रही थीं।

रिया को शिफ़ा और ख़ुशी ने अपनी गोद में उठा रखा था।

रिया : मासी! ये सब लोग क्यों रो रहे हैं और मम्मी कब से सो रही हैं, कब उठेंगी? उनको बोलो न आप, वे उठें, मुझे मम्मी के हाथ से खाना खाना है।

ख़ुशी : रिया बेटे! आपकी मम्मी को इतनी ज़्यादा नींद आ रही है कि वे अब कभी उठना ही नहीं चाहतीं। अब वे कभी नहीं उठेंगी, लेकिन आप परेशान नहीं होना। मैं और मासी आपको अपने हाथ से खाना खिलाएँगे।

शिफ़ा : हाँ बेटा! और आपकी दोनों मासी आपसे बहुत प्यार करती हैं। आपकी मम्मी को तो गॉड ने अपने पास बुला लिया, अब से हम दोनों आपको कभी भी अकेला नहीं छोड़ेंगे।

रिया : मम्मी चाहिए, मम्मी, मम्मी! (रिया भागकर सीमा के पास गई और 'उठो मम्मी' बोलती ही जा रही थी, तभी कमरे में सीमा के ससुराल वाले आ गए)

सीमा की सास और सीमा की माँ गले लगकर रोने लगीं। सीमा की सास ने सीमा को देखने के बाद रिया को अपनी गोद में बैठा लिया, रिया की दादी न जाने क्या धीरे-धीरे रिया को कुछ बताने और समझाने में लगी थीं।

कुछ घंटे बाद वो वक़्त भी आ गया, जब सीमा को अंतिम संस्कार के लिए ले जाया जाने लगा। शिफ़ा और ख़ुशी से बर्दाश्त करना मुश्किल हो रहा था। ऐसा लग रहा था, मानो उनकी रूह से एक हिस्सा कोई खींचकर अलग कर रहा है। वे दोनों एक-दूसरे से लिपटकर काफ़ी देर तक रोती रहीं।

उस दिन तो सब वहीं रुके थे। शिफ़ा और ख़ुशी भी वहीं रुक गए थे। अगले दिन सीमा की ससुराल वाले जा रहे थे और साथ में रिया को भी ले जा रहे थे। सीमा के घरवाले कुछ नहीं कह रहे थे। इसका मतलब यही था कि दोनों परिवार के लोगों में बात हो चुकी थी।

ख़ुशी और शिफ़ा बार-बार सोचती रहीं कि वो कह दें, रिया उनके पास रहेगी। वह उनकी सीमा की आख़िरी निशानी है। वे दोनों रिया को अपने पास रखना चाहती हैं, लेकिन वे कह नहीं पाईं। उन्हें लगा, हमारा रिया के साथ जो रिश्ता है, वह ख़ून के रिश्ते से बढ़कर है, लेकिन यहाँ हमारी कोई सुनेगा नहीं, मानना तो दूर की बात है। जो अधिकार उन सबका रिया पर था, वह अधिकार समाज की नज़र में ख़ुशी और शिफ़ा का नहीं था। रिया को उसके दादा, दादी और चाचू अपने साथ ले गए। सीमा के घरवालों को जैसे कोई फ़र्क़ ही नहीं पड़ रहा था। उन्हें फ़र्क़ पड़ेगा भी क्यों? वे तो पहले से ही यही चाहते थे।

सीमा चली गई और रिया भी उनसे दूर कर दी गई।

ख़ुशी और शिफ़ा को देखकर ऐसा लग रहा था, जैसे वे दोनों लुटी-पिटी सी ख़ाली मकान रह गई हैं। थोड़ी देर में सबसे मिलकर वे दोनों भी सीमा के घर से वापस आ गईं। सीमा के जाने के बाद वह घर मानो काटने को दौड़ रहा था।

~

दोनों हॉस्टल वापस आ गईं और फिर से रोने लगीं। रोते-रोते ही दोनों सो गईं।

शाम को सात बजे शिफ़ा की आँख खुली और उसने ख़ुशी को जगाया।

ख़ुशी हड़बड़ाकर उठ गई।

ख़ुशी : क्या हुआ शिफ़ा?

शिफ़ा : कुछ नहीं, एकाएक आँख खुली तो उलझन होने लगी।

ख़ुशी : अच्छा ये बताओ, क्या सीमा की तबीयत ख़राब थी?

शिफ़ा : उसने एक हफ़्ते पहले बोला था कि उसकी साँस रह-रहकर फूलती है और बहुत ज़्यादा थकावट भी हो रही है। मुझे लगा, वह अपने घरवालों के बार-बार शादी करने की बात को लेकर ज़्यादा टेंशन ले रही है, इसलिए शायद ऐसा हो रहा है।

ख़ुशी : अच्छा, फिर क्या वह डॉक्टर के पास गई थी?

शिफ़ा : हाँ, क्योंकि चार दिन पहले उसकी साँस कुछ ज़्यादा ही फूल रही थी, जैसा कि उसने मुझे बताया, मैं ऑफिस में थी तो मैंने कहा, सीमा, ऐसा बार-बार होना ठीक नहीं है, तुम एक बार डॉक्टर को दिखा दो।

ख़ुशी : फिर क्या हुआ?

शिफ़ा : मैंने एक दिन की छुट्टी भी ली थी, ताकि मैं रिया के पास रुक जाऊँ और वह डॉक्टर को दिखाने चली जाए।

ख़ुशी : मुझे क्यों नहीं बताया तुम दोनों ने?

शिफ़ा : तुमने बताया था, तुम्हारा सेमिनार चल रहा है। तुम चार-पाँच दिन बिज़ी रहोगी और मुझे ऐसा लगा, कुछ सीरियस नहीं है, नहीं तो मैं तुम्हें ज़रूर बताती।

ख़ुशी : अच्छा, फिर डॉक्टर ने क्या कहा?

शिफ़ा : सीमा ने कहा, ऐसी कोई घबराने वाली बात नहीं है। अगले दिन उसे ब्लड टेस्ट के लिए जाना था। उसने कहा, वह सुबह-सुबह जाएगी और जल्दी आ जाएगी। मैंने पूछा भी, और कोई टेस्ट वग़ैरह हो तो रिया को थोड़ी देर उसकी नानी के घर छोड़ देंगे और हम दोनों चल लेंगे।

ख़ुशी : पर मेरी महान सीमा ने तुम्हारी बात मानी नहीं होगी।

शिफ़ा : हाँ, उसने कहा, बस नॉर्मल ब्लड टेस्ट है तो वह चली जाएगी। उसने कहा, बस तुम रिया के पास रहो। वह दो घंटे में वापस आ गई थी। उसके चेहरे का रंग उतरा हुआ था। मैंने पूछा भी, सीमा, और कोई प्रॉब्लम

तो नहीं है न, प्लीज़ कोई परेशानी हो तो बताओ, मैं और ख़ुशी हर तरह से तुम्हारे साथ हैं, पर उसने यही कहा कि ऐसी कोई बात नहीं है, डॉक्टर के यहाँ आने-जाने में थकान हो जाती है।

ख़ुशी : रिपोर्ट आ गई थी?

शिफ़ा : मैंने पूछा, रिपोर्ट कब आएगी? उसने कहा, कल शाम तक आएगी, मैंने पूछा, नॉर्मल ब्लड रिपोर्ट तो उसी दिन शाम तक आ जाती है, फिर तुम्हारी रिपोर्ट कल शाम तक क्यों आएगी? पता है, उसने क्या कहा था?

ख़ुशी : क्या कहा था सीमा ने? (ख़ुशी ने उत्सुकता के साथ पूछा)

शिफ़ा : उसने कहा, शिफ़ा! तुम्हें तो पुलिस में होना चाहिए था। तुम इस तरह सवाल-पर-सवाल किए जा रही हो, जैसे मैं तुमसे कुछ छुपा रही हूँ। सीमा ने कहा, मैं तुम लोगों से भला क्यों कोई बात छुपाऊँगी, तुम दोनों के अलावा मेरा है ही कौन?

ख़ुशी : हाँ, बात तो सही कही सीमा ने।

शिफ़ा : हाँ, मैं भी मुतमईन (संतुष्ट) हो गई कि कुछ होता तो वह हमें ज़रूर बताती।

ख़ुशी : फिर अगले दिन सीमा रिपोर्ट लेने गई थी?

शिफ़ा : वह गई तो थी, पर उसने बताया कि किसी वजह से रिपोर्ट आज नहीं मिल पाई, कल मिलेगी।

ख़ुशी : क्या सीमा हमसे सच में कुछ छुपा रही थी?

शिफ़ा : पता नहीं, मैंने उसके चेहरे को पढ़ने की बहुत कोशिश की, लेकिन समझ नहीं पाई कि वह क्या सच में हमसे कुछ छुपा रही थी या फिर मेरा वहम (शंका) था?

ख़ुशी : हम सीमा के कमरे में चलते हैं, देखते हैं वहाँ शायद उसकी रिपोर्ट मिल जाए।

शिफ़ा : हाँ, चलो चलते हैं (दोनों सीमा के कमरे में गईं और दोनों की आँखों से झर-झर आँसू बहने लगे)।

शिफ़ा : यह क्या हो गया ख़ुशी, सीमा हमें ऐसे छोड़कर क्यों चली गई?

ख़ुशी : हाँ, शिफ़ा! आज अंदर से बहुत ख़ाली-ख़ाली महसूस हो रहा है। सीमा को ऐसे नहीं जाना चाहिए था।

शिफ़ा : वापस आ जाओ बहन, तुम चली गई, मेरी रिया को भी ले गए, आओ देखो सीमा, मैं और ख़ुशी अकेले हो गए हैं। दोनों काफ़ी देर तक ऐसे ही बैठी रहीं और सीमा को ही याद करती रहीं।

ख़ुशी : क्या हम जो करने आए थे, वो करें।

शिफ़ा : हाँ, ढूँढ़ते हैं, शायद हमें कुछ मिल जाए, जिससे हमारी यह ग़लतफ़हमी भी दूर हो जाए कि सीमा हमसे कुछ छुपा रही थी।

शिफ़ा ने सीमा की अलमारी खोली और ख़ुशी सीमा का बैग चेक करने लगी।

बैग में कुछ नहीं मिला।

इतने में शिफ़ा ने ख़ुशी को पुकारा!

शिफ़ा : ख़ुशी! इधर आओ!

ख़ुशी : कुछ मिला क्या?

शिफ़ा : हाँ, आओ तो सही (शिफ़ा ने जब थोड़े कपड़े उठाकर देखे तो उसमें सी.टी. स्कैन की रिपोर्ट और साथ में सीमा का लिखा हुआ ख़त (पत्र) भी था)।

ख़ुशी : मुझे घबराहट हो रही है शिफ़ा, यह रिपोर्ट और ख़त हम तुम्हारे कमरे में लेकर चलते हैं, वहीं बैठकर पढ़ेंगे। यहाँ हर तरफ़ सीमा ही दिखाई दे रही है। मुझसे सहा नहीं जा रहा है।

शिफ़ा : हाँ, हाँ, चलो और ख़ुशी! सँभालो अपने आप को, हमारे ऊपर मुसीबतों का पहाड़ टूट पड़ा है। आओ, मेरे कमरे में चलते हैं (रिपोर्ट और ख़त पकड़कर शिफ़ा के भी पैर काँपने लगे थे)।

शिफ़ा और ख़ुशी सीमा की रिपोर्ट लेकर शिफ़ा के कमरे में आ गईं, तभी किसी ने घंटी बजाई।

शिफ़ा ने दरवाज़ा खोला तो वेटर खाना लेकर खड़ा था।

वेटर : मैम! आप लोगों ने आज खाना नहीं मँगवाया और न खाने आए

तो कैंटीन से आप लोगों के लिए खाना और चाय लाया हूँ।

शिफ़ा : थैंक यू वेरी मच (शिफ़ा खाने की ट्रे लेकर अंदर आ गई)।

आख़िर अब शिफ़ा हॉस्टल की मालकिन थी तो मैनेजमेंट उसका ख़याल तो रखेगा।

ख़ुशी : हमारी तो भूख-प्यास सब गायब हो गई है।

शिफ़ा : हाँ, हमने सुबह से बस चाय और बिस्कुट ही खाया था, लेकिन अभी भी न भूख है, न प्यास। मेरी सीमा, तुम कैसे चली गई मेरी बहन!

ख़ुशी : सच में, बिल्कुल भी कुछ खाने का मन नहीं कर रहा है, लेकिन उन्होंने भेजा है तो खा लेते हैं, नहीं तो खाना ख़राब होगा और शायद हमारी तबीयत भी।

शिफ़ा : ठीक है (दोनों ने थोड़ा खाना खाया और फिर दस मिनट बाद थोड़ी-थोड़ी चाय भी पी ली थी)।

ख़ुशी : सीमा का ख़त पढ़ते हैं।

शिफ़ा : पहले यह रिपोर्ट देख लेते हैं, फिर ख़त पढ़ते हैं।

ख़ुशी ने रिपोर्ट को कवर से निकालकर बेड पर रखा। वो हार्ट का सी.टी. स्कैन था। वे दोनों समझने की कोशिश कर रही थीं और मन-ही-मन दुआ (प्रार्थना) कर रही थीं कि रिपोर्ट में ऐसा कुछ गंभीर न हो, जो उन्हें ख़त में पढ़ने को मिले।

शिफ़ा ने ख़त खोला और काँपते हाथों से पढ़ना शुरू किया।

सीमा के ख़त से···मेरी प्यारी दोस्तो शिफ़ा और ख़ुशी! तुम दोनों को मेरा बहुत-बहुत प्यार, मैं यह लेटर यही सोचकर लिख रही हूँ कि मेरी ज़िंदगी की डोर, जो कि मेरे कमज़ोर दिल के हाथों में चल रही है, न जाने कब मेरा साथ छोड़ दे। मेरी तबीयत एक हफ़्ते से ख़राब हुई, लेकिन बीमारी इतनी गंभीर होगी, मैंने सपने में भी नहीं सोचा था। डॉक्टर ने मुझे सी.टी. स्कैन करवाने के लिए बोला था। मैंने सी.टी. स्कैन करवा लिया था। शिफ़ा को मैंने नहीं बताया था कि वह परेशान हो जाएगी। सोच रही हूँ, किसी दिन हिम्मत करके शिफ़ा और ख़ुशी, तुम दोनों को बता दूँगी। मेरी रिपोर्ट आ गई थी। डॉक्टर ने बताया,

मेरे दिल में छेद है और जल्द-से-जल्द मुझे ऑपरेशन करवाना पड़ेगा। उस समय मेरे पैरों तले ज़मीं खिसक गई थी। डॉक्टर ने मुझे बहुत समझाया कि घबराने की कोई बात नहीं है। ऑपरेशन के बाद मैं एकदम ठीक हो जाऊँगी। रिपोर्ट लेकर मैं घर आ गई और शिफ़ा से झूठ बोला कि रिपोर्ट नहीं आई है। पूरे रास्ते में बहुत बेचैन थी। ऑपरेशन, वो भी हार्ट का, अगर मुझे कुछ हो गया तो मेरी रिया का क्या होगा? ऑपरेशन में पैसे काफ़ी लगते हैं, पर मुझे पता था, तुम दोनों मेरी जान से प्यारी बहनो, मेरा ऑपरेशन करवाने से पीछे नहीं हटोगी। मुझे इतनी घबराहट और बेचैनी हो रही थी कि मैं ये लेटर लिखने बैठ गई। रिया को देखकर मैं परेशान हो रही थी कि मेरी बेटी अपने पापा को तो पहले ही खो चुकी है और अब क्या वह अपनी माँ को भी खो देगी? बहुत सारे सवाल मुझे परेशान कर रहे थे। शिफ़ा और ख़ुशी! देखो, अगर मुझे कुछ हो जाए तो मेरी रिया का हमेशा ख़याल रखना। मुझे पता है, मुझे यह कहने की ज़रूरत नहीं है, लेकिन फिर भी माँ हूँ न, अपनी ममता से बाहर कैसे निकल सकती हूँ? मेरे घर से या फिर उसके दादा-दादी उसे ले जाना चाहें तो उसे जाने देना। रिया की दादी कभी-कभी मुझसे बात करती थीं और वो वीडियो कॉल के द्वारा रिया को देखती और बात करती थीं। रिया की दादी अकसर ये कहती थीं, बहू! तुम मेरे पास आकर रहो। हम लोग रिया को बहुत प्यार करते हैं, आख़िर मेरे निखिल की यही तो एक निशानी है। मैं तुमसे रिया को कभी माँगूँगी नहीं, क्योंकि रिया पर पहला अधिकार तुम्हारा है, एक माँ की तड़प उसके बच्चे के लिए क्या होती है, मैं अच्छे से समझती हूँ, मैं भी एक माँ हूँ बेटा, बस मैं यही कहना चाहती हूँ कि यह घर आज भी तुम्हारा है, तुम जब चाहो आ सकती हो। रिया की दादी-दादा, चाचू सभी अच्छे हैं, इसलिए अगर रिया उनके पास रहेगी तो भी मेरी आत्मा को चैन मिलेगा, क्योंकि रिया के लिए उन सबकी आँखों में मैंने बहुत प्यार देखा है। तुम दोनों का जब भी मन करे, रिया से वीडियो कॉल पर बात कर लेना। पता नहीं क्यों मुझे ऐसा लग रहा है, मैं बचूँगी नहीं, अंदर से ऐसी फीलिंग आ रही है। मैं अगर इस दुनिया से चली गई तो तुम दोनों बहुत उदास होगी, पर होनी को कोई नहीं टाल

सकता, जो मालिक ने लिखा है, वही होगा। मेरे जाने का दु:ख मनाना, पर अपने को भूल न जाना, नहीं तो मेरी आत्मा आकर तुम दोनों से लड़ाई करेगी। तुम दोनों ज़िंदगी में आगे बढ़ने की कोशिश करना।

एक अच्छा जीवनसाथी ढूँढ़ने की कोशिश करना। ज़िंदगी का तो कुछ पता नहीं कितनी लंबी है या कितनी छोटी है, पर तुम दोनों ख़ुशियों का घरौंदा बनाना। हमारा साथ कब तक है, मुझे नहीं पता ? पर हम हमेशा एक-दूसरे के दिल में रहेंगे। मैं भले ही जल्दी दुनिया से चली जाऊँ, लेकिन तुम दोनों बूढ़ी होकर आना और फिर हम तीनों ऊपर एक साथ रहेंगे। मैं ऐसा इसलिए लिख रही हूँ, ताकि तुम्हारे बहते हुए आँसुओं को रोक पाऊँ। कुछ पल ही सही, तुम्हारे होंठों पर मुसकान ला पाऊँ। मैंने डॉक्टर से पूछा! अगर मेरे दिल में छेद था तो मुझे कभी प्रॉब्लम क्यों नहीं हुई ? डॉक्टर ने कहा, आपके दिल में जो छेद है, वह बहुत छोटा है, पर छेद है तो इलाज करवाना ही पड़ेगा। जहाँ तक प्रॉब्लम की बात है, आपने कभी ज़्यादा भागने वाली एक्टिविटीज नहीं की होंगी, इसलिए आपको कोई ख़ास दिक़्क़त महसूस नहीं हुई ? डॉक्टर ने यह भी कहा, कुछ केस बहुत गंभीर होते हैं तो समस्या ज़्यादा होती है और कुछ केस आप जैसे, जो इतना गंभीर नहीं है, यदि मैं ऐसा कहूँगा तो शायद ग़लत ही होगा, दिल में किसी तरह का भी सुराख़ होना गंभीर ही है, फिर चाहे वह छोटा हो या बड़ा हो, पर जैसा आपने बताया, आपको दिक़्क़त होनी शुरू हो रही है तो आप जल्द-से-जल्द ऑपरेशन करवा लीजिए। मुझे लग रहा है, निखिल मेरे बिना गॉड के पास अकेले नहीं रह पा रहे हैं। शायद इसलिए गॉड से मेरा भी टिकट काटने की प्रार्थना की होगी। अच्छा ही है, पति-पत्नी जीवन भर साथ नहीं रह पाए, शायद ऊपर जाकर हमेशा के लिए साथ हो पाएँ। तुम दोनों अपना दिल छोटा न करना, अपनी ज़िंदगी जैसे जीना चाहती हो, वैसे जियो और ख़ूब ख़ुश रहना। अब मुझे नींद आ रही है और मैं सोने जा रही हूँ, बाय!

शिफ़ा ख़त पढ़ती रही और ख़ुशी सुनती रही।

ख़त को फोल्ड करके रख दिया, फिर दोनों ने एक-दूसरे को देखा और लिपटकर रोने लगी। दोनों लेट गईं और काफ़ी देर तक सीमा की बात करते-

करते ख़ुशी की आँखों में नींद झलकने लगी और वह सो गई।

शिफ़ा अभी भी करवट बदल रही थी और एक दर्द भरी ग़ज़ल की लहर उसके दिमाग में हिलोरें मार रही थी।

यह रात है अँधेरी, काली घटा के सायों-सी,
डर है अब किस ग़म की आग जलनी थी।

दूर तक कोई दिखाई न दे रहा है सहरा में,
बदनसीबी की ये क़ीमत भी मुझे चुकानी थी।

जहाँ भी मेरे नाम की तख़्ती लगाई गई दोस्तो
कोई पास न ठहरा, रूठे वक़्त की निशानी थी।

हमारी दोस्ती का एक मयार छूट गया इस क़द्र,
रूह की क़ायनात में उसकी जगह सूनी थी।

न जाने अब बेदर्द ज़िंदगी क्या छीन ले जाएगी,
मेरी किस ख़ुशी को अब मुझसे बेसहारा होनी थी।

आ जाओ दोस्त, तुम्हें हमारी दोस्ती पुकारती है,
इस तरह तुमको जाने की इजाज़त नहीं देनी थी।

जाने से पहले एक बार मुझे आवाज़ देती तो सही,
अभी ज़िंदगी में ख़ुशियों की बारिश हमें लानी थी।

चारों तरफ़ सन्नाटे का शोर सता रहा है मुझे,
ज़िंदगी से न जाने की, ग़म को क़सम खानी थी।

'राफी' दर्द की मिट्टी मुझे पत्थर न बना दे कहीं,
इस वीरान खँडहर में क्या और तूफ़ाँ आनी थी।

सोचते-सोचते शिफ़ा की पलकें झपकने लगीं।

~

अगले दिन सुबह दस बजे दोनों के मुँह से निकला, "रिया को वीडियो कॉल करें।"

ख़ुशी : हाँ करते हैं।

शिफ़ा ने सीमा की सास के नंबर पर वीडियो कॉल कर दी।

रिया की दादी ने कॉल उठाई।

ख़ुशी : नमस्ते आंटी, कैसी हैं आप और हमारी रिया कैसी है? उसको देखने का बहुत मन कर रहा था।

रिया को वीडियो कॉल पर देखते ही शिफ़ा और ख़ुशी 'हैलो' बोलते हैं।

ख़ुशी : कैसे हो बच्चे, आपको अच्छा लग रहा है?

रिया : मम्मी कहाँ हैं?

रिया का इस तरह अपनी मम्मी के बारे में पूछना दोनों के दिल को चीर गया। दोनों ने अपने आप को सँभाला।

शिफ़ा : आपकी मम्मी न, एक स्टार बन गई हैं।

रिया : वो कब आएँगी?

ख़ुशी : पहले आप ये बताओ, आपको दादी के घर कैसा लग रहा है?

रिया : अच्छा लग रहा है। (रिया अपनी बार्बी डॉल, म्यूजिकल कार और एक बड़ा टेडी दिखाते हुए बोली) यह सब चाचू लाए हैं, दादी अच्छी हैं और दादू भी अच्छे हैं।

शिफ़ा : आपने कुछ खाया?

रिया : हाँ, दादी ने मुझे आलू का पराँठा खिलाया और बॉर्नवीटा भी पिलाया।

ख़ुशी : अरे वाह, मेरी रिया का तो सब बहुत ख़याल रख रहे हैं।

रिया की दादी : आप लोग बिल्कुल चिंता न करो, हमारी पोती है, हमें इससे बहुत प्यार है। माँ की कमी तो कोई पूरी नहीं कर सकता, पर इसके, प्यार और देखरेख में हम लोग कोई कमी नहीं होने देंगे। तुम दोनों का जब मन करे, रिया से बात कर लिया करो, ज़रा भी संकोच नहीं करना।

ख़ुशी : थैंक यू आंटी, अब हम रखते हैं, नमस्ते!

शिफ़ा : बहुत सुकूँ मिला रिया से बात करके, है न ख़ुशी।

ख़ुशी : हाँ शिफ़ा, बहुत अच्छा लगा, उसको सब इतना प्यार करते हैं, यह देखकर मन को बहुत शांति मिली।

शिफ़ा : रिया ख़ुश है, यह देखकर मेरी सीमा की आत्मा को बहुत शांति मिलेगी।

ख़ुशी : बस यही बात मन को खाए जा रही है, बच्ची अपनी मम्मी को बार-बार पूछ रही थी।

शिफ़ा : वह माँ को कैसे भूलेगी ख़ुशी, मैं आज तक अपनी माँ को एक पल के लिए भी नहीं भूल पाई हूँ और रिया तो इतनी छोटी है यार, वह इतनी आसानी से सीमा को कैसे भूलेगी?

ख़ुशी : उसे बहुत प्यार और केयर की ज़रूरत है।

शिफ़ा : और हमें पूरी उम्मीद है, वे लोग रिया का ख़याल भी रखेंगे और प्यार भी बहुत करेंगे।

ख़ुशी : हाँ, बिल्कुल ऐसा ही होगा।

वक़्त किसी के लिए नहीं रुकता, कोई आता है, जाता है, दुनिया का क्रम यों ही चलता रहेगा। सीमा को भी इस दुनिया से गए एक महीना हो गया।

~

शिफ़ा और ख़ुशी हर संडे मिलती हैं और सारा दिन सीमा की बातें करती हैं।

दोनों के लिए सीमा को भूलना कहाँ आसान था। रिया से भी दोनों हर

संडे साथ में ही वीडियो कॉल करती हैं। उन्हें बार-बार फ़ोन करना अच्छा नहीं लगता, इसलिए हफ़्ते में एक बार वीडियो कॉल कर लेती हैं।

रिया ठीक है, ख़ुश है, स्कूल जाती है और शाम को रोज़ उसकी दादी उसे पार्क ले जाती हैं, जहाँ पर झूले वग़ैरह लगे हुए हैं, तो वह ख़ूब एन्जॉय करती है। रिया यह सब शिफ़ा और ख़ुशी को बहुत ख़ुश होकर बताती है।

~

शिफ़ा सो रही थी, सुबह सात बजे उसका फ़ोन बज रहा था, वह उठी और उसने देखा, उसके पड़ोस की आंटी का फ़ोन था। उन्होंने उसको जो ख़बर दी, उसको सुनकर वह ग़मज़दा हो गई। उसने कपड़े बदले और पापा के घर जाने के लिए तैयार हो गई।

उसने ख़ुशी को फ़ोन किया और उसे बताया, पापा की डेथ हो गई, मैं जा रही हूँ, तुम भी आ जाना। पापा से शिकायतें बहुत थीं, पर थे तो उसके पापा, शिफ़ा पापा के घर पहुँची और रोने लगी।

वो आंटी भी रो रही थीं, जिनसे उन्होंने शादी की थी।

दो घंटे के बाद ख़ुशी भी पहुँच गई थी।

शाम तक मय्यत (अर्थी) चली गई थी, शिफ़ा रात वहीं रुक गई थी।

अगले दिन दोपहर के बाद शिफ़ा रशीदा आंटी से मिली।

उसके पापा ने अभी जिनसे शादी की थी, उनका नाम रशीदा है।

उसने रशीदा आंटी से कहा, "अब आप अकेले इस घर में कैसे रहेंगी?"

रशीदा आंटी ने कहा, "कोई बात नहीं, इस दुनिया में मेरा और कोई नहीं है। मुझे इसी घर में रहकर अपनी ज़िंदगी बितानी होगी। तुम्हारे पापा की पेंशन है, तो कोई दिक़्क़त नहीं होगी।"

शिफ़ा : ठीक है, मैं इसी शहर में हूँ, अगर आपको किसी चीज़ की भी ज़रूरत हो तो मुझे बता दीजिएगा।

रशीदा आंटी : बहुत-बहुत शुक्रिया बेटा, मैं जानती हूँ, आप लोग मुझे पसंद नहीं करते होंगे, इसलिए कभी मुझसे और अपने पापा से मिलने भी नहीं

आए। मैंने कई बार सोचा कि मैं तुमसे मिलने आऊँ, लेकिन बस इसी डर से कि पता नहीं आप मेरे साथ कैसा अख़लाक़ (व्यवहार) करोगी, इसलिए नहीं आ सकी। तुम्हारे पापा से कई बार मैंने कहा, आप बात कर लीजिए, आपकी बेटी है।

शिफ़ा : क्या कहा था पापा ने?

रशीदा आंटी : उन्होंने कहा कि उसने अपनी शादी तोड़ दी, मुझे ये बात बिल्कुल पसंद नहीं थी, इसलिए मैं उससे बात नहीं करना चाहता। ख़ैर, कोई बात नहीं, जो होना होता है, वह होता है, सब ऊपर वाले की मर्ज़ी होती है, पर दो दिन पहले उन्होंने मुझसे, तुम्हारे, तुम्हारी मम्मी के और इमरान के बारे में बहुत सारी बातें कीं।

शिफ़ा : अच्छा! क्या-क्या बताया पापा ने आपको?

रशीदा आंटी : उन्होंने कहा कि ऐसा नहीं है कि मुझे इस बात का एहसास नहीं है कि मुझसे ग़लती हुई है, लेकिन मैं क्या करूँ? मैं चाहकर भी अपने परिवार को पूरी ख़ुशियाँ नहीं दे पाया। मैं किसी को दु:खी नहीं करना चाहता था, लेकिन मैं सबको दु:खी कर गया। सबके क़रीब रहकर भी मैं कभी उनके बहुत क़रीब नहीं हो पाया और सबसे ज़्यादा गुनहगार मैं शिफ़ा की मम्मी का था। आजकल मुझे यह सब सोचकर अपने ऊपर बहुत ग़ुस्सा भी आ रहा है, लेकिन वो कहते हैं न कि 'अब पछताए होत क्या जब चिड़िया चुग गई खेत।' इस वक़्त मेरा हाल भी वही है। घर के बुज़ुर्ग हमारी मोहब्बत को समझ नहीं पाते। अगर हम किसी से मोहब्बत करते हैं तो वह हमारी शादी रोक देते हैं। अपनी छोटी-छोटी बातों को इतनी बड़ी अना (अहंकार) बना लेते हैं कि वह कुछ समझ नहीं पाते हैं और उनकी उस अना में कितनी ज़िंदगियाँ बरबाद हो जाती हैं। जब तक कोई बड़ी वजह नहीं हो, उनको ऐसा नहीं करना चाहिए। मोहब्बत करना कोई गुनाह नहीं है, किसी को पसंद करना गुनाह नहीं है, अकसर हमारे घर के बड़े हमारी यह बात समझ ही नहीं पाते और पूरी ज़िंदगी इसका ख़ामियाज़ा (नतीजा) हमारे जैसे कितने लोगों को भुगतना पड़ता है।

मैंने पूछा, आज इतने दिन के बाद मुझसे यह बात कह रहे हैं, हमारी

शादी को पाँच महीने होने को आ रहे हैं, लेकिन आपने यह सब बातें कभी नहीं कही, तो उन्होंने कहा, सच कह रहा हूँ, पहले तो मुझे इन सब बातों का एहसास ही नहीं होता था। जब मैंने तुमसे शादी कर ली, भले ही मैं थोड़ा ख़ुश हो गया, लेकिन अंदर से अपने आप को एक अपराधी महसूस करने लगा था। ऐसा लग रहा था, मैंने किसी के साथ बहुत बड़ा अपराध किया है। कई बार शिफ़ा की मम्मी का चेहरा सामने आता था और यह सवाल पूछता था कि मेरा क़सूर क्या था? मेरे साथ आपने ऐसा क्यों किया? अब मैं उसे कैसे बताता है कि मैं ये सब ख़ुद से नहीं करता था, मैं ऐसा ही हो गया था। मुझे अपने आप से इस बात का आज बहुत मलाल है कि मैं इतना संगदिल क्यों हो गया था, मुझे ऐसा नहीं करना चाहिए था, लेकिन सच कहूँ रशीदा, मैं अपने आप में ऐसा नहीं था। जो मेरे अपने थे, मैंने उन पर सिर्फ़ अपना शासन चलाया है, अपनेपन का एहसास कभी नहीं दे पाया, ये सारी बातें मुझे न जाने क्यों चैन नहीं लेने दे रही हैं। ऐसा लग रहा है, मैं ख़ुद को माफ़ नहीं कर पा रहा हूँ।

मैंने कहा, मैं समझ सकती हूँ, आप क्या महसूस कर रहे हैं, जो हो गया वो तो वापस नहीं आ सकता, लेकिन इस तरह परेशान होकर आप अपनी सेहत ख़राब कर लेंगे।

तुम्हारे पापा ने कहा, लेकिन मुझे वो सब बातें परेशान कर रही हैं। इमरान, मेरा बच्चा, छोटा सा मेरे पास कभी पैसे माँगने आता या अपनी कुछ स्कूल की बातें बताने की कोशिश करता तो वह बिल्कुल डरा-सहमा रहता था। डर की वजह से अपनी ज़रूरत की चीज़ के अलावा कुछ नहीं माँगता था और मैंने कभी अपनी ख़ुशी से एक खिलौना भी लाकर नहीं दिया, कैसा बाप था मैं। तुम सोच रही होगी, मैं तुमसे यह सब बातें क्यों कह रहा हूँ? शायद तुम्हें बुरा भी लग रहा होगा?

रशीदा : नहीं, मुझे बुरा नहीं लग रहा है। मैं आपको अच्छे से समझ पा रही हूँ, बल्कि मैं यह भी समझ रही हूँ कि आप मुझसे अपने दिल की बात कहकर अपना दिल हलका कर पा रहे हैं, यह मेरी ख़ुशनसीबी है।

तुम्हारे पापा ने कहा, तुम सच में बहुत समझदार हो, फिर भी अगर मैं

तुम्हारा गुनहगार लगूँ तो मुझे माफ़ कर देना।

रशीदा : नहीं, मेरी तरफ़ से आप मेरे गुनहगार नहीं हैं, हमारी क़िस्मत में यही लिखा था। जो होना होता है, वही होता है, इसमें न आपकी कोई ग़लती है, न मेरी। हाँ, अगर किसी की ग़लती है तो वो हमारे बड़ों की है, इसलिए अपने आप को इतना परेशान मत करिए।

इमरान से भी बात नहीं होती थी, मेरे साथ शादी होने के बाद इमरान भी अपने पापा से नाराज़ था, इसलिए मेरी शादी के बाद उसने कभी फ़ोन नहीं किया। उन्होंने उसी वक़्त इमरान को फ़ोन लगाकर इमरान से बात की। उस दिन जब तुम्हारे पापा ने फ़ोन लगाया, तब उसनें बात की और उसने कहा कि वो जल्द ही सबसे मिलने आएगा।

शिफ़ा : अच्छी बात है, इमरान से बात हो गई थी।

रशीदा : कहते हैं न, ख़ून तो ख़ून होता है, इनसान अपनों से कितना भी नाराज़ हो ले, पर हमेशा के लिए उनसे दूर नहीं रह सकता।

फिर उन्होंने कहा, मेरा अंदर से बहुत मन हो रहा है कि मैं एक बार शिफ़ा से मिलने जाऊँ।

शिफ़ा : अच्छा! उन्होंने ऐसा कहा?

रशीदा आंटी : हाँ, उन्होंने ये बात कही और वो तुमसे मिलने के लिए गए भी थे।

शिफ़ा : क्या···अगर वो मुझसे मिलने आए थे तो मिले क्यों नहीं?

रशीदा आंटी : हाँ, वो गए थे और तुम्हारे हॉस्टल के बाहर क़रीब पंद्रह-बीस मिनट खड़े थे, लेकिन तुमसे बिना मिले ही वापस आ गए।

शिफ़ा : लेकिन क्यों? उन्होंने ऐसा क्यों किया?

रशीदा आंटी : उनके वापस आने के बाद उन्होंने मुझे बताया कि वे तुम्हारे हॉस्टल के बाहर बीस मिनट खड़े रहे, पर अंदर जाने की हिम्मत नहीं कर पाए। तुम्हारी तरह यह सवाल मैंने भी किया कि आपने ऐसा क्यों किया? जब आप गए थे तो आपको अंदर जाना चाहिए था, आपको शिफ़ा से मिलना चाहिए था।

उन्होंने कहा, मैं यही सोचकर गया था कि ये साँसों की डोर न जाने कब

टूट जाए, इस ज़िंदगी का कोई भरोसा नहीं होता। मैं एक बार अपनी बेटी से मिलकर आता हूँ, पर अपराध का बोझ इतना भारी था कि मैं अंदर नहीं जा सका।

शिफ़ा ने मन-ही-मन सोचा कि ये आंटी दिल की अच्छी हैं। मैंने इनके बारे में ग़लत सोच लिया था। इनसान ग़लत नहीं होता, वक़्त और हालात ग़लत होते हैं और यह समझने में कभी-कभी हम सबसे ग़लती हो जाती है।

शिफ़ा : मैं आपसे कुछ पूछ सकती हूँ?

रशीदा आंटी : हाँ, पूछो, क्या पूछना चाहती हो?

शिफ़ा : आप और पापा एक-दूसरे से मोहब्बत करते थे या फिर पापा सिर्फ़ आपको पसंद करते थे?

आंटी : तुम्हारे पापा और मैं दूर के रिश्ते में थे, लेकिन किसी-न-किसी की शादी वग़ैरह में सब इकट्ठे होते थे। तुम्हारे पापा और मेरे बीच सिर्फ़ पसंद का नहीं, मोहब्बत का रिश्ता बन गया था।

शिफ़ा : फिर क्या वजह थी कि आप दोनों की शादी नहीं हो पाई?

रशीदा आंटी : मेरे दादा और तुम्हारे पापा के दादा की पहले से ही आपस में दुश्मनी थी, वे दोनों अड़ गए थे कि किसी क़ीमत पर यह शादी नहीं होने देंगे।

शिफ़ा : ओह!

रशीदा आंटी : मेरी तो क़िस्मत ही ख़राब है, जिससे मोहब्बत की, वो मिले नहीं, पहली शादी में शौहर (पति) का इंतक़ाल (मृत्यु) हो गया और इस उम्र में तुम्हारे पापा से शादी हुई तो वे भी मेरे साथ इतना कम वक़्त बिताकर चले गए।

शिफ़ा : बस वही बात, जो अभी आपने कहा था, जो होना है, होकर रहता है, मैं चलती हूँ। काश! पापा मुझसे जब मिलने आए थे, मिलकर जाते।

रशीदा आंटी : हाँ, बस ख़ुदा को यही मंज़ूर था, एक-दो रोज़ और रुक जाओ।

शिफ़ा : नहीं, अब चलती हूँ, कल शायद ऑफिस भी जाना होगा।

रशीदा आंटी : ठीक है, जैसी तुम्हारी मर्ज़ी, आती रहना।

शिफ़ा : जी, ज़रूर।

रशीदा आंटी : ख़ुश रहो।

~

आज संडे था और बारह बजे ख़ुशी आ गई थी।

ख़ुशी : शिफ़ा! मुझे तुम्हें एक बात बतानी थी।

शिफ़ा : अच्छा बताओ, क्या बात है?

ख़ुशी : मैंने तुम्हें बताया था न कि पिछले महीने तीन-चार दिन सेमिनार में बिज़ी रहूँगी।

शिफ़ा : हाँ, बताया तो था, तो क्या कोई बात हुई?

ख़ुशी : हाँ, और वो बात यह है कि वहाँ पर मेरी मुलाक़ात मिस्टर सुमित से हुई। वे जर्मनी में जॉब करते हैं, रहने वाले दिल्ली के ही हैं और आजकल घर आए हुए हैं। इस सेमिनार को अटेंट करने के लिए उनको कंपनी की तरफ़ से भेजा गया है। मेरी उनसे बात हुई, बल्कि मैं यह कहूँगी कि काफ़ी बातें हुईं।

शिफ़ा : (बीच में बात काटते हुए) क्या वे शादीशुदा हैं?

ख़ुशी : नहीं, अभी उनकी शादी नहीं हुई है। जब बातें होती हैं तो सारी बातें सामने आ ही जाती हैं।

शिफ़ा : सिर्फ़ दोस्ती है या फिर दोस्ती से ज़्यादा भी है?

ख़ुशी : पता नहीं यार, इतनी जल्दी तो मैं ख़ुद भी नहीं बता सकती, लेकिन हाँ, अच्छी पर्सनैलिटी के इनसान हैं। खुले विचारोंवाले और विवेकयुक्त इनसान हैं। मेरी क़रीब एक महीने से बात हो रही है।

शिफ़ा : उन्होंने कुछ ऐसा कहा क्या कि वे तुमसे शादी करना चाहते हैं?

ख़ुशी : (हँसते हुए) उन्होंने बस ये कहा कि वे मुझे पसंद करने लगे हैं।

शिफ़ा : और तुम?

ख़ुशी : हाँ, शायद मैं भी।

शिफ़ा : तुमने अपने बारे में सबकुछ बता तो दिया होगा।

ख़ुशी : हाँ, सबकुछ बता दिया था।

शिफ़ा : तो अब क्या सोचा तुमने और क्या वे अभी दिल्ली में हैं ?

ख़ुशी : नहीं, वे तो पंद्रह दिन के लिए आए थे और चले गए और उन्हीं पंद्रह दिनों में हमारी पाँचों दिन सेमिनार में लगातार मुलाक़ात होती रही। उसके बाद भी हम तीन-चार बार मिले थे।

शिफ़ा : उनके परिवार में कौन-कौन है ?

ख़ुशी : सिर्फ़ उनकी मम्मी हैं, पापा बहुत पहले ही इस दुनिया से चले गए थे।

शिफ़ा : तो क्या उनकी मम्मी अकेली रहती हैं ?

ख़ुशी : हाँ, सुमित ने बताया, वे दो-तीन बार मम्मी को जर्मनी ले गए थे, लेकिन वहाँ उनका मन नहीं लगा और वे अब अपनी सिस्टर के साथ रहती हैं। उनकी सिस्टर भी अकेली थीं, तो अब दोनों बहनें साथ ही रहती हैं।

शिफ़ा : ओह ! तो यह बात है, पर क्या उनकी मम्मी शादी के लिए मान जाएँगी ?

ख़ुशी : शादी के बारे में मैं अभी बहुत सीरियस नहीं हो पाई हूँ। मैंने सुमित को कह दिया है, मुझे कुछ वक़्त चाहिए, मैं शादी का फ़ैसला इतनी जल्दी नहीं ले पाऊँगी, बात सुमित की मम्मी की है तो सुमित ने बताया, वे बहुत खुले विचारों वाली महिला हैं और मुझसे इतना प्यार करती हैं कि मेरी हर ख़ुशी में हमेशा ख़ुश होती हैं।

शिफ़ा : तुमने जब शादी के लिए वक़्त माँगा, तब सुमित ने क्या कहा ?

ख़ुशी : उन्होंने कहा कि उन्हें कोई जल्दी नहीं है, तुम अपना पूरा वक़्त लो, फिर बताना।

शिफ़ा : चलो, समझदार तो लग रहे हैं।

ख़ुशी : (मुसकराती हुई) एक और बात बतानी है।

शिफ़ा : अब क्या है ख़ुशी, एक ही दिन में सारे शॉक मत दे यार !

ख़ुशी : मुझे कंपनी की तरफ़ से एक साल के लिए जर्मनी भेजा जा रहा है।

शिफ़ा बैठी थी, खड़ी हो गई।

ख़ुशी : क्या हुआ, खड़ी क्यों हो गई?

शिफ़ा : तुम यह पूछ रही हो, खड़ी क्यों हो गई? ख़ुशी! मैं तो बिल्कुल अकेली हो जाऊँगी।

ख़ुशी : मेरी जॉब के लिए एक बेहतरीन अपॉर्चुनिटी है यार, क्या करूँ और सुन न, एक ही साल की तो बात है।

शिफ़ा : एक ही साल, यार ख़ुशी! इस एक साल में तीन सौ पैंसठ दिन होंगे, जो मुझे तुम्हारे बिना गुज़ारने होंगे। सीमा के जाने के बाद बहुत अकेलापन हो गया है। अब तुम भी चली जाओगी, मैं तो बिल्कुल ही अकेली हो जाऊँगी।

ख़ुशी : मैं भी एक अनजान देश जा रही हूँ, वहाँ पर अकेले ही रहना है, मैं भी तो तुम्हारे बिना बहुत अकेली हो जाऊँगी मेरी जान!

शिफ़ा : वहाँ पर सुमित हैं, वो तुम्हें अकेले नहीं रहने देंगे।

ख़ुशी : हाँ, यह बात भी सही है। लेकिन यार, वहाँ पर रहकर सुमित को एक साल परखने का अच्छा मौक़ा भी है।

शिफ़ा : हाँ, वह सब तो ठीक है ख़ुशी, बस मैं अपने अकेलेपन के हालात को सोचकर सिहर गई, लेकिन जब ऐसी अच्छी अपॉर्चुनिटी मिली है तो जाना भी चाहिए। अच्छे मौक़े भी ज़िंदगी में कभी-कभी आते हैं। हो सकता है, मालिक का सुमित के लिए तुम्हारे हक़ (पक्ष) में कोई इशारा हो, तुम जाओ, कोई बात नहीं, मैं तुम सबको याद करके जी लूँगी।

न जाने शिफ़ा इतनी क्यों उदास हो रही थी, उसे अपने चारों तरफ़ वीरान, सुनसान और अजीब-से ख़ालीपन का एहसास हो रहा था।

ख़ुशी उसको इस तरह देखकर उससे लिपट गई।

~

एक हफ़्ते बाद ख़ुशी जर्मनी चली गई।

शिफ़ा अकेली हो गई और अपने आप को बहुत ज़्यादा बिज़ी रखने की

कोशिश करती थी। अब जब इस हॉस्टल की मालकिन शिफ़ा है तो उसकी आंटी ने कहा कि वहाँ का सारा काम वह सँभाल ले।

शिफ़ा ने हॉस्टल की सारी ज़िम्मेदारी अपने कंधों पर ले ली थी। वह अपने आप को इतना बिज़ी रख रही थी कि कब दिन हो रहा है, कब रात हो जा रही है, उसको तो जैसे होश ही नहीं होता था। कई बार सोचा, जॉब छोड़ दे, पर उससे जॉब नहीं छोड़ी गई। जॉब के साथ-साथ हॉस्टल की सारी ज़िम्मेदारियों को देखने में अपने आप को मशीन बनाकर रख दिया।

रात को शिफ़ा के पास उसकी चाची का फ़ोन आया, ये वही चाची थीं, जिन्होंने अपनी फूफी के बेटे वसी से उसकी शादी करवाई थी। वसी से रिश्ता ख़त्म होने से पहले और ख़त्म होने के बाद चाची से बात हुई थी। चाची पर शिफ़ा बहुत ग़ुस्सा भी हुई थी, लेकिन चाची ने यह कहा कि इसमें मेरा क्या क़सूर है शिफ़ा, मैं वसी के अंदर की शख़्सियत को कैसे जान पाती, कोई यह कैसे बता सकता है कि कोई इनसान शादी के बाद अपनी बीवी के साथ कैसा बरताव करेगा?

शिफ़ा भी इस बात को समझती थी, लेकिन क्या करे, उसका दिल, जज़्बात, रिश्ता सबकुछ टूट गया था तो उसने अपना ग़ुस्सा चाची पर उतार दिया था।

चाची : कैसी हो शिफ़ा?

शिफ़ा : मैं ठीक हूँ, आप कैसी हैं?

चाची : सब ठीक है, मैंने तो तुम्हें यह बताने के लिए फ़ोन किया है कि वसी की शादी होने वाली है।

शिफ़ा : ओह···इससे मुझे क्या लेना-देना?

चाची : नहीं, कुछ नहीं, मैंने तो बस यूँ ही सोचा कि शिफ़ा को बताती हूँ।

शिफ़ा : मुझे बताने की ज़रूरत नहीं थी चाची!

चाची : मैं जानती हूँ, तुम्हें उनके बारे में जानने की कोई दिलचस्पी नहीं है, वह तो कल फूफी का फ़ोन आया था, दावत दे रही थीं, कह रही थीं, पंद्रह

दिन के बाद वसी की शादी है तो ज़रूर आना, मैंने पूछा! कहाँ रिश्ता कर रही हैं? तो उन्होंने बताया कि उनके दूर के रिश्ते में है वह लड़की। मैंने पूछा, वसी शादी के लिए राज़ी (तैयार) हो गए?

फूफी ने कहा, हाँ, अब राज़ी हो गया, मैंने अपनी क़सम दी और वादा भी लिया कि उसको अपनी होने वाली बीवी को वक़्त और इज़्ज़त दोनों देने हैं और उन्होंने यह भी बताया कि लड़की पढ़ी-लिखी है तो वसी के साथ ऑफिस में काम भी करेगी। हर वक़्त दोनों साथ रहेंगे तो उसकी होने वाली बीवी को अकेलापन नहीं लगेगा।

शिफ़ा : मैंने भी उनके ऑफिस में जॉब करने के लिए कहा था, लेकिन वसी ने साफ़-साफ़ मना कर दिया था कि घर की औरतें घर में ही रहें, वही अच्छा है। अब कैसे मान गए?

चाची : अब उनको भी पता चल गया होगा कि इस तरह तो उनकी कभी शादी ही नहीं हो पाएगी। आगे अपना ख़ानदान भी तो चलाना है।

शिफ़ा : चलो, अच्छा है, जब जागो तभी सवेरा।

चाची : शिफ़ा! तुमने क्या सोचा, आगे शादी के बारे में कुछ सोचा है?

शिफ़ा : कुछ नहीं सोचा है चाची! मेरी क़िस्मत में मेरे ख़ुदा ने जो लिखा होगा, वही होगा। मैंने इस मामले में सोचना ही बंद कर दिया है।

चाची : अब मैं क्या ही कहूँ, बस यही कहूँगी, ख़ुदा तुम्हारा मुक़द्दर बुलंद करे! आमीन! फ़ोन रखती हूँ।

शिफ़ा सोच रही थी, न जाने अब किस लड़की की बलि चढ़ रही है, क्या वसी सच में बदल गए होंगे? उसका मन हुआ, कहीं से उस लड़की का फ़ोन नंबर मिल जाए तो वह वसी के बारे में सब बता दे। फिर उसने सोचा, वह ऐसा नहीं करेगी। हो सकता है, वसी ने अपनी ग़लतियों से कुछ सीख ले ली हो। क्या पता वह सच में बदल गया हो? क्योंकि कोई भी बार-बार वही ग़लती नहीं दोहराएगा।

फ़ोन रखने के बाद उसने ख़ुशी को वीडियो कॉल की।

ख़ुशी : हैलो शिफ़ा, कैसी हो?

शिफ़ा : मैं ठीक हूँ, तुम बताओ कैसी हो, वहाँ पर सब कैसा चल रहा है?

ख़ुशी : अच्छा और सबकुछ बढ़िया चल रहा है।

शिफ़ा : और सुमित से मुलाक़ात हुई?

ख़ुशी : हाँ, मुलाक़ात तो रोज़ शाम को होती है। हम डिनर साथ में ही करते हैं और इसी बहाने एक-दूसरे के बारे में जानने का वक़्त भी मिल जाता है।

शिफ़ा : चलो अच्छा है, अपने काम और दोस्ती दोनों को एन्जॉय करो।

ख़ुशी : और बताओ कोई नई बात?

शिफ़ा : नई बात क्या होगी? हाँ, बस चाची का फ़ोन आया था (और शिफ़ा ने ख़ुशी को चाची से हुई सारी बातें बताईं)।

ख़ुशी : कोई नहीं, जो अपने हैं ही नहीं, उनके बारे में क्या सोचना।

शिफ़ा : मैं भी वही सोच रही थी, पर वसी जैसे खुदगर्ज़ इनसान क्या अपनी ग़लती कभी मानेंगे भी?

ख़ुशी : तुम यह मत सोचो और अपनी उन चाची को भी साफ़-साफ़ कड़े शब्दों में बोल दो कि वसी और उनसे जुड़ी ख़बरों से तुम्हें कोई मतलब नहीं है तो वे आगे से वसी के मामले में कोई भी जानकारियाँ तुम्हें न दें।

शिफ़ा : वो बड़ी हैं यार, मैं ऐसे कैसे जवाब दे दूँ।

ख़ुशी : हाँ, पर ऐसी बातों से तुम हर्ट होती हो यार!

शिफ़ा : हाँ, वो तो है, मेरी क़िस्मत में शायद हर्ट होना ही लिखा है।

ख़ुशी : ऐसा मत कहो शिफ़ा, मैं भी तो तुम्हारी ज़िंदगी का हिस्सा हूँ यार!

शिफ़ा : (मुसकराते हुए) तुम अपनी तुलना किसी और से मत करो, तुम्हारी और सीमा की जो जगह मेरे दिल में है, वह कोई और नहीं ले सकता।

ख़ुशी : अगर फ़राज़ जैसा कोई दूसरा तुम्हें चाहने वाला मिल जाए तो?

शिफ़ा : (शिफ़ा बीच में ही बोल पड़ती है) फ़राज़ जैसा तो इस दुनिया में शायद कोई होगा ही नहीं।

ख़ुशी : दुनिया बड़ी ज़रूर है, पर क्या पता कब हमसे कोई टकरा जाए?

शिफ़ा : जब नसीब में ही टक्कर हो तो और क्या ही कुछ टकराएगा।

ख़ुशी : अब मुझे देखो, मैंने भी नहीं सोचा था कि मुझे कभी कोई और पसंद आएगा, लेकिन जब क़िस्मत में किसी का मिलना लिखा हो तो मिल ही जाता है।

शिफ़ा : छोड़ न ख़ुशी! टॉपिक चेंज करो यार!

ख़ुशी : ज़िंदगी चलने का नाम है शिफ़ा, रुकने का नहीं, कोई आएगा, कोई जाएगा, पर इनसान जीना नहीं छोड़ सकता।

शिफ़ा : मुझे ऐसी-वैसी मोहब्बत नहीं चाहिए थी, एक 'रूहानी मोहब्बत' चाहिए थी और फ़राज़ के रूप में जो मेरे क़रीब भी आई, पर मेरी बदक़िस्मती देखो ना, मिलने से पहले ही दूर हो गई।

ख़ुशी : ज़िंदगी की हर सुबह नई ख़बर लाती है और कभी-कभी ढलती शाम भी ख़ुशियों की शुरुआत (आगाज़) होती है। तुम इस तरह मायूस न हो मेरी जान!

शिफ़ा : (लंबी साँस भरते हुए) छोड़ो न यार, कुछ और बात करते हैं।

~

इतवार का दिन था, तीन बज रहे थे।

कमरे की घंटी बजी, शिफ़ा ने देखा तो सामने वसी की मम्मी खड़ी थीं।

शिफ़ा ने सलाम किया और अंदर बैठाया।

शिफ़ा : जी कहिए, क्या बात है, सब ख़ैरियत तो है?

वसी की मम्मी : कुछ ठीक नहीं है शिफ़ा बेटी, बड़ी मुश्किल से वसी के लिए एक रिश्ता मिला था, शादी की तारीख़ भी पक्की हो गई थी, फिर पता नहीं क्या हुआ, अचानक से लड़की वालों ने मना कर दिया। मैं तो थक गई हूँ, न जाने मेरी बूढ़ी आँखें बंद होने से पहले अपने पोते-पोतियों की ख़ुशी देख भी पाएँगी या नहीं (यह बोलते हुए उनकी आँखों में आँसू भर आए)।

शिफ़ा : ओह, यह तो सच में आपके लिए अफ़सोस वाली बात है।

वसी की मम्मी : बेटा, मैं तुमसे कुछ कहना चाहती हूँ?

शिफ़ा : जी कहिए, आप जो भी कहना चाहती हैं।

वसी की मम्मी : बेटा, मेरा वसी अब अपनी ग़लतियों को मानता है। वह कहता है, उसने अपनी शादीशुदा ज़िंदगी को सिर्फ़ बिगाड़ा ही है। अपने आगे कभी किसी की फीलिंग्स को समझा ही नहीं। वह यह भी कहता है, वह आगे से ऐसी कोई हरकत नहीं करेगा, बल्कि अपनी शादी को एक नई सुबह की तरह अपनी ज़िंदगी में जगह देगा।

शिफ़ा : यह तो बहुत अच्छी बात है, देर से ही सही, वसी को यह बात समझ में आ गई है। आप लड़की ढूँढ़कर जल्द-से-जल्द उनकी शादी कर दीजिए।

वसी की मम्मी : बेटा, मेरी हिम्मत तो नहीं हो रही थी, लेकिन इस बारे में मैंने वसी से बात की तो उसकी भी रज़ामंदी मिल गई थी, तब मैं तुमसे पूछने की हिम्मत जुटा पाई हूँ।

शिफ़ा : ऐसी क्या बात है, जिसके लिए आपको इतना सोचना पड़ रहा है?

वसी की मम्मी : बेटा···शिफ़ा···क्या तुम एक बार फिर मेरी बहू बनकर मेरे वसी की ज़िंदगी में बहार लाओगी?

यह सुनकर शिफ़ा का पूरा जिस्म काँप गया। वह अंदर से अपने को छिन्न-भिन्न महसूस करने लगी। उसको बहुत ज़ोर का ग़ुस्सा आया, लेकिन उसने बमुश्किल अपने ग़ुस्से और नफ़रत को छुपाया।

वसी की मम्मी : देखो बेटा! मुझे पता है, तुम्हें शायद अजीब लग रहा हो, लेकिन बेटा, सुबह का भूला अगर शाम को घर वापस आ जाए तो क्या उसे घर में पनाह (शरण) नहीं देनी चाहिए? बोलो शिफ़ा! कुछ तो बोलो!

शिफ़ा : आप अच्छी तरह से जानती हैं, आप क्या कह रही हैं? मेरा और वसी का तलाक़ हो चुका है और इस तलाक़ के बाद मेरी ज़िंदगी में उसी शख़्स (व्यक्ति) से शादी की कोई गुंजाइश नहीं है।

वसी की मम्मी : मैं जानती हूँ बेटा, लेकिन अगर हम चाहें तो गुंजाइश बन सकती है।

शिफ़ा : कैसे, बताइए न, कैसे बन सकती है ? आप अच्छी तरह जानती हैं, इस शादी के लिए मुझे कैसी-कैसी ज़लालत (अपमान) से गुज़रना पड़ेगा ?

वसी की मम्मी : मैं जानती हूँ बेटा, लेकिन क्या करूँ, माँ हूँ न, बस अपनी औलाद का घर बसते हुए देखना चाहती हूँ।

शिफ़ा : आप माँ हैं, लेकिन सबसे पहले एक औरत हैं, मेरी जगह पर अपने को रखकर देखिए, आप मेरी जगह पर होती तो क्या करतीं ?

वसी की मम्मी से कुछ बोला नहीं गया।

शिफ़ा : 'तलाक़', यह जो शब्द है न, यह ख़ंजर की तरह हमारे सीने में घुसता है। बड़ी ही मजबूरी में हम औरतें इस ज़ख़्म को सहती हैं। जब कोई रास्ता नहीं बचता, तब हम तलाक़ जैसी आरी से कटते हैं और साथ में काटते हैं अपने अरमान, अपने जज़्बात और अपनी ख़ुशियाँ। आप अच्छी तरह जानती हैं हमारे यहाँ तलाक़ के बाद उसी शख़्स से शादी करने के क्या तरीके हैं। बताइए न, जानती हैं न आप ? फिर भी मुझे आप बलि का बकरा बनाना चाहती हैं।

वसी की मम्मी : नहीं, नहीं, बेटा ! मुझे इस बात का एहसास है, लेकिन मैं बस आप दोनों का घर बसना देखना चाहती हूँ।

शिफ़ा : घर ऐसे नहीं बसते आंटी ! घर बसाने के लिए प्यार और अपनापन होना चाहिए, बुरा मत मानिएगा, लेकिन ये दोनों ही एहसास आपके बेटे में रत्ती भर नहीं हैं।

वसी की मम्मी : अब तो वह अपनी ग़लती समझ चुका है, फिर से अब वही ग़लती नहीं करेगा।

शिफ़ा : वे फिर से वही ग़लती नहीं करेंगे, क्या आप सौ प्रतिशत इस बात की गारंटी लेंगी ?

वसी की मम्मी : हाँ, मैं पूरी ज़िम्मेदारी लेती हूँ।

शिफ़ा : कहना आसान है आंटी, पर करना बहुत मुश्किल होता है।

वसी की मम्मी : अब मैं तुम्हें कैसे समझाऊँ कि अब वह सब बिल्कुल नहीं होगा, जो पहले हुआ था, बल्कि अब तो इस बात पर भी राज़ी है कि उसकी बीवी उसके साथ ऑफिस भी जॉइन कर सकती है।

शिफ़ा : यह बात मैंने पहले वसी को बोली थी, पर उन्होंने सिरे से नकार दिया था। चलिए, कम-से-कम अब इस चीज़ को मान रहे हैं, यह अच्छी पहल हो सकती है।

वसी की मम्मी : बेटा! तो हाँ कह दो न, देखो तुमने भी अभी तक शादी नहीं की और न ही वसी ने, वजह चाहे जो भी रही हो, लेकिन शायद ऊपर वाले को यही मंज़ूर है कि तुम दोनों साथ हो जाओ।

शिफ़ा के तन-बदन में आग-सी लग रही थी, उसका मन कर रहा था, वह आंटी को बोले कि वह इस बारे में और बात नहीं करना चाहती, इसलिए वे अब जा सकती हैं, पर उसे यह भी लग रहा था, ऐसा कहना शायद उन्हें उसकी बदतमीज़ी लगे और शिफ़ा अपने बड़ों की इज़्ज़त करना जानती थी, उनकी बेइज़्ज़ती करना नहीं सीखा था।

शिफ़ा : मैं माफ़ी चाहूँगी आंटी, मैं यह शादी नहीं कर पाऊँगी, करने की तो दूर की बात है, मैं सोच भी नहीं सकती। प्लीज़, आप इस बात को यहीं ख़त्म कर दीजिए। जिस आदमी से तलाक़ लिया है, उसी से शादी करने के लिए मुझे अपनी ग़ैरत (आत्मसम्मान) अपना वजूद सबकुछ खोना पड़ेगा, मैं यह शादी बिल्कुल नहीं कर सकती। जब मैंने वसी से तलाक़ लिया था, बहुत सोच-समझकर लिया था, आप कह रही हैं, वसी बदल चुके हैं, पर एक बात कहूँ, शायद आपको बुरा लगे, क्योंकि आप माँ हैं, एक माँ के लिए उसका बच्चा कितना भी ग़लत हो, लेकिन वह उसका भला ही करने को सोचती है, जितना मैंने वसी को जाना है, वे पूरी तरह कभी नहीं बदल सकते। उनकी शख़्सियत ही अलग है। हाँ, थोड़ा बहुत बदलेंगे, क्योंकि बदलना उनकी मजबूरी भी है। अपना घर-परिवार बसाना है तो थोड़ा बदलाव उनको लाना पड़ेगा और वह शायद इसी के तहत कुछ बदलेंगे भी।

वसी की मम्मी : तो क्या मैं पूरी तरह न समझूँ?

शिफ़ा : बिल्कुल पूरी तरह न, क्योंकि हाँ की कोई गुंजाइश ही नहीं है। मुझे माफ़ करिएगा।

वसी की मम्मी : तुम्हारी कोई ग़लती नहीं है, तुम माफ़ी मत माँगो।

शिफ़ा : मैं आपसे माफ़ी इसलिए चाह रही हूँ कि अभी हमारे बीच जो भी बात हुई है, आपको कुछ भी बुरा लगा हो तो उसके लिए माफ़ करिएगा। आप लड़की ढूँढ़िए, मिल जाएगी।

वसी की मम्मी : ठीक है बेटा, मैं चलती हूँ।

वसी की मम्मी चली गईं।

शिफ़ा हैरान इस बात पर नहीं थी कि वसी की मम्मी उससे वसी के साथ फिर से शादी की बात करने आई थीं। वह हैरान इसलिए ज़्यादा थी कि वसी जैसे इनसान कितने खुदगर्ज़ होते हैं, अपना परिवार बन जाए, परिवार का वारिस मिल जाए, इसके लिए उन्हें यह भी फ़र्क़ नहीं पड़ता कि उसी औरत को फिर से अपनी बीवी बनाने के लिए, पहले उनकी तलाक़शुदा बीवी को किसी और के साथ निकाह करना पड़ेगा और शादी की रात बाकायदा (पूरी तरह) उसकी बीवी बनकर गुज़ारना पड़ेगा, फिर अगले दिन वह शख़्स तलाक़ देगा और तब कहीं जाकर मैं वसी से शादी कर सकती हूँ। उफ़! ये वसी जैसे लोग न जाने किस कठोर मिट्टी के बने होते हैं, अंगारों पर चलने वाले ये नियम व शर्तें सिर्फ़ उसी शख़्स से शादी करने के लिए ख़ुदा ने बनाई हैं, ताकि तलाक़ देने से पहले लोग हज़ार बार सोचें। हाँ, वसी के अलावा अगर मुझे किसी और से शादी करनी होगी तो यह नियम लागू नहीं होगा।

मेरे ख़ुदा ने इतने कड़े नियम उसी शख़्स से शादी करने के लिए बनाए हैं, जिसके साथ तलाक़ हुआ है। यह नियम इतना सख़्त इसलिए बनाया गया है, ताकि कोई तलाक़ को खेल न समझे, कोई किसी को तलाक़ दे तो सैकड़ों बार सोचकर दे कि वह उसकी बीवी है, उसके बच्चों की माँ है। अगर तलाक़ दे दिया तो वापस अपनी ज़िंदगी में लाने के लिए बहुत ही कठिन इम्तिहान से गुज़रना पड़ता है। पहले के ज़माने में ये चीज़ें बहुत होती थीं, लेकिन अब ये

सब चीज़ें कम हो गई हैं। न जाने वे औरतें सबकुछ कैसे सहती रही होंगी? एक औरत को पहले किसी और की बीवी बनना पड़ता था, वह औरत न जाने कितनी बार यह सोचकर मरती होगी, उसके कलेजे पर आरी-सी चलती होगी, उसको अपने जिस्म पर चाबुक की मार महसूस होती होगी, अपने ज़मीर को कितने टुकड़ों में बिखरते हुए पाती होगी। उफ़ मेरे ख़ुदा, ऐसा दिन किसी औरत की ज़िंदगी में न आए, जहाँ तक मेरी बात है, मैं मर जाऊँगी, मगर कभी भी उस शख़्स से शादी करने के लिए अपने सम्मान को गिरवी नहीं रखूँगी। वसी जैसे इनसान से शादी करके मेरी ज़िंदगी एक वीरान खँडहर बन गई थी। अपने दिल पर पत्थर रखकर बड़ी मुश्किल से इस खँडहर से बाहर निकल पाई हूँ। दोबारा इस तरह उन्हीं की ज़िंदगी में वापस जाने से अच्छा है कि मैं सारी ज़िंदगी अकेली रहूँ। मेरे लिए मेरी इज़्ज़त, मेरी ख़ुशी और मेरी ग़ैरत (स्वाभिमान) से बढ़कर कुछ नहीं है। मेरी ज़िंदगी में ग़म की बहुत लंबी रात है, इसलिए ख़ुशियों के दिन थोड़े वक़्त के लिए आते हैं। मेरे मालिक, बस यही दुआ है, ख़ुशियाँ और तमन्नाओं की रोशनी दे दो, मेरे हिस्से में आपने इतने ग़म लिखे हैं, पर थोड़ी तो ख़ुशियाँ भी लिखी होंगी न मालिक, थक गई हूँ, बोझिल हो रही हूँ, हर रात अमावस्या की गहरी काली रात लग रही है। मैं भी इनसान हूँ, ग़मों का बोझ उठाए-उठाए मेरी साँसों की डोर कहीं छूट न जाए, फिर भी हर दिन यही सोचती हूँ कि शायद मेरी ज़िंदगी की स्याह रातें एक दिन चाँदनी रात में बदलेंगी और मेरी ज़िंदगी भी चमकते सितारों की रोशनी से नूरानी हो जाएगी।

शिफ़ा का मन हुआ, आज फिर से एक ग़ज़ल लिखी जाए—

उम्मीद है किसी रात सितारों का नूर जगमगाएगा,
एक दिन घुप अँधेरा चाँदनी रात में बदल जाएगा।

अपने आप से कितने शिकवे करूँ मैं नाज़रीन,
कभी तो घने कोहरे का ग़ुबार, सजल लाएगा।

शिफ़ा हूँ, मोहब्बत की साफ़गोई चाहती हूँ यारों,
इस यक़ीं पे हर रोज़ मेरी उम्मीद मचल जाएगा।

अकेली हूँ सफ़र में, बस मंज़िल की ख़्वाहिश है,
मेरे लिए कोई हमनवाज़ प्यार का पहल लाएगा।

किसी के नाम में ख़ुशी, किसी के नाम में आरज़ू,
मेरा नाम तो शायद मेरे नसीब से दहल जाएगा।

बहुत पाए दर्द के सैलाब मैंने, रहबर की तलाश में,
मेरी तमन्ना कब तक मेरे वजूद में ख़लल पाएगा।

बेइंतेहा बिखरकर भी खिलने की उम्मीद में हूँ,
मैं 'राफी' हूँ, एक दिन शायद मुझपे कमल आएगा।

ख़ुशी को गए हुए एक महीना हो गया था।

रात में दस बजे उसने शिफ़ा को वीडियो कॉल की।

ख़ुशी : हैलो शिफ़ा, कैसी हो मेरी जान?

शिफ़ा : कैसी होऊँगी यार, तुम दोनों के जाने के बाद बहुत अकेली हो गई हूँ।

ख़ुशी : अरे-अरे, मैं अभी इसी दुनिया में हूँ, यार!

शिफ़ा : सॉरी यार! मेरे कहने का वह मतलब नहीं था, मैं बहुत उदास हूँ ख़ुशी!

ख़ुशी : मैं समझती हूँ शिफ़ा, अच्छा सुनो, मैं तुम्हें एक अच्छी ख़बर सुनाती हूँ, जिससे तुम्हारा मूड एकदम ठीक हो जाएगा।

शिफ़ा : अच्छा फिर तो फटाफट बताओ?

ख़ुशी : मैं और सुमित कोर्ट मैरिज कर रहे हैं।

शिफ़ा : (चौंककर) क्या सचमुच, लेकिन ख़ुशी क्या इतनी जल्दी यह फ़ैसला लेना ठीक है ?

ख़ुशी : मैंने बहुत सोच–समझकर फ़ैसला लिया है। सुमित एक बहुत ही कल्चर्ड, मेच्योर हैं और हाँ, थोड़े से फनी भी हैं।

शिफ़ा : फनी से क्या मतलब है तुम्हारा ?

ख़ुशी : अरे, ऐसा कुछ नहीं है। वो बात ऐसी करते हैं कि मैं पूरे वक़्त उनके साथ हँसती रहती हूँ।

शिफ़ा : चलो, यह सुनकर अच्छा लगा, हमसफ़र ऐसा ही होना चाहिए, जिसके साथ आप खुलकर बात कर सको, खुलकर हँस सको। वह जीवनसाथी बनने के साथ–साथ सबसे पहले हमारा एक अच्छा दोस्त होना चाहिए।

ख़ुशी : यह तुमने बिल्कुल सही कहा, हमारा जीवनसाथी अगर हमारा सबसे अच्छा दोस्त होता है तो ज़िंदगी का यह सफ़र आसान हो जाता है।

शिफ़ा : एक लड़की बहुत ही सपनों को सजाते हुए अपने हमसफ़र में हर तरह की ख़ूबियाँ चाहती है। उसी तरह हर लड़का भी अपने होने वाले लाइफ पार्टनर में बहुत सारी ख़ूबियों की उम्मीद करता है।

ख़ुशी : हाँ बिल्कुल, यह रिश्ता ही बराबरी का है। दोनों हर चीज़ में साझेदारी समझकर चलेंगे, तो ही यह रिश्ता हमारी ज़िंदगी में अपनी जगह मज़बूत कर पाएगा।

शिफ़ा : मियाँ–बीवी (पति–पत्नी) का रिश्ता बहुत ही प्यारा और पाकीज़ा (पवित्र) रिश्ता होता है। इस रिश्ते में सबसे ज़्यादा जो मायने रखता है, वह होता है भरोसा, अगर भरोसा नहीं है तो इस रिश्ते की बुनियाद कमज़ोर हो जाएगी। हमारा रब हम सबकी जोड़ियाँ बनाता है और हम उस रिश्ते की कमियाँ और ख़ूबियाँ दोनों को समझते हुए आगे बढ़ते हैं। यह रिश्ता इतना ख़ूबसूरत है कि इस रिश्ते की पहचान ही बता देती है कि इस रिश्ते की ख़ूबसूरती आपको ताउम्र जोड़कर रखती है, बस हमसफ़र ख़ूबसूरत ख़यालों से लबरेज़ होना चाहिए। ख़ैर, यह तो बताओ, तुम कब कर रही हो कोर्ट मैरिज ?

ख़ुशी : अगले हफ़्ते सैटरडे को।

शिफ़ा : सुमित की मम्मी शादी में शामिल हो रही हैं?

ख़ुशी : नहीं यार! वह नहीं आ पाएँगी, पर हाँ, मैं और सुमित जल्द ही आएँगे और उन्होंने कहा है कि वह एक ग्रैंड रिसेप्शन करेंगी। अब देखेंगे, जैसे ही छुट्टी मिलेंगी, हम दोनों प्लान कर लेंगे।

शिफ़ा : हाँ, ये ठीक रहेगा, बाक़ी एडवांस में तुम दोनों को शादी बहुत-बहुत मुबारक़ हो।

ख़ुशी : काश! तुम मेरे पास होती शिफ़ा!

शिफ़ा : हाँ, पर कोई नहीं, तुम और सुमित अच्छे से अपनी शादी पूरी करना।

ख़ुशी : तुम भी आगे बढ़ने की कोशिश करो शिफ़ा, मुझसे तुम्हारा अकेलापन देखा नहीं जाता।

शिफ़ा : सब नसीब का खेल है ख़ुशी, न तुम्हें पता है न मुझे, आगे हमारी ज़िंदगी का सफ़र कैसे बीतेगा? सब वक़्त पर छोड़ दिया है मैंने।

ख़ुशी : अच्छा सुनो, अब सो जाते हैं, पर मेरी बातों पर गौर करना।

शिफ़ा : ओके दादी माँ, बाय!

~

शिफ़ा लेटने ही जा रही थी, तभी फ़राज़ की मम्मा, यानी उसकी आंटी का फ़ोन आ गया। शिफ़ा ने फ़ोन उठाया और सलाम किया। उन्होंने हालचाल पूछा।

शिफ़ा : और बताइए आंटी, इतनी रात को कैसे फ़ोन किया? सब ख़ैरियत तो है न?

आंटी : बस नींद नहीं आ रही थी और कुछ कहना भी था।

शिफ़ा : कोई ख़ास बात है आंटी?

आंटी : परसों सेराज की बेटी की पहली सालगिरह है तो तुम्हें आना है।

शिफ़ा : यह तो अच्छी बात है। सेराज की बेटी एक साल की हो रही है,

तब तो बहुत धूमधाम से सालगिरह मनाई जाएगी।

आंटी : हाँ बेटा, सबको बुलाया है, भीड़ तो हो ही जाएगी।

शिफ़ा : आप सबको सेराज की बेटी निदा की सालगिरह बहुत-बहुत मुबारक हो आंटी!

आंटी : सिर्फ़ मुबारकबाद से काम नहीं चलेगा, आना भी है और तुम्हारा आना मेरे लिए बहुत ज़रूरी है।

शिफ़ा : मैं कोशिश करूँगी।

आंटी : कोशिश नहीं मेरी बेटी, आना ही है, मैं ड्राइवर को भेज दूँगी, तुम आराम से गाड़ी में आ जाना। पार्टी छह बजे शुरू होगी, पर तुम बारह बजे तक आ जाना।

शिफ़ा : इतनी जल्दी! मेरा मतलब है, मैं चार बजे तक आ जाऊँगी।

आंटी : नहीं, तुम्हें जल्दी आना है, हमारी कुछ मदद भी कर देना, वैसे भी तुमसे मिले बहुत दिन हो गए, थोड़ा सा वक़्त साथ में बिता लेंगे।

शिफ़ा : ठीक है, मैं परसों की छुट्टी ले लूँगी और जल्दी आ जाऊँगी।

आंटी : ये हुई न मेरी बेटी वाली बात, मुझे तुम्हारा बेसब्री से इंतज़ार रहेगा।

शिफ़ा : जी, ज़रूर।

~

अगले दिन ऑफिस से आते हुए शिफ़ा बाज़ार चली गई, सेराज की बेटी के लिए गिफ्ट लेना था। उसने अच्छी सी फ्रॉक, जूते, कैप और टेडी बियर ख़रीदा, सबकुछ पैक करवाया और हॉस्टल वापस आ गई।

शिफ़ा रात में अलमारी खोलकर खड़ी थी, समझ में नहीं आ रहा था कि वह आंटी के यहाँ फंक्शन में क्या पहनकर जाए? फिर उसकी नज़र बैंगनी रंग के सूट पर पड़ी, वह सूट शिफ़ा को बहुत पसंद था। शिफ़ा को गहरे रंग बहुत पसंद थे, शिफ़ा थी भी गोरी-चिट्टी तो हर रंग उस पर फबता था और गहरे रंगों में तो वह बिल्कुल ही नूरानी लगती थी। शिफ़ा ने बैंगनी

रंग का वह सूट निकाला, जिसपर बहुत हलकी सी कढ़ाई थी। सचमुच शिफ़ा का वह सूट बहुत प्यारा था। शिफ़ा ने मन-ही-मन पक्का कर लिया था कि वह यही पहनेगी। शिफ़ा ने प्रेस ऑन कर दी, कपड़े प्रेस करके हैंगर में टाँग दिए और हलका सा पेंडेंट सेट निकाला तथा हाथ में पहनने के लिए एक ब्रेसलेट और रिंग भी निकाल ली। सबकुछ तैयार करके एक जगह पर रख दिया और सोने चली गई। बिस्तर पर लेटकर एक पल को वह सोचने लगी कि फ़राज़ को गए अभी छह महीने ही हुए हैं और इतनी धूमधाम से सालगिरह मनाना क्या ठीक है?

शायद यह सही भी है, छोटी बच्ची का पहला जन्मदिन है और हर माँ-बाप की ख़्वाहिश होती है कि उसका पहला जन्मदिन बहुत अच्छे से मनाएँ और यही सब सोचकर आंटी ने भी इजाज़त दे दी होगी। शायद ठीक भी यही है, जाने वाले तो चले जाते हैं, पर उनकी यादों को दिल में छुपाकर ज़िंदगी के सफ़र पर चलना पड़ता है।

अभी दस ही बजे थे। शिफ़ा को नींद नहीं आ रही थी। फ़राज़ के घर जाना है, यही सोचकर उसे फ़राज़ की बहुत याद आ रही थी। वह उठकर बाहर आ गई। आज फिर उसी जगह पर बैठ गई, जहाँ वह तब आती थी, जब बहुत उदास होती थी। उन तारों को एकटक निहारने और सबसे तेज चमकते तारों को ढूँढ़ती हुई उसकी निगाहें मन-ही-मन मम्मी से बात कर रही थीं।

शिफ़ा : मम्मी! आपकी बेटी बिल्कुल अकेली हो गई है, सीमा तो आपके पास चली गई, इससे अच्छा होता ख़ुदा ने मुझे बुला लिया होता तो, मैं अपनी मम्मी के पास होती। कम-से-कम कोई तो अपनों के पास होता, लेकिन नहीं, मेरे ख़ुदा को भी सीमा अच्छी लगी, मैं नहीं, मैं हूँ ही बदक़िस्मत, हर जगह मेरी क़िस्मत मुझे दग़ा दे जाती है। सीमा इस दुनिया से चली गई और ख़ुशी इस शहर से बहुत दूर चली गई। मैं अपनों के बग़ैर बहुत अकेलापन महसूस कर रही हूँ। अब तो किसी ख़ुशी की उम्मीद भी नहीं है और न ही हसरत रह गई है। जिससे शादी हुई, वह अपना न बन सका और जो अपना

बनने आया था, उसे रब ने अपने पास बुला लिया। मुझे समझ में नहीं आ रहा है, मेरी ज़िंदगी आगे किस करवट जाएगी, आपसे यही कहना चाहती हूँ कि आप ख़ुदा से दरख़्वास्त करना कि आपकी शिफ़ा का ग़म से रिश्ता तोड़ दें। बताइएगा, आपकी शिफ़ा बहुत थक गई है, उसमें और कुछ बर्दाश्त करने की क़ुवत (हिम्मत) नहीं बची है, मुझ पर रहम करें, ख़ुशियाँ न सही पर और कोई बड़ा ग़म न दें। मम्मी, मुझे गोद में सुला लो न मम्मी, बहुत थक गई हूँ मम्मी! शिफ़ा की आँखों से आँसू बहते जा रहे थे, वह बोले जा रही थी और अपने दर्द को ग़ज़ल की चाँदनी में फैलाती जा रही थी।

ग़मों की लिखी तहरीर तख़्ती से जो मिट जाती,
ज़िंदगी के कुछ क़दम आसानी से चल पाती।

ओ माँ मेरी पुकार यही है, मेरे दिल की है जुस्तजू,
कुछ वक़्त अपने लिए ख़ुशियों के हसीं पल पाती।

तक़दीर से एक बार मिलकर ख़ुशियाँ माँग लेती,
थोड़ा हिस्सा मोहब्बत का आज नहीं तो कल पाती।

बेवजह जीना, बेवजह का मुसकराना, अब नहीं भाता,
कुछ पल इस ज़िंदगी की ज़िंदादिली का दल पाती।

जिस तरह सुबह के भूले शाम को घर आ जाते हैं,
अपने लिए भी कुछ ऐसे रहमोकरम का हल पाती।

शिफ़ा बदनसीब नहीं है सबको बताती मैं 'राफी',
मोहब्बत में मोहब्बत की आँच से थोड़ा जो जल पाती।

सुबह हो गई।

शिफ़ा नाश्ता करके वापस कमरे में आ गई। रात को काफ़ी देर नींद नहीं आई, आँखें सूजी-सूजी लग रही थीं। शिफ़ा ने खीरे के पीस काटे और आँखों पर लगाकर दस मिनट के लिए लेट गई।

दस मिनट बाद देखा, साढ़े दस बज रहे थे, वह नहाने चली गई। आने के बाद मोबाइल उठाया तो देखा, आंटी का मैसेज था कि बारह बजे तक कार आ जाएगी तो तुम तैयार हो जाओ।

शिफ़ा मैसेज पढ़ रही थी, तभी आंटी का फ़ोन भी आ गया।

आंटी : शिफ़ा बेटी, मैं कुछ कहना चाह रही थी।

शिफ़ा : जी आंटी, कहिए न प्लीज़।

आंटी : बेटा, इतने सालों में तुम कभी मेरे पास नहीं रुकी, मैंने तुम्हें कई बार कहा भी था कि तुम कुछ दिन मेरे पास आकर रहो, लेकिन तुम कभी मेरे पास रहने नहीं आई। आज मैं चाहती हूँ, तुम दो-तीन दिन ही सही, मेरे पास ज़रूर रुको।

शिफ़ा : आंटी, ऐसी कोई बात नहीं है। मुझे पता है, मम्मी के जाने के बाद भी आपने मुझे बहुत कहा था कि मैं आपके पास रहने आ सकती हूँ, पर मेरा मन ही नहीं होता था। ऐसे ही अकेले रहने की आदत-सी हो गई है।

आंटी : सुनो मेरी बात, दो जोड़े कपड़े रख लो, इस बार प्लीज़ रुक जाओ।

शिफ़ा : मैं कभी फिर बाद में रुक जाऊँगी आंटी!

आंटी : तुम इतना सोचो मत, तुम अपनी आंटी (मासी) के घर रुक रही हो बेटा, कोई ग़ैर जगह थोड़े ही रुक रही हो।

शिफ़ा भी आजकल अकेलेपन से बहुत बेज़ार हो रही थी, इसलिए उसने सोचा, रुक जाती हूँ, थोड़ा चेंज हो जाएगा।

आंटी : आ जाओ बेटा, मेरे लिए रुक जाओ।

शिफ़ा : ठीक है आंटी, मैं रुक जाऊँगी।

आंटी : चलो, अब जल्दी से तैयारी कर लो और आ जाओ।

शिफ़ा ने अलमारी से दो और सलवार कमीज़ निकाले, प्रेस किए और अपनी ज़रूरत के हिसाब से बैग पैक कर लिया।

शिफ़ा तैयार हो चुकी थी।

ठीक बारह बजे कार आ गई थी और शिफ़ा आंटी के घर जाने के लिए निकल पड़ी।

~

आज बहुत दिन के बाद कहीं जा रही थी तो उसे अच्छा लग रहा था, कल रात की बेचैनी आज की सुबह में कहीं खो गई थी।

एक घंटे बाद शिफ़ा आंटी के गेट पर थी।

शिफ़ा देख रही थी, सारे घर को सजाया गया था। बाहर लॉन में काफ़ी अच्छी डेकोरेशन का काम चल रहा था। वह कार से उतरी, अपना सामान उठाना चाहा तो ड्राइवर ने मना कर दिया।

ड्राइवर : नहीं–नहीं मैम, आप अंदर जाइए, मैं सामान लाता हूँ।

शिफ़ा : भारी नहीं है, मैं ले जाती हूँ।

ड्राइवर : नहीं मैम, प्लीज़ आप जाइए, मैं सामान पहुँचाता हूँ।

शिफ़ा समझ गई, यह नहीं मानेंगे, इसलिए वह अंदर की तरफ़ चली गई।

घर का बड़ा सा दरवाज़ा खुला था। आंटी का घर बहुत बड़ा था और बहुत ख़ूबसूरत भी था। शिफ़ा ने जैसे ही अंदर क़दम रखा, देखा, पूरा घर फूलों की ख़ुशबू से नहा रहा था।

शिफ़ा सोच रही थी, वाकई आज तो बहुत बड़ी पार्टी है। शिफ़ा, बैगनी रंग के सूट में खिली–खिली, बहुत ही प्यारी लग रही थी, उसका पेंडेंट सेट और हलका सा मेकअप उसकी ख़ूबसूरती को और ताज़गी बख़्श रहे थे। सामने ही सेराज की बीवी सबा दिखाई पड़ गई और शिफ़ा के पास आकर उसको गले लगा लिया।

सबा : बहुत–बहुत शुक्रिया, आप आ गईं, अब आज की पार्टी की एक

अलग ही रौनक़ होगी (इतने में आंटी भी आ गईं, शिफ़ा ने उनसे सलाम किया और आंटी ने उसे गले लगा लिया। शिफ़ा और आंटी की आँखें नम हो गई थीं)।

सबा : आज कोई नहीं रोएगा, आज तो ख़ुशी का दिन है। शिफ़ा आपी और मम्मा, आज सिर्फ़ ख़ुशियाँ मनाने का दिन है तो प्लीज़, इन आँखों से कहिए कि आँसुओं के लिए आज इनमें कोई जगह नहीं है।

शिफ़ा और आंटी मुसकराने लगीं।

शिफ़ा ने सबको निदा की सालगिरह की मुबारकबाद दी।

"अब बताइए आंटी, मेरे लिए क्या काम है? मैं अभी से लग जाती हूँ," शिफ़ा कहती है।

आंटी : यह तो तुम्हें जल्दी बुलाने का बहाना था। काम करने वाले बहुत हैं, तुम्हें तो इसलिए जल्दी बुलाया है कि तुम हमारी आज की स्पेशल मेहमान हो।

शिफ़ा : क्या आंटी? ऐसा कुछ नहीं है, आपको बस मुझे जल्दी बुलाना था, आपने बुला लिया। सच कहूँ तो आपने बहुत अच्छा किया, मैं बहुत बोर हो रही थी (और शिफ़ा फिर से आंटी के गले लग जाती है)।

आंटी : तुम आ गई, देखो हम सबको कितना अच्छा लग रहा है। खाना लग चुका है, चलो सब खाना खा लेते हैं।

सबने खाना खाया। निदा के नाना-नानी भी आए हुए थे। घर में कुछ और भी मेहमान दिख रहे थे, जिन्हें शिफ़ा नहीं जानती थी।

थोड़ी देर के बाद सबा ने उसे सबसे मिलवाया। वे सभी आंटी की ससुराल की तरफ़ से आए थे।

शिफ़ा फिर ख़यालों में खो गई कि सचमुच क्या सब फ़राज़ को भूल गए? एक बार भी किसी ने फ़राज़ का नाम नहीं लिया। आज की ख़ुशी को बरकरार रखते हुए सभी उनकी यादों को अपने दिल में छुपाए हुए होंगे। आज ख़ुशियों का दिन है तो कोई फ़राज़ की ग़मगीन (दुःखभरी) याद से ख़ुशियों में ज़रा भी मिलावट नहीं करना चाह रहा होगा। अच्छी बात है, पर यहाँ आकर

उसे फ़राज़ की यादें और घेरती जा रही थीं। शिफ़ा को एक अजीब सी बेचैनी होने लगी, सबके बीच से उठकर वह लॉन की तरफ़ चली गई, ताकि उसके दिल में छुपी ग़म की परछाई पर किसी की नज़र न पड़ जाए।

~

दस मिनट बाद ही वह अंदर आ गई। उसने सोचा, ऐसा न हो कि आंटी उसे ढूँढ़ने लगें।

शिफ़ा सबके साथ बैठी थी।

उसकी आंटी ने शिफ़ा से कहा।

आंटी : शिफ़ा बेटा! ऊपर फ़राज़ के कमरे में एक पैकेट रखा हुआ है, तुम ज़रा जाकर ले आना।

शिफ़ा : हाँ ठीक है, मैं ले आती हूँ।

शिफ़ा पहले भी यहाँ आ चुकी है तो शिफ़ा को फ़राज़ का कमरा पता था। शिफ़ा ऊपर गई और फ़राज़ के कमरे के बाहर खड़ी हुई तो उसका दिल ज़ोर-ज़ोर से धड़कने लगा। उसने सोचा, वापस चली जाए और आंटी को बोले, वह किसी और को भेजकर पैकेट मँगवा लें।

शिफ़ा फ़राज़ के कमरे के अंदर जा ही नहीं पा रही थी और वापस आने लगी। वो सीढ़ियों पर धीरे-धीरे कदम बढ़ा रही थी, तभी नीचे से आंटी ने देख लिया।

उन्होंने कहा, "क्या हुआ बेटा, क्या पैकेट नहीं मिला?"

शिफा से बोला ही नहीं जा रहा था।

आंटी : क्या हुआ बेटा? कोई बात हुई क्या?

शिफ़ा : नहीं आंटी, मैं उस कमरे में नहीं जा सकी।

आंटी : लेकिन क्यों बेटा?

शिफ़ा : वो आंटी…

आंटी : अच्छा कोई बात नहीं, तुम वापस आ जाओ, मैं किसी और से मँगवा लेती हूँ।

शिफ़ा ने सोचा, इतना भी क्या है, आंटी क्या सोचेंगी, एक पैकेट ही तो उठाना था।

शिफ़ा ने कहा : नहीं, नहीं, आंटी! मैं ले आऊँगी।

आंटी : पक्का।

शिफ़ा : हाँ, बिल्कुल पक्का, मैं लेकर आती हूँ।

उस कमरे में जाने से उसे अजीब-सी घबराहट हो रही थी। उसने अपने को समझाया और दरवाज़ा खोलकर अंदर दाख़िल हो गई।

सामने बेड पर ही पैकेट रखा था। उसने कमरे में इधर-उधर नज़र उठाकर भी नहीं देखा, बस पैकेट उठाया और वापस दरवाज़े की तरफ़ मुड़ गई।

"शिफ़ा!" उसके कानों में मानो फ़राज़ की आवाज़ सुनाई दी, वह एक पल को वहीं ठिठक गई और उसकी तेज़ धड़कनों की आवाज़ उसे ख़ुद भी साफ़ सुनाई दे रही थी। वह बाहर जाने के लिए आगे बढ़ी, उसके कानों में फिर से फ़राज़ की आवाज़ सुनाई पड़ी, "शिफ़ा!" और शिफ़ा वहीं जम-सी गई।

फिर से आवाज़ आई, "ज़रा पलटकर देखो, इधर, इस तरफ़।"

शिफ़ा की समझ में नहीं आ रहा था, वह क्या करे, वह सोच रही थी, मैं पागल तो नहीं हो गई हूँ, यह मुझे क्या हो रहा है? मुझे इस कमरे में आना ही नहीं चाहिए था।

तभी फिर से फ़राज़ की आवाज़ आई, "शिफ़ा! इधर देखो तो सही, मैं हूँ फ़राज़, तुम्हारा फ़राज़।"

शिफ़ा मुश्किल से उस तरफ़ धीरे-धीरे घूमती है और देखती है, सामने सचमुच फ़राज़ बैठे हुए थे। शिफ़ा बर्फ़-सी वहीं जम गई। शिफ़ा ने सोचा, कहीं यह फ़राज़ की रूह (आत्मा) तो नहीं, पर शायद नहीं, क्या यह हक़ीक़त है, फ़राज़ ज़िंदा हैं, शिफ़ा एकदम बुत बनी खड़ी थी, न उससे बोला जा रहा था और न ही हिला जा रहा था। वह हैरानी भरी नज़रों से फ़राज़ को देखे जा रही थी।

फ़राज़ : मैं ज़िंदा हूँ शिफ़ा, तुम्हारी नज़रों के सामने और बहुत क़रीब हूँ।

शिफ़ा तो कुछ बोल ही नहीं पा रही थी, बल्कि वह यक़ीन नहीं कर पा रही थी कि यह सच है या कोई ख़्वाब देख रही थी।

फ़राज़ सोफ़े से उठे और शिफ़ा के पास आकर खड़े हो गए।

फ़राज़ ने शिफ़ा का हाथ पकड़ा और बोले।

फ़राज़ : यह कोई ख़्वाब नहीं है, मैं हक़ीक़त में तुम्हारे सामने खड़ा हूँ, प्लीज़ शिफ़ा! देखो मुझे, यहाँ कोई फ़िल्म नहीं चल रही है, मैं सचमुच वापस आ गया हूँ।

शिफ़ा : क्या यह सच है फ़राज़?

फ़राज़ : हाँ, ये सच है शिफ़ा, तुम्हारा फ़राज़ तुम्हारे पास वापस आ गया है।

शिफ़ा : मुझे यक़ीन नहीं हो रहा है फ़राज़ , क्या मैं सच में यक़ीन कर लूँ कि आप मेरे सामने मौजूद हैं?

फ़राज़ : हाँ बिल्कुल, यह मैं ही हूँ, सही-सलामत तुम्हारे सामने खड़ा हूँ।

शिफ़ा ने भी फ़राज़ का हाथ पकड़ लिया और ज़ोर-ज़ोर से रोने लगी।

फ़राज़ की आँखों में भी आँसुओं की लड़ियाँ जगमगाने लगीं।

फ़राज़ ने शिफ़ा को सोफ़े पर बैठाया और रुमाल से उसके आँसू पोंछते हुए बोले, "मुझे पता है तुम बहुत रोई होगी, बहुत तड़पी होगी, लेकिन अब मत रोओ शिफ़ा, अब तो मैं आ गया हूँ, हमेशा के लिए तुम्हारे पास, अपनी शिफ़ा के पास।"

शिफ़ा : (रोते-रोते) आप इतने दिन कहाँ थे?

फ़राज़ : उस हादसे के बाद मैं कोमा में चला गया था। क़रीब पंद्रह दिन पहले ही मैं होश में आया हूँ। मुझे काफ़ी चोटें आई थीं, पानी में सबकुछ बह जाने की वजह से मेरी पहचान नहीं हो पा रही थी। मैं उन लोगों को कब मिला, कैसे मिला, यह जानने में मैंने ज़्यादा दिलचस्पी नहीं दिखाई। होश में

आने के बाद सबसे पहले मैं तुम्हें भी फ़ोन करना चाहता था, लेकिन मैंने सोचा, मैं अपनी शिफ़ा को सरप्राइज़ दूँगा।

शिफ़ा : आप मेरे लिए आज तक का सबसे हसीन सरप्राइज़ हैं। अच्छा हुआ, आपने पहले नहीं बताया, नहीं तो मेरे लिए एक-एक दिन गिनना भारी हो जाता।

फ़राज़ : इसलिए मैंने सेराज को फ़ोन किया और बताया कि मैं ज़िंदा हूँ और ठीक हूँ, जैसे ही मैं रिकवर हुआ, तुरंत आ गया।

"आप यहाँ कब आए फ़राज़?" शिफ़ा पूछती है।

फ़राज़ : बस चार दिन पहले ही आया हूँ और यहाँ आकर ये चार दिन तुम्हें बताए बग़ैर रहना, मेरे लिए सौ दिन के बराबर बीते हैं।

शिफ़ा : मैं समझ सकती हूँ फ़राज़! ये चार दिन आपके लिए बहुत मुश्किल रहे होंगे।

फ़राज़ : आने के चार दिन के बाद आज तुमसे मुलाक़ात का यह जो सेहरा मैंने पहना है, उसकी ख़ुशबू किसी जन्नत की ख़ुशबू से कम नहीं है।

शिफ़ा : मैं तो अपने मुक़द्दर से रूठ गई थी, अपनी क़िस्मत से हर पल बेज़ार हो रही थी। मुझे तो यही लग रहा था कि अब मेरी ज़िंदगी में कभी बहार वापस नहीं आएगी, कभी मेरे दिल की कलियाँ खिल नहीं पाएँगी, मेरी रूह हमेशा के लिए अपनी 'रूहानी मोहब्बत' के ग़म का मातम मनाती रह जाएगी।

फ़राज़ ने अपना हाथ शिफ़ा के मुँह पर रख दिया।

फ़राज़ : ऐसा नहीं कहते!

शिफ़ा ने फ़राज़ का हाथ हटाया और कहा, "मुझे बोलने दीजिए, अपने दिल को आज हलका करने दीजिए। बहुत दिनों से घुटन हो रही थी। आज आपसे अपने दिल का सारा हाल सुनाने दीजिए। आप गए तो ऐसा लगने लगा कि काश! मेरी भी साँसें बंद हो जाएँ। मुझे अपनी ही धड़कनों का धड़कना अच्छा नहीं लग रहा था।

फ़राज़ : बस करो शिफ़ा!

शिफ़ा : कैसे बस करूँ फ़राज़, आप मेरी ज़िंदगी में एक ख़ुशी बनकर आए थे, मुझे मेरी 'रूहानी मोहब्बत' से मिलाने आए थे, मेरी बेरौनक़ ज़िंदगी में रौनक़ भरने आए थे, एक पल में मेरी दुनिया आबाद होने को थी और दूसरे पल में बरबाद हो गई। हर एक पल में हज़ारों मौत मरी हूँ मैं।

फ़राज़ : बस शिफ़ा, देखो अब तो मैं वापस आ गया हूँ।

शिफ़ा : हाँ, देखिए न, मेरे ख़ुदा ने आज मुझ पर अपना रहमोकरम नाज़िल कर दिया है। मेरा रब सच में बहुत रहम वाला है, आपके जाने के बाद मोहब्बत जैसे लफ़्ज़ से मेरा यक़ीन उठ गया था।

फ़राज़ : जिनकी मोहब्बत रूह से जुड़ी होती है, वे अलग कैसे हो सकते हैं? हमारे दिल ही नहीं, हमारी रूह भी आपस में जुड़ चुकी है, इसलिए देखो न, मुझे ख़ुदा ने तुम्हारे पास भेज दिया।

शिफ़ा ने फ़राज़ का हाथ पकड़ लिया, "अब आप मुझे कभी छोड़कर नहीं जाइएगा।"

फ़राज़ : कभी नहीं, मेरे रब ने चाहा तो हम हमेशा साथ होंगे।

शिफ़ा : आज यक़ीन हो गया है, ऊपर वाले के घर में देर है, पर अंधेर नहीं है (शिफ़ा ने गहरी साँस ली, जिसमें उसने इत्मीनान (संतोष) का एहसास किया)।

फ़राज़ : मुझे तो छह-सात महीने होश ही नहीं रहा और जब होश आया तो ये पंद्रह दिन काटना मेरे लिए मुश्किल हो गया, इसलिए मैं समझ सकता हूँ, तुमने इतने महीने इस दर्द के साथ कैसे बिताए होंगे।

शिफ़ा : यह दर्द सिर्फ़ दर्द नहीं था, ऐसा लग रहा था, किसी ने मुझे गहरी खाई में फेंक दिया है और मैं उस खाई से कभी बाहर नहीं आ पाऊँगी।

फ़राज़ : अब मैं आ गया हूँ और अब मैं तुम्हें कभी किसी खाई में गिरने नहीं दूँगा (शिफ़ा के आँसुओं को पोंछते हुए)। इन आँखों में आए, इन आँसुओं से कह दो, इनकी यहाँ अब कोई ज़रूरत नहीं है, क्योंकि इन ख़ूबसूरत आँखों में अब सिर्फ़ फ़राज़ रहेगा। इनको बोलो, ये वापस जाएँ और कभी भी मेरी शिफ़ा की आँखों में दिखाई न दें, हाँ, कभी आना भी है तो

ख़ुशियों की कुछ बूँदें लेकर आ सकते हैं, बस इससे ज़्यादा की इन्हें इजाज़त नहीं है।

शिफ़ा : (हँसती हुई) सच में फ़राज़, अब तो ऐसा लगने लगा था कि आँसू भी सूखते जा रहे हैं। थक गई थी मैं रोते-रोते, थक गई थी इन आँसुओं को सँभालते-सँभालते।

फ़राज़ : इसलिए तो इन आँसुओं को समझा दिया है मैंने, ये अब और हिमाकत नहीं करेंगे, इनके रास्ते में इन्हें रोकने के लिए मैं जो बैठा हूँ।

शिफ़ा (मुसकराती हुई) : आज मुझे सबकुछ अपना लग रहा है, ख़ुशियों से मुलाक़ात के दरवाज़े जो खुल गए हैं।

फ़राज़ : अब बताओ क्या मुझसे शादी करोगी?

शिफ़ा : बिल्कुल करूँगी।

फ़राज़ : कब?

शिफ़ा : जब आप कहें।

फ़राज़ : मैं कहूँगा आज, अभी, तो फिर तुम्हारा क्या जवाब होगा?

शिफ़ा : मेरा जवाब सिर्फ़ 'हाँ' होगा।

फ़राज़ : मेरी तो क़िस्मत जाग गई।

शिफ़ा : हम दोनों की ही क़िस्मत में ख़ुशी के फूल खिल रहे हैं।

फ़राज़ : अब और कुछ वक़्त सोचने के लिए तो नहीं माँगोगी?

शिफ़ा : (हँसती है) नहीं, कभी नहीं, एक पल भी नहीं, मैं अभी आपसे शादी करने के लिए तैयार हूँ।

फ़राज़ : आज मेरी इतने सालों की तपस्या रंग लाई। वह कहते हैं न, अगर आप किसी को पूरी शिद्दत से चाहो तो पूरी क़ायनात आपको उससे मिलाने में लग जाती है।

शिफ़ा : हाँ, आज ये बातें, मोहब्बत पर मेरा यक़ीन सब सच लग रहा है। पता है फ़राज़, मैं सीमा और ख़ुशी से हमेशा कहती रहती थी, मुझे एक ऐसी मोहब्बत चाहिए, जो रूह से जुड़ी हो। मुझे हमेशा से 'रूहानी मोहब्बत' ही चाहिए थी। ख़ुशी कहती थी, आजकल के ज़माने में ऐसे प्यार करने वाले

नहीं मिलते, पर मुझे लगता था कि शायद कोई ऐसा होगा, जो मुझे अपनी रूह की गहराइयों से चाहेगा और देखिए न, मुझे आप मिल गए जो मुझसे बेइंतेहा मोहब्बत करते हैं। आज मैं मुक़म्मल (पूरी) हो गई फ़राज़, अब मुझे किसी और चीज़ की ख़्वाहिश नहीं रह गई।

फ़राज़ : (मुसकराते हुए) मेरी भी ज़िंदगी में एक ही कमी थी और वह तुम थी शिफ़ा, लेकिन आज जब तुम मेरे पास हो, मेरी हो, तो मेरी हर आरज़ू पूरी हो गई है।

शिफ़ा : मैं एक बात कहना चाहती हूँ।

फ़राज़ : हाँ, कहो न, एक नहीं हज़ारों बातें कहो, तुम कहती रहो, मैं सुनता रहूँ, ये वक़्त यहीं थम जाए, हम तुम यहीं ठहर जाएँ।

शिफ़ा (ख़ुश होती हुई) : अब आप कनाडा नहीं जाएँगे, हम लोग यहीं रहेंगे, सबके साथ।

फ़राज़ : जो हुक्म मेरे आक़ा, जैसे तुम्हें अच्छा लगेगा, मैं वैसा कर लूँगा और यही बात मम्मा ने भी बोली है कि मुझे अब कहीं नहीं जाने दिया जाएगा।

शिफ़ा : बिल्कुल सही कहा आंटी ने, अच्छा यह बताइए, आपको घरवालों ने सीमा के बारे में बताया होगा ?

फ़राज़ : हाँ बताया, बहुत अफ़सोस हुआ।

शिफ़ा : हाँ, हम तीनों की जोड़ी में अब हम दो ही हैं और हाँ, ख़ुशी भी जल्दी ही शादी करने वाली है।

फ़राज़ : यह तो अच्छी ख़बर है, ख़ुशी शादी किससे कर रही है ?

शिफ़ा ने सबकुछ फ़राज़ को, सीमा की बीमारी, ख़ुशी का जर्मनी जाना, रिया को उसके दादा-दादी का ले जाना, सबकुछ बताया।

~

इतने में दरवाज़े पर दस्तक हुई।

शिफ़ा ने आकर देखा तो आंटी और सबा खड़े थे।

शिफ़ा ने देखा, बात करते-करते चार बज गए थे।

आंटी को देखते ही शिफ़ा उनके गले लगकर रोने लगी।

आंटी : बस-बस बेटा, अब नहीं रोओ, अब तो ख़ुशियाँ मनाने के दिन हैं, तुम इतना रोओगी तो आँखें सूज जाएँगी और मैं मेहमानों से यह नहीं सुनना चाहती कि लोग यह कहें कि मेरी होने वाली बहू की आँखें फूली-फूली सी हैं, यह कहकर आंटी हँसने लगती हैं।

फ़राज़, शिफ़ा, सबा और सभी हँसने लगते हैं।

आंटी : शिफ़ा बेटे, तुमसे बिना पूछे मैंने कुछ फ़ैसले लिये हैं। उम्मीद ही नहीं, पूरा यक़ीन है तुम्हारी रज़ामंदी होगी?

शिफ़ा : कैसा फ़ैसला आंटी? और फ़राज़ की तरफ़ देखने लगती है।

फ़राज़ तो बस मुसकराए जा रहे थे।

आंटी : अरे, ऐसी कुछ डरने वाली बात नहीं है। मैं चाहती हूँ, तुम्हारे हर ग़म, हर परेशानी को आज से ख़ुशी में बदल दिया जाए। तुम हमेशा के लिए आज से इसी घर में रह जाओ।

शिफ़ा : मैं समझी नहीं आंटी!

सबा : शिफ़ा भाभी! इसमें न समझने वाली बात ही नहीं है। बस आज से आप इसी घर में रहेंगी। हम लोग और स्पेशली फ़राज़ भाई अब आपको कहीं नहीं जाने देंगे।

आंटी : यह इतनी साज-सजावट जो तुम देख रही हो, वो सिर्फ़ निदा की सालगिरह (जन्मदिन) की नहीं है। आज तुम्हारी और फ़राज़ की मँगनी (सगाई) भी है। हमें पूरा यक़ीन है, तुम्हारी पूरी 'हाँ' ही होगी।

शिफ़ा : आज सगाई! इतनी जल्दी, मैं तो ऐसे ही आ गई हूँ, मेरा मतलब है अचानक से, अब मैं क्या कहूँ!

आंटी : कुछ मत कहो, बस तुम्हें तैयार करने के लिए पार्लर से लड़कियाँ अभी आ चुकी हैं, वे तुम्हें डेढ़ घंटे में तैयार कर देंगी, तुम्हें कोई एतराज़ तो नहीं है न मेरी बच्ची?

शिफ़ा : नहीं (और यह कहते हुए वह आंटी के गले लग गई)।

सबा : वक़्त बहुत तेजी से भाग रहा है, शिफ़ा भाभी को मैं अपने कमरे

में ले जाती हूँ। फ़राज़ भाई, आप भी तैयार हो जाइए।

आंटी : शिफ़ा बेटी, कुछ और भी बताना है।

शिफ़ा : जी बताइए अभी और भी सरप्राइज़ेज़ हैं क्या?

आंटी : हाँ हैं न, आज मँगनी है और कल से तुम्हारी और फ़राज़ की शादी की रस्में भी शुरू होंगी।

शिफ़ा : शादी भी अभी, इतनी जल्दी?

आंटी : हाँ बेटा! तुम दोनों ने बहुत दर्द देख लिया, अब मैं हर पल तुम दोनों को साथ और ख़ुश देखना चाहती हूँ। यह इतनी चकाचौंध घर में इसलिए है, क्योंकि कल हल्दी, परसों मेहँदी और तीसरे दिन तुम्हारी और फ़राज़ की शादी है।

सबा : अब हम क्या करें, दो प्यार करने वालों की दूरी हमसे देखी नहीं जा रही है।

शिफ़ा शरमा गई और अपनी निगाहें झुका लीं।

आंटी : तुम ख़ुश हो न बेटा?

शिफ़ा ने 'हाँ' में सिर हिलाया।

आंटी ने शिफ़ा का माथा चूम लिया।

आंटी ने फ़राज़ से कहा, बेटा, आपको भी तैयार करने के लिए आपके दोस्त आ रहे हैं, फिलहाल हम तुम्हारी दुलहन को ले जा रहे हैं, तुम भी तैयार हो जाओ।

शिफ़ा सबा और आंटी के साथ तैयार होने के लिए चली गई।

जाते-जाते फ़राज़ पर एक नज़र डाली, फ़राज़ बस मुसकराकर उसे देखे जा रहे थे।

~

शाम को सात बजे तक मेहमान आने शुरू हो गए थे। पूरा घर रोशनी की चादर से जैसे लपेट दिया गया हो। रंग-बिरंगे फूलों की ख़ूबसूरती और महक से मानो सारी फ़िज़ाएँ ही रंगीन हो गई थीं।

अनाउंस किया गया कि आज फ़राज़ और शिफ़ा की मँगनी (सगाई) है और यह सबके लिए एक सरप्राइज़ है। पहले रिंग सेरेमनी होगी, उसके बाद निदा के जन्मदिन का केक कटिंग होगा।

दस मिनट बाद शिफ़ा और फ़राज़ ने वहाँ प्रवेश किया।

फ़राज़ और शिफ़ा की ड्रेस एक ही कलर की थी। शिफ़ा को बहुत ही प्यारा गाउन पहनाया गया था और फ़राज़ ने बिल्कुल मॉडर्न डिज़ाइन का सूट पहना हुआ था। दोनों की जोड़ी बहुत ही प्यारी लग रही थी। शिफ़ा तो गाउन में ऐसी लग रही थी, मानो फ़लक़ से कोई परी उतर आई हो, वो बहुत ही ख़ूबसूरत और दिलकश लग रही थी।

वक़्त कम था, इसलिए शिफ़ा के हाथों में टैटू वाली मेहँदी लगाई गई थी। इसके बाद दोनों को स्टेज पर बुलाया गया और अँगूठी पहनाने की रस्म पूरी की गई। उसके बाद सबने मुबारकबाद दी और फ़ोटोज़ खिंचवाई गईं। रस्म ख़त्म होने के बाद शिफ़ा और फ़राज़ को बिठाया गया और केक कटिंग की तैयारी शुरू हो गई।

थोड़ी ही देर में निदा के पहले जन्मदिन का केक काटा गया और छोटे-छोटे बच्चों ने ख़ूब डांस किया। काफ़ी देर तक फंक्शन चलता रहा। एक बजे तक सारे मेहमान जा चुके थे। अब घर में आए ख़ास मेहमान ही रह गए थे।

~

शिफ़ा ने देखा, काफ़ी रिश्तेदार आ चुके थे। शिफ़ा बहुत ख़ुश थी। अचानक से यह सब होना उसे ख़्वाब की तरह लग रहा था, पर वो जानती थी कि यह सब हक़ीक़त है। एक ऐसी हक़ीक़त जिसकी उम्मीद इस ज़िंदगी में करना उसने छोड़ दिया था।

अपने कमरे में जाने के बाद सबसे पहले उसने ख़ुशी को वीडियो कॉल की।

अभी भी वैसे ही तैयार बैठी थी, उसे ख़ुशी को दिखाना जो था।

ख़ुशी : अरे शिफ़ा! आज तुम इस तरह, यह सब क्या है?

शिफ़ा : (बहुत ख़ुश होते हुए) मुझे इस तरह देखकर तुम्हें क्या लग रहा है?

ख़ुशी : मुझे तो कुछ भी समझ में नहीं आ रहा है, पर इतना तो पता है, जो कुछ भी हुआ है, अच्छा ही हुआ है।

शिफ़ा : फ़राज़ वापस आ गए हैं ख़ुशी!

ख़ुशी : (अचंभित होते हुए) क्या, कब, कैसे?

शिफ़ा : बताती हूँ, बताती हूँ (और फिर शिफ़ा ने कल की सारी बातें ख़ुशी को बताईं)।

ख़ुशी : यह तो सचमुच करिश्मा हो गया शिफ़ा, तुम हमेशा ख़ुश रहो मेरी जान!

शिफ़ा : काश! तुम यहाँ होती और आज हमारी सीमा भी होती तो कितनी ख़ुश होती।

ख़ुशी : हाँ, वो तो है, लेकिन सुनो, अपने इस एक-एक पल को एन्जॉय करना। इस पल के लिए मेरी शिफ़ा को बहुत दर्द से गुज़रना पड़ा है और हाँ, मुझे फ़ोटोज़ भेजती रहना। मैं जल्दी ही आऊँगी, यह सब सुनकर तो मुझसे रहा ही नहीं जा रहा है।

शिफ़ा : जल्दी आना, फिर हम चारों साथ में कहीं घूमने चलेंगे।

ख़ुशी : हाँ, और देखो, तुम बहुत थकी हुई हो, अभी सो जाओ, नहीं तो फंक्शन में फ्रेश नहीं लगोगी तो फ़राज़ भाई मुझसे ग़ुस्सा हो जाएँगे। एक बात है शिफ़ा,आज मैं सच में तुम्हारे लिए बहुत ख़ुश हूँ, जब तुम 'रूहानी मोहब्बत' की बात करती थी तो हम लोग हँसते थे कि इतनी शिद्दत से चाहने वाले आजकल की दुनिया में नहीं मिलते, लेकिन तुम्हारा भरोसा जीत गया और तुम्हारा सपना आज पूरा हो गया। तुम और फ़राज़ सच में इश्क़ की सच्ची दास्ताँ हो, मोहब्बत की राह में 'रूहानी मोहब्बत' की मिसाल हो, ख़ूब-ख़ूब ख़ुश रहो, गुड नाइट।

अगले दिन शिफ़ा आराम से ग्यारह बजे सोकर उठी, आंटी ने पहले ही कह दिया था, जितनी देर सो पाना, सोती रहना, ताकि उठो तो कल के फंक्शन की थकान तुम्हारे चेहरे पर नज़र न आए।

सबा ने कहा था, जब आप उठ जाइएगा तो एक मैसेज़ कर दीजिएगा।

शिफ़ा ने फ्रेश होकर सबा को मैसेज कर दिया।

थोड़ी देर में नाश्ता आ गया था। सबा, शिफ़ा और साथ में दो लड़कियाँ और भी थीं, जो रिश्ते में ही थीं, उन सबने साथ में नाश्ता किया। सबके साथ वक़्त बहुत तेज़ी से बीतता जा रहा था।

शाम को हल्दी के लिए शिफ़ा को तैयार किया गया।

शिफ़ा-फ़राज़ की हल्दी एक साथ हो रही थी। दोनों को साथ में बैठाया गया और दोनों की सभी रस्में सब लोग एक साथ पूरी कर रहे थे।

हल्दी की सजावट, पीले कपड़ों में सजे-सँवरे सभी चमक रहे थे, उस पल का नज़ारा बहुत ही ख़ूबसूरत लग रहा था। शिफ़ा की ख़ूबसूरती के तो क्या कहने, सूरजमुखी के फूल की तरह खिली हुई, सुबह के चमकते सूरज की तरह चमक रही थी।

तीसरे दिन मेहँदी और संगीत का फंक्शन भी ख़ूब ज़ोरों-शोरों से पूरा हुआ।

फ़राज़ और शिफ़ा ने भी साथ में डांस किया। मेहँदी के हरे रंग की तरह सबका मन हरा हो रहा था और शिफ़ा उस हरे रंग के नीचे लाल-लाल हो रही थी।

~

रात को फंक्शन ख़त्म होने के बाद फ़राज़ ने शिफ़ा को फ़ोन किया।

फ़राज़ : और बताइए आधी बीवीजी, कैसी हैं?

शिफ़ा : मैं ठीक हूँ और बहुत ख़ुश हूँ। आप बताइए, आप कैसे हैं, दिल के हालात कैसे हैं जनाब के?

फ़राज़ : दिल बेक़रार भी है और मुतमइन भी है। बस एक दिन और, कल दुनिया की सबसे बड़ी ख़ुशी, मेरी शरीक-ए-हयात (पत्नी) बनकर मेरे गुलिस्ताँ को महकाने आ जाएँगी।

शिफ़ा : सच में सबकुछ एक ख़्वाब-सा लग रहा है।

फ़राज़ : चलो सो जाओ, बाक़ी अगर मैं कल होश में रहा तो मुलाक़ात होगी।

शिफ़ा : ख़ुदा से डरिए फ़राज़, आप ऐसा क्यों कह रहे हैं? (शिफ़ा ने थोड़ा रूठते हुए कहा)

फ़राज़ : (हँसते हुए) अरे मेरी आधी दुलहन, कल मैं जब तुम्हें पूरी दुलहन बने देखूँगा तो सच में मैं कहीं बेहोश न हो जाऊँ, बस इसलिए कह रहा हूँ।

शिफ़ा : कुछ भी, अब इतनी भी अच्छी नहीं हूँ मैं।

फ़राज़ : कोई मेरे दिल से पूछे कि मेरी शिफ़ा जैसी ख़ूबसूरत कोई और है क्या? और जानती हो, मेरे दिल से एक ही आवाज़ निकलेगी, नहीं, नहीं, बिल्कुल नहीं।

शिफ़ा : बहुत शायराना हो रहे हैं जनाब! चलिए, बाक़ी बातें कल होंगी, गुड नाइट।

शिफ़ा अपने को मुक़म्मल पा रही थी, अपनी ख़ुशियों से, अपनी हसरतों से, अपनी ज़िंदगी के इस लम्हात में 'रूहानी मोहब्बत' से तर हो रही थी। शिफ़ा सोच रही थी, काश! आज सीमा भी हमारे साथ होती तो हम तीनों की भी रूहानी दोस्ती की जोड़ी ताउम्र साथ रहती। इस बात का तो पूरा यक़ीं है कि मेरी सीमा मुझे और ख़ुशी को अपनी ज़िंदगी में आगे बढ़ता देखकर बहुत ख़ुश हो रही होगी। ख़ुशी, सीमा और मैं, हम तीनों का रिश्ता भी दिल से ही नहीं, रूह से जुड़ा है।

मेरी सीमा आसमाँ से हम दोनों को देखकर मुसकरा रही होगी।

शिफ़ा की तरफ़ से ख़ुशियों भरी एक ग़ज़ल आप सबके लिए पेश है—

होंठों पर तबस्सुम है, तरन्नुम है आज मेरे लिए,
हर तरफ़ नूर की चादर बिछी है आज मेरे लिए।

आज दुलहन बनूँ मैं फ़राज़ की, यही दुआ है मेरी,
जैसे मोहब्बत का जहाँ बस रहा है आज मेरे लिए।

अब न शिकायत, न कोई गिला, मुझको या रब,
मन का परिंदा छू रहा है फ़लक आज मेरे लिए।

ये क़ायनात ये मंज़र का आलम सजा है बेहतरीन
नज़र का एक टीका कोई लगा दो आज मेरे लिए।

आँख हुई नम, दिल हुआ पुरनम ख़ुशियों से बेइंतेहा,
बेहद मुतमइन हो गया मेरा वजूद आज मेरे लिए।

ख़ुशनसीबी आई है रहमत की बारिश बनकर,
मेरी मोहब्बत क़रीब है 'राफी' आज मेरे लिए।

शिफ़ा ने फ़राज़ को फ़ोन करके टेरेस पर बुलाया।

शिफ़ा और फ़राज़ दोनों छत पर थे।

आसमाँ पर तारे टिमटिमा रहे थे और चाँदनी रात की चाँदनी, सारी फ़िज़ा में अपनी चाँदनी से फैली हुई थी।

फ़राज़ : क्या हुआ ? नींद नहीं आ रही है क्या ?

शिफ़ा : नहीं, वो बात नहीं है, मैं बस आज आपको मम्मी से मिलवाने लाई हूँ।

फ़राज़ : (हैरान होकर) मम्मी से मिलवाने, मतलब ?

शिफ़ा : हाँ, देखिए न फ़राज़, वे जो दो सितारे हैं न, वो मम्मी और सीमा

हैं। दोनों लगातार टिमटिमा रहे हैं, वो देखिए न, ऐसे लग रहा है, जैसे मुझसे आँख मिचौली खेल रही हैं, लेकिन पता है आपको, वे दोनों मुसकरा रही हैं। इस तरह तेज़–तेज़ टिमटिमाकर अपनी ख़ुशी ज़ाहिर कर रही हैं।

फ़राज़ : बहुत याद आती है न तुम्हें मम्मी और सीमा की ?

शिफ़ा : अपनों को कोई कैसे भूल सकता है ? जब मैं बहुत दुःखी होती थी तो लॉन में बैठकर मम्मी से बात करती थी, सबसे तेज़ चमकते सितारे में मैं मम्मी को देखती थी और अपने सारे ग़म का फ़साना उन्हीं से बाँटती थी। उस पल मैं छोटी बच्ची बन जाती थी। कहते हैं न, हमारे दिल में एक छोटा बच्चा हमेशा रहता है, जो अपनी माँ के सामने हमेशा छोटा ही बना रहना चाहता है, तो मैं भी उस पल अपनी माँ की छोटी सी बेटी बन जाती थी। उनके सामने ऐसा लगता था कि मैं कभी बड़ी ही नहीं हुई। माँ जो होती हैं न फ़राज़, वे कभी भी हार नहीं मानतीं, वहाँ भी ख़ुदा से हठ करके बैठ गई होंगी और मेरी सीमा, वह भी मेरी ख़ुशियों के लिए दुआ माँगने के लिए डटी रही होगी। मुझे क्या लगता है फ़राज़, आज जो मुझे ख़ुशियाँ नसीब हुई हैं, ये इन्हीं दो लोगों की बदौलत मिली हैं (शिफ़ा की आँखों में पानी था)।

फ़राज़ : बिल्कुल सही कह रही हो तुम, लेकिन शिफ़ा! हमेशा मम्मी ने तुम्हारी आँखों में आँसू ही देखे हैं, आज उनसे इन आँसुओं के साथ नहीं, अपने होंठों की मुसकराहट के साथ मिलो, आज ग़म की नहीं, अपनी ख़ुशियों की दास्ताँ बताओ।

शिफ़ा : (मुसकराते हुए) मम्मी, आज मैं बहुत ख़ुश हूँ। मुझे मेरे फ़राज़ मिल गए हैं, अब मुझे और कुछ नहीं चाहिए।

फ़राज़ : चलो, अब सो जाओ, कल फंक्शन है, बहुत थकावट होने वाली है।

शिफ़ा : आपको नींद आ रही है ?

फ़राज़ : नींद, सुकूँ, चैन, सब गायब है, बस तुम्हारी यादों की दुनिया में तुम्हें महसूस करूँगा, धीरे–धीरे नींद आ जाए शायद ?

शिफ़ा : अच्छा जी, ठीक है। चलिए, किसी को पता चल गया तो क्या

सोचेंगे कि दोनों एक पल भी दूर नहीं रह पा रहे हैं।

फ़राज़ : सच तो यही है।

शिफ़ा : हाँ, पर किसी को जताना थोड़ी न है।

फ़राज़ : कल हमारी शादी है शिफ़ा!

शिफ़ा : हाँ, हमारी ज़िंदगी का सबसे ख़ूबसूरत दिन।

फ़राज़ : हाँ और सबसे अच्छा वह पल होगा, जब मैं तुम्हें कल दुलहन बने देखूँगा।

शिफ़ा : कितना ख़ूबसूरत एहसास है फ़राज़!

फ़राज़ : बहुत ख़ूबसूरत एहसास है शिफ़ा, जो शायद मैं लफ़्ज़ों में बयाँ नहीं कर पाऊँगा।

शिफ़ा : मैं भी।

और दोनों नीचे आ गए और अपने-अपने कमरे में जाकर सोने चले गए।

~

आज तीसरा दिन था। फाइनली आज वह दिन भी आ गया, जिसका सबको बेसब्री से इंतज़ार था।

आज शादी के फंक्शन का अरेंजमेंट कहीं और था।

सब अपनी-अपनी तैयारियों में लगे थे। शिफ़ा को पार्लर भेज दिया गया था। निकाह और वलीमा सबकुछ आज ही था तो बहुत ही बेहतरीन डेकोरेशन और वेन्यू चुना गया था।

आज वह ख़ूबसूरत शाम थी, जिस शाम में दो प्यार करने वाले हमेशा के लिए एक होने जा रहे हैं। आज दो मोहब्बत के राही अनजान रास्ते से आकर मिल गए हैं। दो मोहब्बत भरे दिल मोहब्बत की बारिश में भीग चुके हैं। मोहब्बत की सच्ची मिसाल बन गए हैं। दो दिल ही नहीं, दो रूह जुड़ चुकी हैं। रूह का रूह से मिलन 'रूहानी मोहब्बत' की तासीर होती है। आज घने कोहरे छँट चुके हैं, काली बदरी उड़ चुकी है, और स्याह अँधेरा मिट चुका

है। दिन का उजाला नूरानी रोशनी से चमक रहा है। चारों तरफ़ एक ही शोर है और वह है, शिफ़ा और फ़राज़ की मोहब्बत की बुलंदी का शोर।

'रूहानी मोहब्बत' का शोर!

~

शाम को छह बजे निकाह होना था, उसके बाद तो बाक़ी चीज़ें चलती रहेंगी।

फ़राज़ और शिफ़ा आ चुके थे। शिफ़ा तो आज सचमुच दुलहन के लिबास में हुस्न की मलिका लग रही थी। फ़राज़ को लाल रंग का लहँगा पसंद था तो शिफ़ा के लिए लाल रंग का लहँगा मँगवाया गया था। इस चटक रंग में उसका गोरा रंग ख़ूबसूरत चाँद की तरह दमक रहा था।

थोड़ी ही देर में निकाह की रस्म हुई। दोनों को साथ में फूलों की चादर के आर-पार बिठाया गया था।

निकाह हो गया, काफ़ी देर तक मुबारकबाद का सिलसिला चलता रहा।

क़रीब एक घंटे बाद शिफ़ा और फ़राज़ को स्टेज पर लाया गया और तसवीर खिंचवाने का कार्यक्रम चलता रहा।

काफ़ी देर के बाद स्टेज से सब गायब हो गए, सभी खाने-पीने में मसरूफ़ (व्यस्त) हो गए।

फ़राज़ : मुबारक हो शिफ़ा, फाइनली अब तुम मेरी पूरी दुलहन बन गई हो।

शिफ़ा : आपको भी बहुत-बहुत मुबारक हो।

फ़राज़ : एक शायरी सुनाने का मन कर रहा है।

शिफ़ा : इरशाद, इरशाद, प्लीज़ फ़राज़! सुनाइए न।

फ़राज़—

तुम मेरी तक़दीर में न होती तो मेरा कोई वजूद न होता।
दिल की धड़कनों में अपनेपन का कोई एहसास न होता।

शिफ़ा : बहुत ही ख़ूबसूरत शे'र है फ़राज़! दिल को छू गया।

फ़राज़ : अब मैं अपनी दुलहन से एक शे'र सुनना चाहूँगा।

शिफ़ा : मैं बाद में सुना दूँगी।

फ़राज़ : प्लीज़ शिफ़ा, एक शे'र सुना दो।

शिफ़ा : कोई आ जाएगा।

फ़राज़ : देखो न, अभी कोई नहीं है, प्लीज़ सुना दो।

शिफ़ा : ठीक है, सुनाती हूँ।

फ़राज़ : इस्तक़बाल (स्वागत) है आपका,

शिफ़ा—

किसी को चाँद नहीं मिलता, किसी को चाँदनी का दीदार नहीं होता।
सबको अपना प्यार नहीं मिलता, सबके नसीब में करिश्मा नहीं होता।

फ़राज़ : तुम्हारा जवाब नहीं है, बहुत अच्छा शे'र है, मज़ा आ गया।

शिफ़ा : आज का दिन हम दोनों की ज़िंदगी का सबसे बेशक़ीमती दिन है।

फ़राज़ : सचमुच शिफ़ा! आज मैं अपने आप को दुनिया का सबसे ख़ुशकिस्मत इनसान समझ रहा हूँ (और फ़राज़ ने शिफ़ा का हाथ पकड़ लिया)।

शिफ़ा : हाथ छोड़िए, यहाँ सब लोग हैं।

फ़राज़ : हाँ तो, हैं तो क्या हुआ? मैंने मेरी बीवी का हाथ पकड़ा है। अब मुझे किसी का भी डर नहीं है।

शिफ़ा : अच्छा, किसी का भी डर नहीं है?

फ़राज़ : नहीं, नहीं है।

शिफ़ा : (चौंककर) आंटी!

फ़राज़ ने चौंककर हाथ छोड़ दिया और शिफ़ा बेसाख़्ता हँस पड़ी।

फ़राज़ उसे हँसता हुआ देखे जा रहा था और ख़ुदा से दुआ कर रहा था, उसकी शिफ़ा के होंठों की यह हँसी ताउम्र ऐसे ही बरकरार रहे।

शिफ़ा : कहाँ खो गए?

फ़राज़ (मुसकराते हुए) : तुम्हारी इन आँखों में, जहाँ मुझे अपने लिए बेशुमार मोहब्बत दिखाई दे रही है।

शिफ़ा ने शर्म से अपनी पलकें झुका लीं।

~

दिन, महीने, साल बीतते रहे और वक़्त अपनी रफ़्तार पकड़कर चलता रहा।

शिफ़ा और फ़राज़ की शादी को बीस साल बीत गए।

शिफ़ा और फ़राज़ के दो बच्चे थे, एक बेटी और एक बेटा।

उधर ख़ुशी के भी दो बच्चे थे। ख़ुशी के दो बेटे थे। ख़ुशी भी बहुत ख़ुश थी, सुमित के साथ उसकी ज़िंदगी की ख़ुशियों की ट्रेन पटरी पर बहुत ही ख़ूबसूरत वादियों से गुज़रती हुई बीत रही थी। सुमित बहुत ही सुलझे हुए और हर वक़्त ख़ुश और दूसरों को ख़ुश रखने वाले इनसान थे। दोनों की ज़िंदगी बहुत ही अच्छी और ख़ुशहाल तरीक़े से बीत रही थी।

ख़ुशी अब इंडिया में ही है। ख़ुशी एक साल के लिए जर्मनी गई थी और उसके बाद वापस आ गई थी। उसी बीच सुमित की मम्मी बहुत ज़्यादा बीमार हो गईं तो सुमित भी बाहर से आकर यहीं रुक गए थे। उन्होंने यहाँ पर ही नौकरी जॉइन कर ली थी। सुमित की मम्मी क़रीब छह महीने बहुत बीमार रहीं और फिर इस दुनिया से चली गईं। सुमित ख़ुशी के साथ उनके बंग्लो में ही रह रहे थे। ख़ुशी ने जब उनको बोला, वह उनके साथ अपने बंग्लो में रहना चाहती है तो वे ख़ुशी के लिए ख़ुशी से तैयार हो गए। सुमित की मासी, जो सुमित की माँ के साथ रह रही थीं, सुमित ने उनको अपने साथ ही रखा था। सुमित की मम्मी के जाने के एक साल बाद ही उनकी मासी की भी मृत्यु हो गई थी।

ख़ुशी और सुमित अपने जीवन में ख़ुश थे।

ख़ुशी और शिफ़ा का मिलना-जुलना होता रहता था।

शिफ़ा और फ़राज़ की ज़िंदगी बहुत ही ख़ूबसूरत और 'रूहानी मोहब्बत'

से लबरेज़ पलों को महसूस करते हुए बीत रही थी। शिफ़ा अपनी ज़िंदगी में बहुत ख़ुश थी और फ़राज़, उनकी तो दिन शिफ़ा, रात शिफ़ा, सुबह शिफ़ा, शाम शिफ़ा, एहसास शिफ़ा, जज़्बात शिफ़ा, मुसकराहट शिफ़ा, ऐसा लगता था जैसे हर एक साँस शिफ़ा के लिए ही लेते हैं। शिफ़ा की ज़िंदगी में अब आँसुओं की कोई जगह नहीं थी, क्योंकि फ़राज़ ने आँसुओं की जगह शिफ़ा की ज़िंदगी में रहने ही नहीं दी। शिफ़ा आज भी मम्मी से बात करती है। महीने में एक बार छत पर बैठकर अपनी मम्मी को अपना हाल-ए-दिल ज़रूर सुनाती है, लेकिन अब उसकी सारी दास्ताँ ख़ुशियों की होती है, मुसकराहट की और मोहब्बत की होती है।

शिफ़ा की आंटी भी पिछले साल इस दुनिया से रुख़सत हो गईं।

सेराज की बीवी सबा और शिफ़ा बहुत ही अच्छे तरीक़े से मिलजुलकर दो बहनों की तरह रहती हैं।

शिफ़ा और ख़ुशी हर साल रिया के बर्थडे पर जाती हैं। साथ में सुमित और फ़राज़ भी जाते हैं। फ़राज़ शिफ़ा के साथ हर जगह हमक़दम बनकर साथ चलते हैं। फ़राज़, शिफ़ा को कहीं भी अकेले नहीं जाने देते, ऐसा नहीं है कि उन्हें शिफ़ा का अकेले जाना पसंद नहीं है, बल्कि उन्हें हर जगह शिफ़ा के साथ रहना पसंद है। उसका साथी, उसका दोस्त बनकर हर क़दम पर उस पर न्योछावर रहते हैं।

जैसे-जैसे समय बीतता जा रहा था, ख़ुशी और शिफ़ा की प्रेगनेंसी और बच्चों की डिलीवरी, इन सबके बीच उन दोनों का रिया के बर्थडे पर जाना छूटता गया, पर दोनों हर रविवार को उसको वीडियो कॉल करना कभी नहीं भूलती थीं। रिया दोनों को मासी माँ कहती थी।

~

एक दिन बारिश के दिनों में झमाझम बारिश हो रही थी। फ़राज़ किसी काम से बाहर गए हुए थे, शिफ़ा की फ़ोन पर बात हो गई थी, वे घर पहुँचने ही वाले थे।

शिफ़ा बालकनी में बैठ गई और उसका कुछ लिखने का मन करने लगा तो वह अपनी डायरी निकालकर बैठ गई और एक ख़ूबसूरत ग़ज़ल की ताबीर बनाने लगी—

मोहब्बत भरी ख़ूबसूरत ग़ज़ल लिख गई,
ख़ुद की तहरीर की किताब बन गई।

पाया है अपने लिए मोहब्बत का वो शहर,
जहाँ इब्तेदा मोहब्बत का दयार बन गई।

गिरते पत्तों से नहीं, खिलते फूलों से सीखा,
बिखेरकर चमन में ख़ुशबू ख़ास बन गई।

अंजुमन में बहुत ख़ुशनुमा माहौल हो गया,
खिलती कलियों-सी मेरी मुसकान बन गई।

जियो ऐसे कि आम में कुछ ख़ास हो जाए,
अपने क़िरदार से आला मक़ाम बन गई।

मेरे तरानों के बहते दरिया से नाज़रीन,
'राफी' नाम की अपनी पहचान बन गई।

शिफ़ा की ग़ज़ल पूरी होते-होते फ़राज़ घर पहुँच गए और आने के साथ ही शिफ़ा से कहते हैं—

फ़राज़ : सॉरी शिफ़ा, मैं थोड़ा लेट हो गया।

शिफ़ा : इतनी भी देर नहीं हुई है, बस बीस मिनट से ही मैं बैठी हूँ और देखिए न, इतने वक़्त में एक ग़ज़ल भी लिख ली मैंने।

फ़राज़ : अरे वाह ! तब तो चलो अच्छा हुआ, मैं देर से आया, तुम्हारी

एक ग़ज़ल सुनने का मौक़ा भी मिल जाएगा।

शिफ़ा : हाँ ज़रूर, क्यों नहीं? (फ़राज़ और शिफ़ा अपनी बालकनी में बैठे हुए चाय और पकौड़ों के साथ इस मौसम का लुत्फ़ उठा रहे थे)

फ़राज़ : शिफ़ा! हमारी शादी को बीस साल हो गए, ऐसा लग रहा है कि अभी तो सिर्फ़ बीस दिन हुए हैं, तुम जितनी ख़ूबसूरत कल थी, उतनी ही आज भी हो, क्या राज़ है मेरी हमदम?

शिफ़ा हँसती है और कहती है, "आप सच कह रहे हैं फ़राज़, बीस साल बीत गए, सच में ऐसा नहीं लग रहा है, बल्कि यों लग रहा है, जैसे बीस महीने ही बीते होंगे। आपकी मोहब्बत के साथ ज़िंदगी का यह सफ़र इतने साल कैसे बीत गया, पता ही नहीं चला और जहाँ तक मेरी ख़ूबसूरती की बात है, वह तो आपकी मोहब्बत का नूर है।

फ़राज़ : (मुसकराकर) हाँ वह तो है और देखो न, पाँच साल के बाद हमारी सिलवर जुबली भी आ जाएगी।

शिफ़ा : हाँ बिल्कुल, ज़िंदगी ऐसे ही बीतनी चाहिए फ़राज़, जिसमें वक़्त का पता ही न चले।

फ़राज़ : बिल्कुल सही कहा शिफ़ा तुमने, आज मौसम की ख़ूबसूरती पर कुछ शेरो-शायरी हो जाए।

शिफ़ा : हाँ-हाँ, क्यों नहीं, बिल्कुल, पहले आप।

~

फ़राज़—

वो मेरे पहलू में हैं बैठे, हर लम्हा उनके दीदार से भीगता हूँ।
बारिश की फुहार में नहीं, मैं तो उनकी मोहब्बत में भीगता हूँ।

शिफ़ा—

आपकी मोहब्बत मेरी रूह के गुलिस्ताँ में बारिश-सी बरसती है।
'शिफ़ा' आपकी बेलौस मोहब्बत में जलते मोम-सी पिघलती है।

फ़राज़—

आपकी मोहब्बत में ये लम्हात कुछ यूँ ही ठहर जाए।
अब कोई ख़्वाहिश नहीं, ये ज़िंदगी यूँ ही गुज़र जाए।

शिफ़ा—

आपसे मिलकर जाना 'रूहानी मोहब्बत' की तासीर।
हर पल दिल में क़ैद है आपकी मोहब्बत की तसवीर।

फ़राज़—

ज़िंदगी बहुत हसीन लगती है, जब अपनी आरज़ू साथ हो।
हर लम्हा क़ीमती लगता है, जब अपनी मोहब्बत पास हो।

शिफ़ा—

मोहब्बत से ही मोहब्बत आबाद होती है।
मोहब्बत न हो तो ज़िंदगी वीरान होती है।

दोनों को शायरी पसंद थी और जब दोनों शायरी करना शुरू कर देते थे तो घंटों तक उनकी शायरी चलती रहती थी।

~

फ़राज़ और शिफ़ा की मोहब्बत की दुनिया में वे दोनों अपनी ज़िंदगी को बहुत ही ख़ूबसूरती से जी रहे थे। कभी-कभी इनसान को अपने दिल को मज़बूत करके एक सही फ़ैसला लेना पड़ता है। शिफ़ा ने वसी से तलाक़ लेकर सही फ़ैसला लिया था और अपनी ज़िंदगी को एक नई दिशा दी। अगर वह ऐसा न करती तो वसी के साथ पूरी ज़िंदगी घुटन भरा जीवन जीती रहती। जिस रिश्ते में घुटन हो, उस रिश्ते से अलग हो जाना चाहिए। शिफ़ा की तरह अपनी ज़िंदगी को ख़ूबसूरत मोड़ देने की कोशिश ज़रूर करनी चाहिए। हर किसी को

दूसरा मौक़ा मिलने का पूरा हक़ होता है। वसी मिर्ज़ा से अलग होकर शिफ़ा मुतमइन थी और अपने फ़ैसले से बहुत ख़ुश थी, क्योंकि उसको पता था, वह ऐसी ज़िंदगी नहीं जी पाएगी, जिसमें उसके शौहर (पति) के पास उसको देने के लिए मोहब्बत और वक़्त दोनों की कमी थी। शादी के इतने साल बाद भी वह बहुत ख़ुश है, अपने उस फ़ैसले पर भी और फ़राज़ के साथ शादी करके भी। एक अच्छा हमसफ़र हो तो ज़िंदगी बहुत हसीन हो जाती है।

~

उधर, वसी मिर्ज़ा की भी शादी शिफ़ा की शादी के दो साल बाद हो गई थी, पर उनकी दूसरी शादी भी दो साल से ज़्यादा नहीं चली और उनका दोबारा तलाक़ हो गया। वसी की मम्मी यह सदमा झेल नहीं पाईं और इस दुनिया से रुख़सत हो गईं। आज के दिनों में यही सुनाई देता है कि वसी ने शराब और सिगरेट की दुनिया में अपने आप को बरबाद कर लिया है। उनका बिज़नेस, उनका रुतबा सब ख़त्म हो गया है, इसलिए इनसान को यह समझना चाहिए कि उसको अपने काम और रिश्तों के बीच तालमेल बनाकर चलना चाहिए। रिश्ता पति-पत्नी का हो या कोई भी रिश्ता हो, हर रिश्ते को उसकी जगह देनी पड़ती है और जहाँ तक पति-पत्नी के रिश्ते की बात है, वह कभी भी एक पहिए पर नहीं चल सकता। इसमें दोनों को साथ चलना पड़ता है, हमसफ़र अगर आपका साथी नहीं बन पाएगा तो यह रिश्ता कैसे टिक पाएगा। जो लोग इन बातों को महत्त्व नहीं देते, वे वसी मिर्ज़ा की तरह बहुत अकेले हो जाते हैं और शराब जैसे नशे से अपने को आदी बना लेते हैं और ख़ुद को पूरी तरह बरबाद कर लेते हैं। रिश्ता और काम दोनों ही एक-दूसरे के पूरक हैं। पैसा नहीं होगा तो रिश्तों की ज़रूरत को कैसे पूरा करोगे और रिश्ता नहीं होगा तो उस पैसे का क्या मोल रह जाएगा, वह भी फ़िज़ूल (व्यर्थ) हो जाएगा और आप ठूँठ पेड़ की तरह अपनी ज़िंदगी में वीरान और रूखे-सूखे रह जाओगे।

~

शिफ़ा की दूसरी मम्मी भी पाँच साल पहले इस दुनिया से जा चुकी हैं।

शिफ़ा के भाई इमरान ने विदेश में ही शादी कर ली थी और वहीं सेटल हो गया। फ़राज़ और शिफ़ा की शादी के बाद एक बार वह इंडिया आया था। अपनी बहन और फ़राज़ का रिश्ता जुड़ने से इमरान बहुत ख़ुश था।

वक़्त ऐसे ही बीत रहा था।

शनिवार को रात में रिया ने वीडियो कॉल करके शिफ़ा और ख़ुशी दोनों को कंबाइंड किया।

रिया : हैलो मेरी दोनों प्यारी मासी–माँओ कैसे हो आप दोनों?

ख़ुशी : हम तो ठीक हैं बच्चे, तुम बताओ तुम्हारे चेहरे की चमक और बातों की लहर बता रही है कि कुछ तो नई और अच्छी बात है।

रिया : हाँ, बात तो है मासी–माँ, आप लोग बताओ, क्या बात हो सकती है? गेस करो आप दोनों।

शिफ़ा : बताओ न बच्चे, मुझसे गेस नहीं किया जा रहा है।

ख़ुशी : रुको, रुको, मैं गेस करके कह रही हूँ कि रिया का रिश्ता पक्का हो गया है। आई एम राइट बेटा?

रिया : यस मासी–माँ, रिश्ता पक्का हो गया और दो महीने बाद शादी भी है।

शिफ़ा : वाह! क्या बात है! मेरी लाडो रानी तभी इतना चहक रही है? ऐसे ही चहकती, खिलखिलाती और मुसकराती रहो और अपनी होने वाली ससुराल के बारे में बताओ?

रिया ने सबकुछ बताया।

रिया लव मैरिज कर रही थी और वह बहुत ख़ुश थी।

रिया : आप दोनों मुझसे प्रॉमिस करो, मेरी शादी के हर फंक्शन में मेरे साथ रहोगे।

शिफ़ा : हम पूरी कोशिश करेंगे।

रिया : कोशिश नहीं मासी–माँ! आप दोनों को आना ही है। मेरी हर रस्म में मुझे आप दोनों की ब्लेसिंग चाहिए।

ख़ुशी : ओके माई डियर! हम दोनों ज़रूर रहेंगे।

रिया : आप लोग भी तैयारी कर लो, मैं भी तैयारियों में बहुत बिज़ी रहने वाली हूँ।

शिफ़ा : हाँ बिल्कुल, और हमारे लिए जो भी काम हो, बता देना।

ख़ुशी : हाँ बिल्कुल, हिचकिचाना नहीं, हम दोनों से जो भी चाहिए, बता देना।

रिया : हाँ–हाँ, कुछ चाहिए होगा तो ज़रूर बता दूँगी, लेकिन मुझे तो बस आप दोनों का ढेर सारा प्यार और ब्लेसिंग चाहिए।

शिफ़ा : वह तो तुम्हारे साथ है ही और हमेशा रहेगा।

ख़ुशी : और नहीं तो क्या, इसमें भी कोई कहने वाली बात है?

रिया हँसने लगती है और दोनों को फ्लाइंग किस देती है।

~

दो महीने बाद रिया की शादी का दिन आ गया।

रिया के सारे फंक्शन में शिफ़ा और ख़ुशी अपने–अपने परिवार के साथ शामिल थीं।

आज रिया की शादी थी।

शिफ़ा, ख़ुशी, सुमित और फ़राज़ सभी साथ बैठे हुए थे।

ख़ुशी फ़राज़ से कहती है, "फ़राज़ जीजू! शिफ़ा बताती है, आप भी बहुत अच्छी शायरी करते हैं, शिफ़ा के लिए तो आप बहुत शायरी कहते हैं। आज एक शायरी मेरे लिए भी सुना दीजिए न प्लीज़।"

फ़राज़ : सॉरी ख़ुशी, मेरी शायरी किसी और के लिए निकलती ही नहीं, मेरी शायरी सिर्फ़ शिफ़ा के लिए ही बनती है। प्लीज़ बुरा मत मानिएगा, मैं शायरी बोलने की वो फीलिंग्स ही नहीं ला पाऊँगा, क्योंकि ये जो मेरी शायरी व ग़ज़ल है, ये मेरी शिफ़ा की मोहब्बत के, इबादत के मोती बनकर चमक जाते हैं, मेरी ये धड़कनें···

ख़ुशी : (बीच में ही बोल पड़ती है) बस, बस, समझ गई, समझ गई,

इतनी लंबी सफ़ाई और इतने गहरे शब्द मेरे अंदर नहीं घुस पाएँगे, मैं माफ़ी चाहती हूँ मोहब्बत के मसीहा! (और वहाँ पर बैठे सुमित और सभी लोग हँसने लगते हैं)

~

आज रिया की शादी का दिन है।

ख़ुशी शिफ़ा से कहती है—

ख़ुशी : आज हमारी सीमा की बेटी की शादी है (यह कहते हुए उसकी आँखों में आँसुओं की बूँदें झिलमिलाने लगी थीं)।

शिफ़ा : हाँ ख़ुशी, काश! हमारी सीमा आज होती तो इस ख़ुशी में हम तीनों साथ होते।

ख़ुशी : हाँ, आज उसकी कमी बहुत खल रही है यार!

शिफ़ा : हाँ सचमुच, आज तो दिल पर कोई बोझ-सा महसूस हो रहा है (यह कहकर दोनों गले लग जाती हैं और रोने लगती हैं)।

थोड़ी देर में बारात आ गई थी और जयमाला का समय हो गया था।

रिया की एंट्री होती है।

रिया दुलहन बनी हुई स्टेज के पास आ रही थी।

शिफ़ा और ख़ुशी नम आँखों से उसे बिना पलक झपकाए देखे जा रही थीं।

ख़ुशी : रिया बिल्कुल सीमा की कार्बन कॉपी है। देख न शिफ़ा, एकदम सीमा जैसी दिख रही है।

शिफ़ा : हाँ ख़ुशी! मैं भी वही सोच रही हूँ, जिस तरह सीमा अपनी शादी के दिन लग रही थी, रिया को देखकर ऐसा लग रहा है, जैसे सीमा ही खड़ी है।

ख़ुशी : रिया तो है ही सीमा की परछाई, पर आज तो एकदम सीमा की हमशक्ल लग रही है।

शिफ़ा : हमारी सीमा कहीं नहीं गई ख़ुशी, वह रिया के रूप में आज भी हमारे साथ है।

ख़ुशी : सचमुच शिफ़ा! आज ऐसा ही लग रहा है, जैसे सीमा यहीं है हमारे पास, हमारे साथ।

शिफ़ा : रिया के रूप में सीमा हमारे बीच हमेशा मौजूद रहेगी। हमारी दोस्ती की यह रूहानी जोड़ी कभी अधूरी नहीं रहेगी। रिया है तो हमारी दोस्ती भरी 'रूहानी मोहब्बत' हमेशा कायम रहेगी और हमेशा हमारी रूह को सुकूँ की बारिश में भिगोती रहेगी। दोनों ही गहरी साँस लेती हैं और स्टेज के पास आ जाती हैं।

~

फेरों का वक़्त हो रहा था, इतने में रिया के चाचू ख़ुशी और शिफ़ा के पास आकर कहते हैं, "आप दोनों को रिया बुला रही है।"

दोनों रिया के पास पहुँचती हैं।

ख़ुशी : क्या हुआ बेटा, क्या बात हो गई?

रिया : मुझे आप दोनों से कुछ कहना है।

शिफ़ा : हाँ, कहो न बेटा, क्या बात है?

रिया : मुझे आप दोनों से कुछ चाहिए?

शिफ़ा और ख़ुशी दोनों एक साथ बोल पड़ती हैं, "हाँ हाँ, बिल्कुल, बताओ न, तुम्हें हमसे क्या चाहिए? हमारी तो जान भी हाज़िर है तुम्हारे लिए।"

रिया : आप दोनों भी मेरी जान हैं। मैं यह चाहती हूँ, आज मंडप में आप दोनों मेरा कन्यादान करें। मेरे माता-पिता इस दुनिया में नहीं हैं, लेकिन आप दोनों मेरे माता-पिता से कम नहीं हो, इसलिए मैं अपने माता-पिता की जगह आप दोनों को बिठाना चाहती हूँ। मेरी मेरे ससुराल वालों से बात हो गई है, उन्हें इस चीज़ से कोई आपत्ति नहीं है, बल्कि मेरे इस फ़ैसले से यहाँ पर सभी लोग ख़ुश हैं। यहाँ मेरे चाचू हैं, चाची हैं और दादी भी हैं, सब मुझसे बहुत प्यार करते हैं, लेकिन मेरा कन्यादान आप दोनों करेंगी तो मेरी माँ की आत्मा को बहुत शांति मिलेगी।

ख़ुशी : नहीं, नहीं, बेटा! ऐसा नहीं कहते, तुम्हारे घर में तुम्हें सब बहुत प्यार करते हैं और कन्यादान का यह अधिकार उनका ही है।

शिफ़ा : हाँ बेटा, ख़ुशी सही कह रही है, हम तुम्हारे साथ हैं और हमेशा रहेंगे, लेकिन जिनके साथ तुम बड़ी हुई हो, जिन्होंने तुम्हारा पालन–पोषण किया है, यह हक़ उन्हीं का होना चाहिए।

इतने में रिया के चाचू और दादी वहाँ आ गए।

रिया की दादी : हमें कोई आपत्ति नहीं है। अगर मेरी रिया यही चाहती है तो यही ठीक है। इससे मेरी बहू सीमा की आत्मा को भी शांति मिलेगी कि तुम दोनों उसकी रिया का कन्यादान कर रही हो।

रिया : हाँ मासी–माँ, प्लीज़–प्लीज़! मुझे बहुत ख़ुशी मिलेगी, मेरी शादी में आप दोनों से मुझे यही तोहफ़ा चाहिए कि आप दोनों मेरा कन्यादान करें।

शिफ़ा और ख़ुशी एक–दूसरे की तरफ़ देखती हैं और दोनों की आँखें आँसुओं से भरी होती हैं। रिया अपनी दोनों मासी–माँओं का हाथ पकड़ लेती है और कहती है, "इतना सोचने की ज़रूरत नहीं है। मेरे घरवालों को कोई दिक़्क़त नहीं है, प्लीज़ आप लोग मेरे साथ मंडप में चलिए।"

शिफ़ा और ख़ुशी लंबी साँस भरती हैं और रिया को पकड़कर मंडप में ले जाती हैं। आँखों में सीमा की याद के आँसू और होंठों पर रिया के कन्यादान का अधिकार पाने की बेमोल ख़ुशी की हलकी मुसकान के साथ वे दोनों रिया का कन्यादान करती हैं।

रिया की शादी की रस्म पूरी हो जाती है।

ख़ुशी और शिफ़ा बाहर आती हैं और आसमाँ की तरफ़ देखकर रोते हुए कहती हैं—

शिफ़ा : तुम तो चली गईं, तुम्हारा जो फ़र्ज़ था, वो हम दोनों ने पूरा कर दिया। आज हमने अपनी रिया बेटी का कन्यादान किया है। मुझे पता है, तुम और निखिल जीजू आज बहुत ख़ुश होंगे।

ख़ुशी : और यह मत समझना कि रिया की शादी हो गई तो हम उसकी

ज़िम्मेदारियों से आज़ाद हो गए हैं, हम दोनों अपनी ज़िंदगी की आख़िरी साँस तक उसके साथ हैं।

शिफ़ा : ख़ुशी एकदम सही कह रही है सीमा!

आसमाँ पर तभी एक सितारा बहुत तेज चमकता है, ख़ुशी और शिफ़ा ख़ुश हो जाती हैं और यह महसूस कर रही थीं कि उनकी सीमा सचमुच आज बहुत ख़ुश होगी।

सच कह रही थीं दोनों, रिया अपनी माँ सीमा की परछाई थी और अपनी दोनों मासी–माँओं की रूह में बसती थी। रिया उनकी वह 'रूहानी मोहब्बत' थी, जो उनकी सीमा की कमी को पूरा करती है। उन दोनों की उस ख़ाली जगह को भरती है, जो सीमा के जाने से ख़ाली रह गई थी। 'रूहानी मोहब्बत' की यह दास्ताँ तीन दोस्तों की 'रूहानी मोहब्बत' से शुरू होकर फ़राज़ और शिफ़ा की 'रूहानी मोहब्बत' से मुक़म्मल (पूरी) होते हुए हमेशा के लिए हमारे दिल में उतर गई।

जाते-जाते शिफ़ा का दिल यह ग़ज़ल गुनगुना रहा था—

एक–दूजे के दिल में चाहत का नग़मा था,
हसीं मोहब्बत का उल्फ़त भरा तराना था।

मुश्किलों से पहुँचा, मेरा इश्क़ मंज़िल पर,
ग़म व ख़ुशी से लबरेज़ अपना आशना था।

हर तरफ़ कई दास्ताँ फैली थीं नाज़रीन,
सबके लिए वक़्त का अलग निशाना था।

अपनी क़िस्मत का सितारा पकड़कर यहाँ,
किसी को जलना, किसी को चमकना था।

ख़ुशियाँ तो हमेशा धूप-छाँव से गुज़रती हैं,
गिरते-पड़ते ही उसको और निखरना था।

वक़्त की गर्दिशों को पार करते हैं सभी,
सबको एक रोज़ मंज़िल पर पहुँचना था।

शदीद मोहब्बत की रूहानी तासीर से,
पाकीज़ा दिलों में इश्क़ सूफ़ियाना था।

जो रूह से जुड़ जाएँ, वो दिल से नहीं जाते,
मोहब्बत का सफ़र 'राफी' बड़ा सुहाना था।

□□□